Christoph Türck
Brenners Weiber

www.bvd.de

Bibliografische Information der Deutschen Bibliothek
Die Deutsche Bibliothek verzeichnet diese Publikation in der
Deutschen Nationalbibliografie; detaillierte bibliografische Daten
sind im Internet über http://dnb.ddb.de abrufbar.

© 2013 by Biberacher Verlagsdruckerei GmbH & Co. KG

Titelfoto: Achim Zepp
Gesamtherstellung:
Biberacher Verlagsdruckerei GmbH & Co. KG,
88400 Biberach, Leipzigstraße 26

Alle Rechte einschließlich der Vervielfältigung, Verbreitung
in Film, Funk und Fernsehen, Speicherung in elektronischen
Medien sowie Nachdruck, auch auszugsweise, vorbehalten.
Printed in Germany

1. Auflage · ISBN 978-3-943391-21-3

Christoph Türck
Brenners Weiber

Roman

Ich, Hannah

1

Die Kriminalpolizei fand schließlich keinen überzeugenden Grund mehr, an Rosas Version zu zweifeln. Drei Tage nach dem Schuss aus der Walther PPK wurde Gebhards Leiche zur Beisetzung freigegeben. Man rechnete es dem Pfarrer hoch an, dass er einen Selbstmörder bestattete wie jeden anderen Toten. Denn ein Selbstmörder war Gebhard Brenner jetzt auch gemäß amtlicher Definition. Nur der Mesner Gnann, geschworener Feind aller Lutherischen und jeglicher Neuerung innerhalb der allein selig machenden, heiligen Katholischen Kirche, habe als Wortführer der Hundertfünfzigprozentigen in Schlatthofen murrend Anstoß genommen, hieß es. Früher habe es so etwas nicht gegeben, dass man einen, der sich selbst umgebracht hatte, in geweihter Erde begrub! Vermutlich schien dem Mesner weiterer Niedergang des römisch-katholischen Glaubens durch des Pfarrherrn Verhalten unausweichlich.

Es war ein durchaus stattliches Leichenbegängnis. Wie denn auch nicht? Ein Brenner wurde begraben. Weit und breit bekannt war der Baumwirt, berühmt fast. Auf seine Art. Vor allem aber trug man nicht jeden Tag einen zu Grabe, der auf eine so dramatische Art ums Leben gekommen war. Schon als man ihn aufbahrte, hatte frommer Andrang geherrscht. Doch zur Enttäuschung der Frommen hatte der Bestatter Dietterle aus Tannzell gute Arbeit geleistet. Die Frisur deckte das Einschussloch auf der rechten Kopfseite. Der Trauerzug sei so lang gewesen, erfuhren wir hinterher, dass wir schon am Friedhof angekommen seien, als sich die letzten am „Grünen Baum" in Bewegung setzten. Allerdings sind das auch nur knapp zweihundert Meter.

Rosa, die Kinder und wir nächsten Verwandten hatten uns, der Sitte gemäß, am Grab die Beine in den Bauch zu stehen und zu warten, bis auch der letzte Trauergast das Weihwasser auf den Sarg spritzte und sich bekreuzigte oder als Evangelischer ein Bröckchen Erde ins Grab schaufelte, um dann, wie der katholische Mitchrist, den erforderlichen Anstandsmoment lang mit vor dem Unterleib übereinander gelegten Händen vor der Grube zu verharren, bevor er mit spürbarer Erleichterung von dannen schritt. Schließlich lag ja ein anderer da drunten. Man selbst lebte, Gott sei Dank, noch.

Besonders guter Dinge schritten jene davon, die in den „Grünen Baum" geladen waren, zu Bratwürsten, Kartoffelsalat und Getränken nach Wahl. Immer ungehaltener hatten sie darauf warten müssen. Dass der Pfarrer beim Requiem in der Kirche die bei derlei Anlässen üblichen Lügen über den Verstorbenen verbreitete, war in Ordnung. Das gehörte sich für eine Leichenrede. Dass er ins Theologische abschweifte und kein Ende fand und bei der Liturgie die ausführlichste Version wählte, hatte den Unwillen der Trauernden erregt. Auf dem Friedhof hatten sich der Feuerwehrkommandant, die Vorstände des Gesangvereins, des Sportvereins und des Schwäbischen Albvereins, mit der Hochsprache kämpfend, zu stockenden Ansprachen berufen gefühlt, auch wenn es Jahre her war, dass Gebhard Brenner aktiv oder als Gönner eine Rolle gespielt hatte. Der Chor hatte darauf bestanden, sich auch auf dem Friedhof noch zweimal zu mühen. Und dies alles an einem ausgesprochen unfreundlichen Septembertag.

Dem Anlass überhaupt nicht angemessene Heiterkeit erregte unter uns Jüngeren auf dem Weg vom Friedhof zum Wirtshaus eine bäuerliche Verwandte von der Alb, die anstatt vom „Totenmahl" von der „Leichzehrung" sprach – „Leichzehring" in ihrem Dialekt –, was eine kurze, nicht minder pietätlose Diskussion auslöste, welcher der beiden Ausdrücke makabrer sei oder ob dieser Rang nicht sogar dem Wort „Leichenschmaus" gebühre.

Oben im Saal des „Grünen Baums" nahm das Totenmahl – oder die Leichzehrung oder der Leichenschmaus – seinen Gang, wie es der Brauch war. Zunächst jedenfalls. Neubauers Bärbel und Mangolds Kathrin, Aushilfsbedienungen bei größeren Anlässen, waren zwar ein bisschen aus der Übung, denn der Saal war zum letzten Mal bei der Weihnachtsfeier des Gesangvereins benutzt worden. Trotzdem hatte niemand ungebührlich lange auf Bratwürste und Kartoffelsalat, und schon gar nicht auf Bier und Wein zu warten.

„Vom Metzger Magg aus Beringen die Bratwürst, die sind einfach die besten", stellte der Bürgermeister Assfalg fest, der mir gegenübersaß. Er legte Messer und Gabel nieder, leckte sich die Lippen und benutzte seine Serviette. Einer wie er wusste, dass man sich den Mund abwischt, bevor man das Weinglas hebt, das Bukett erschnüffelt, kostet und selbst einen Trollinger mit Lemberger aus dem Großhandel mit der Zunge leicht schnalzend beißt. Es gab keinen am Tisch, der ihm da nicht zugestimmt hätte: Jawohl, vom Magg, wenn man die Bratwürste hatte, dann hatte man was Reelles. Auch der Kartoffelsalat war Rosa und ihren Hilfstruppen gelungen.

Vom Essen und Trinken konnte also nicht herrühren, was sich entspann. Im Gegenteil, in dem Maß, wie der Pegel in Gläsern und Flaschen sank, stiegen Geräuschpegel und Stimmung, vor allem, nachdem der Pfarrer sich verabschiedet hatte. Jacketts wurden ausgezogen, mühsam gebundene, schwarze Krawatten gelockert, textile Veteranen zahlloser Leichenbegängnisse. Hatte man an den einzelnen Tischen nicht Leben und Schicksal des jäh Dahingeschiedenen lange genug beredet und erörtert, wie es nun wohl weitergehen würde mit dem „Grünen Baum"? Nicht nur lange genug, sondern auch mit jenem Ernst, den Anlass und Sitte geboten. Verabschiedeten sich nicht bereits die ersten auswärtigen Trauergäste? Da war es an der Zeit, dem Gebhard Brenner endlich den ihm gebührenden Leichenstein zu setzen: „Der Gebhard, wenn noch leben tät, der tät jetzt auch noch eins trinken." Wohlfeil war diese Begründung, um sich nachschenken zu lassen. Bei *einem* weiteren Viertele, *einer* weiteren Flasche Bier wäre es bei ihm niemals geblieben.

Selbst jetzt nahm alles noch den üblichen Gang, wenn auch die Blicke unverhohlener wurden, mit denen man die Witwe Rosa musterte. Es hatte sie, Hauptleidtragende hin oder her, einfach nicht auf ihrem Platz gehalten. Beim Bedienen sprang sie mit ein. Es sollte sich doch kein Trauergast beklagen müssen.

Mitleidige Blicke, vor allem von uns Frauen, gab es, die sagten: „Leicht hast du's nicht gehabt mit deinem Gebhard. Und vielleicht ist's sogar am besten so, wie's gekommen ist."

Kritische Blicke konstatierten: „So ein Wirtshaus führen, das wird grad für dich kein Zuckerlecken. Wart's ab! Du bist halt mal keine Wirtin."

„Du bist immer noch ein Weib, das einem schon gefallen könnt mit deinen breiten Hüften und deinen strammen Beinen, und wenn ich meine Alte nicht hätt, tät ich dich vielleicht sogar selbst nehmen und Baumwirt werden", bekundete deutlicher Glanz in gewissen Männeraugen.

Man muss anerkennen, dass nur sehr wenige Blicke zu fragen schienen: „Hat er sich wirklich selbst umgebracht, der Gebhard?"

Was dann geschah, hatte zunächst gar nichts mit Rosa zu tun, nichts mit dem alten Bauern- und Gastwirtgeschlecht der Brenners, sondern mit mir.

Dass ein gewisser Eugen Gropper es irgendwie geschafft hatte, neben mir zu landen, hatte ich gar nicht richtig wahrgenommen. Es standen ja immer mehr Leute auf, um sich auch mal an andere Tische zu setzen. „Dass man sich auch immer bloß bei so traurigen Anlässen treffen muss! Das müsst man doch endlich mal ändern! Aber wenn man sich nun schon mal bei so einem traurigen Anlass trifft, dann will man doch auch mit möglichst vielen Verwandten und Bekannten schwätzen, nicht wahr."

Gropper war ein entfernter Verwandter von Rosa. Mit den Schlatthofener Brenners hatte er sonst nichts zu tun und mit uns aus Riedweiler gleich gar nichts. – Wer hatte den überhaupt eingeladen? – Nur das Allernötigste sprach ich mit ihm. Mit meiner Halbschwester Martha auf meiner rechten Seite unterhielt ich mich und mit dem Schultes uns gegenüber. Vor einem halben Jahr hatte Martha unseren Hof verlassen, um einen Lehrer zu heiraten. Da gab's einiges zu erzählen. Demonstrativ redete ich mit ihr und dem Schultes, weil dieser Gropper aufdringlich dicht an mich heranrückte, um mich mit seiner heiseren Stimme anzumachen. Richtig besoffen war er da eigentlich noch nicht. Er wusste genau, was er tat, als er versuchte, sein Knie an das meine zu drücken. Für Zufall hielt ich das und wich aus. Er rückte nach. Der Blick, mit dem ich ihn ansah, hätte einen zarter Besaiteten dazu gebracht, sich rotköpfig und stammelnd auf ein Versehen herauszureden und zu verschwinden. Doch Groppers Eugen war kein Zartbesaiteter. Er fahre nicht nur weg, um sich in den Kinos Sexfilme anzuschauen, hieß es in Schlatthofen, er lasse sein Geld nicht nur in Nachtlokalen liegen, wo er den großen Herrn spiele, seit er sein Land verkauft habe, nein, er habe es auch in den Puff getragen, nach Ulm zum Beispiel, bis Polizei und Ordnungsamt das Etablissement schlossen. Angeblich eines drohenden Krieges wegen, zwischen Zuhältern und den von den Nutten zu Hilfe gerufenen Freiern, amerikanischen Soldaten aus Neu-Ulm. Daraufhin habe Gropper sich nach Stuttgart und manchmal auch nach Konstanz zu den Huren aufgemacht. Man könne es abwarten, bis das Geld weg sei, das er für seine sauren Wiesen bekommen habe, wo jetzt die Firma Schäntzle Kies abbaue und ein Heidengeld mache, sagte man im Dorf.

Weil ich geschieden war, mit einem neuen Partner zusammenlebte, bei der Zeitung arbeitete, Gauloises rauchte, Bier trank und einen kurzen Rock trug, hielt er mich wohl für etwas wie seine Dämchen. Vermutlich war eine Zeitungsredaktion in seiner Phantasie so eine Art Sexkommune, in der Journalisten praktisch nackt herumsitzen und nicht nur nach Feierabend kreuz und quer der freien Liebe obliegen. Was weiß ich, welche Bilder das Gehirn einem 60-jährigen Lustmolch vorgaukelt. Anstatt sich zu entschuldigen, kniff er ein Auge zu und versuchte sich das Aussehen eines Mitverschworenen zu geben. Immerhin trat sein Bein den Rückzug an, wenn auch widerwillig. Mit dem ganzen Körper wandte ich mich wieder Martha zu und nahm meine Beine aus der Schusslinie. Ich konnte aber nicht ununterbrochen nur mit ihr reden, der Schultes war ja auch noch da. Ihn konnte ich nicht links liegen lassen wie diesen Gropper. Also drehte ich mich um 60 Grad zurück, damit der Höflichkeit Genüge getan war.

Es waren sicher keine zwei Minuten vergangen, bis Gropper anfing, an meinem linken Bein herumzutatschen. Nun hätte ich natürlich aufstehen und mich wegsetzen können.

Aber das wollte ich einfach nicht. Jetzt gerade nicht, weil wir Frauen kein Freiwild für bestimmte Typen sind! Dass meine Beine als aufregend gepriesen wurden, gab diesem Widerling noch lange nicht das Recht, daran herumzufummeln!

Einen Moment lang überlegte ich, ob ich eben mal kurz mit der brennenden Zigarette hinunterlangen solle. Am Ende wäre mir aber vielleicht noch Glut auf die schwarze Strumpfhose oder den Rock gefallen. Also schlug ich Gropper auf seine gierig fummelnde, langsam hochkriechende Pfote. So fest ich konnte, schlug ich. Nicht alle hörten das Klatschen. Es war ja laut im Saal. Doch um uns herum wurde es auf einmal ganz leise. Wer in der Nähe saß, starrte her. Wer starrte, hatte begriffen. Man kannte den Eugen zu Genüge. Ich war gespannt, wie es weitergehen würde. Für einen Moment glaubte ich, er schlage nun seinerseits zu. Weil wir aber nicht bei einer Geburtstagsfeier waren und auch nicht bei einer Hochzeit, ging das nicht an. Ein Fest, bei dem es nicht zu einer Schlägerei kam, galt in unserer Gegend häufig noch als misslungen. Auch wenn Beerdigungen und Totenmähler einen gewissen Festcharakter haben, durch würdevolles Benehmen allerdings gemäßigt, Gropper hätte es sich nicht leisten können, zurückzuschlagen. Nicht hier im Saal. Wenn man sich anlässlich eines Totenmahls prügelte, dann wegen des Erbes und im Freien. Giftig in sich hineinschielend, verzog Gropper sich dorthin, wo er hergekommen war.

Der Saal im „Grünen Baum" ist eigentlich gar nicht so ideal zum Feiern. An den großen, stattlichen Teil schließt sich im rechten Winkel ein erheblich kleinerer mit einer zweiten Türe an, die eher ein Notausgang ist. Dort, etwas abseits vom Geschehen, am gleichen Tisch wie der fromme Mesner Gnann, hatte Gropper seinen Platz.

„Recht so! Die hat's dir aber gegeben, geiler Bock", schienen die Blicke zu sagen, mit denen man Groppers Abgang verfolgte.

War ich schuld an dem, was höchstens 0,5 Promille später an genau diesem Tisch ausbrach, bloß weil Gropper ausgerechnet von einem Weib eins auf seine gierende Pfote bekommen hatte?

Nur die in der Nähe bekamen zunächst etwas mit. Dann drang der Disput durch, mehr und mehr, bis er schließlich alles beherrschte.

„Wenn die Brenners nicht die falschen Weiber geheiratet hätten, wären sie heut noch die Reichsten!"

War es dieser verdammte Gropper, der das von sich gegeben hatte?

Ja, ging's denn noch? Da hörte sich doch alles auf! Die Brenners hatten die falschen Weiber geheiratet?

Ich schaute zu meiner Mutter und meinem Stiefvater hinüber, zu Rosa und Gebhards Schwester Anni, die nahe an der vorderen Türe ihren Platz hatten. Sie schienen nichts mitbekommen zu haben. Noch war's zu laut. Gott sei Dank!

Nein, von Gropper war das nicht gekommen. Das war nicht seine heisere Stimme. Er hätte sicher versucht, wenn auch vergeblich wie immer, sich des Hochdeutschen zu bemächtigen, um seinen Worten Bedeutung zu verleihen. Als großer Herr wollte er ja gelten. Vom Mesner kam es auch nicht, der hatte eine viel höhere, schrille Stimme. Vielleicht hatte derjenige es gar nicht so laut sagen wollen. Es hatte auch nicht wirklich gehässig geklungen, eher wie der klägliche Versuch eines nicht mehr ganz Nüchternen, der bisher kaum zu Wort gekommen war. Jetzt wollte auch er endlich seinen Beitrag leisten und wahrgenommen werden. Aber es war der Anfang. Denn es entspann sich ein Streit an diesem Tisch, der immer lauter wurde, heftiger, rücksichtsloser, bis schließlich Gropper auf den Tisch schlug, dass Gläser und Flaschen schepperten, und schrie: „Und ich sag's auch nochmal: Brenners Weiber sind schuld!"

Still wurde es im Saal. Ganz still. Alle starrten Rosa an. Wie erfroren saß sie auf ihrem Platz. Wortlos. Kreidebleich. Dann sprang sie auf und stürzte hinaus.

Auch meine Mutter war blass geworden. Schließlich ging es auch um ihre Mutter, ihren Vater. Sie kämpfte mit sich. Sollte sie hinter Rosa her oder bleiben?

Sie blieb. Sie wäre besser hinausgerannt.

Als habe man nach dem Blitzeinschlag nur gebannt auf den Donner gewartet, brodelte der Lärm auf. Der einzige, der kühlen Kopf bewahrte, war der Schultes. Zunächst hielt er Rosas Sohn Konrad auf, der auf Gropper loswollte. Dann donnerte er Gropper an: „Und du verschwindest! Auf der Stell! Sonst lass ich dich nausschmeißen! Und wenn du wieder nüchtern bist, dann entschuldigst du dich, sonst kannst du was erleben, du elender Drecksack!"

„Du hast hier drin überhaupt nix zu befehlen, du …du … Baureschultes!"

Würde es jetzt doch noch zur Schlägerei kommen? Ausgerechnet bei einem Totenmahl? Im Haus des vor drei Stunden erst Beerdigten? Im Haus seiner grob beleidigten Witwe?

Noch hätte alles gut ablaufen können. Man zog Gropper, der ebenfalls aufgesprungen war, auf seinen Stuhl zurück. Heftig redete man auf ihn ein. Was da geredet wurde, war in all dem Lärm nur in seiner Nähe zu verstehen. Ein paar Männer hielten den Schultes auf, der bereits auf dem Weg zu Groppers Tisch war. Andere versuchten, Konrad zu beruhigen. Ich weiß nicht, wem es gelungen ist, Gropper dazu zu bringen, dass er tatsächlich doch noch aufstand und sich Richtung Türe schob, irgendetwas Unverständliches, drohend Klingendes vor sich hin maulend. Er hatte bereits die Türklinke in der Hand, als sich der Mesner vernehmen ließ. Ungeachtet seiner hitzigen Frömmigkeit, pflegte dieser durch den reichlich genossenen Heilbronner jetzt bereits leicht schwankende Pfeiler des römisch-katholischen Imperiums stets heftig zu bechern, wenn dieses Bechern nichts kostete.

„Recht hat er, der Eugen", sagte Gnann, mit einiger Mühe zwar, aber noch laut und deutlich genug, dass alle es hörten. „Wenn sich die Lutherische damals nicht an Brenners Georg rangemacht hätt, wär alles anders gekommen. Ausgerechnet eine aus Riedweiler hat er heiraten müssen und selbst ein Lutherischer werden!"

Für einen Moment wurde es totenstill. So konnte der Mesner an Gift noch auskotzen, was ihm wohl schon seit Jahrzehnten im Magen lag. „Was haben die Wüstgläubigen überhaupt in unsrer Gegend verloren?" kreischte er. „Bleiben hättet sie sollen, wo sie herkommen sind! Verhext haben sie den Georg seinerzeit, sonst hätt er nie nicht eine aus Riedweiler geheiratet! Seiner Lebtag nicht!"

Ja, Himmel Arsch! In was für einer Zeit lebten wir denn? Seit Jahren gab es hippies, sex and drugs. Seit Jahren war es in, links und für Chaos zu sein. Den Kirchen liefen die Leute davon. Die RAF versuchte per Mord, ihre Art von Grundstein einer besseren Welt zu legen. Selbst die Zäune auf den südwürttembergisch-hohenzollerischen Schulhöfen, durch die man die evangelischen von den katholischen Bekenntnisschulen getrennt hatte, waren seit mehr als zehn Jahren verschwunden, ebenso wie der beliebte Brauch, die Kinder der jeweiligen Diasporaminderheit nach Schulschluss zu verprügeln. Und der Gnann kam daher und hätte am liebsten wieder den 30-jährigen Krieg begonnen, die Gegenreformation aufleben lassen, die Inquisition eingeführt. Evangelisch – katholisch, deswegen gab es schon lange keinen Dorfkrieg mehr, keine Prügeleien. Den meisten war das doch scheißegal.

Aber es ging im Grunde gar nicht um das evangelische Riedweiler. Und es ging auch nicht mehr nur um die Frauen. Gegen meinen Großvater Georg Brenner ging es, dreiundachtzig Jahre alt, der ausgerechnet heute mit Durchfall zu Hause geblieben war, versorgt von seiner zweiten Frau. Wie hatte er uns deswegen leidgetan! Der Neffe wurde beerdigt, und er konnte ihm nicht die letzte Ehre erweisen, wie sich das gehörte. Dabei hatte ihn Gebhards Tod besonders getroffen. Wahrscheinlich war er sogar deswegen krank geworden. Heilfroh war ich jetzt, dass ihm das hier erspart blieb. Nein, es war nicht nur der Hass eines religiösen Wirrkopfs auf die Ketzer, der aus dem Mesner gesprochen hatte. Da wurde eine Sache ausgegraben, die drei Generationen zurücklag.

Gnann konnte nicht viel älter als sechs Jahre gewesen sein, als mein Großvater die „Wüstgläubige" aus Riedweiler heiratete, was einer Revolution gleichkam, einem Umsturz alles Bestehenden. Er hatte eben nicht, wie von der Familie Gnann und vielen anderen erwartet, Gnanns älteste Schwester zur Frau genommen. Auf dem Land vergisst man so etwas nicht. Durch Generationen wird ein Zwist zwischen zwei Familien mit Sorgfalt gepäppelt und gehegt, selbst dann noch, wenn die Jungen oft gar nicht mehr wissen, worum es einmal gegangen ist. Sie wissen nur, dass die anderen die Bösen sind und schon immer waren und dass man sie hassen muss. Und weil man weiß, dass sie so sind, muss man immer wieder feststellen, dass ihr Handeln tatsächlich böse ist. Der Anlass des Streits braucht nicht unbedingt ein stattliches Erbe zu sein. Kleinigkeiten reichen für diese Fehden aus: ein paar umstrittene Quadratzentimeter Boden, eine vom Nachbarhund totgebissene Henne, der versohlte Hintern eines Kindes aus dem anderen Clan… Oder eine nicht geheiratete Tochter. Ein Grund lässt sich immer finden.

Irgendjemand musste jetzt aufstehen und dem Gnann aufs Maul hauen. Und wenn keiner der Männer es tat, dann würde ich es tun, gleichgültig, was sich daraus entwickelte. Selbst dann, wenn es zu einer ausgewachsenen Schlägerei kam. Unsere Familie gegen den Mesner und diejenigen, die ihm beispringen würden. Der Schultes, Konrad, seine Geschwister und Rosas Sippe, die Käsbauers, gegen die Gruppe um Groppers Eugen… Wir waren auf jeden Fall klar in der Überzahl.

Ich schob meinen Stuhl so heftig zurück, dass er umfiel. Auch andere waren aufgesprungen. In ein paar Sekunden würde es losgehen.

Die hintere Türe flog auf. Gropper wich stolpernd zurück. Herein kam Rosa. Immer noch blass, doch mit einem Gesicht, das alle innehalten ließ. Kaum mittelgroß, aber breit und kernig stand sie vor Männern, von denen manche sie fast um einen Kopf überragten. In diesem Moment schien eine Kraft von ihr auszugehen, die man noch nie bei ihr gespürt hatte und die man auch später nie mehr spürte. Sie sprach auch gar nicht laut, aber niemand wagte, sich zu widersetzen, als sie sagte: „Ihr geht jetzt! Alle! Und du, Gnann, und du, Gropper, lasst euch hier nie mehr blicken! Nie mehr!"

29 Jahre ist es jetzt her, dass man Gebhard Brenner begraben hat. Morgen würden wir meine Mutter beerdigen. Deswegen war ich mit Emirates von Christchurch nach München geflogen. Den Flug bekam ich nur noch, weil ich Business Class nahm. Ich kann mir das zwar leisten, weil

mein Café und Restaurant „Tasman Sea" in Nelson eine kleine Goldgrube geworden ist; auch mein Mann Fred, mit dem ich ein Jahr nach Gebhards Tod ausgewandert bin, hat sich mit seinem Hydrologischen Institut bestens etabliert. Doch Economy hätte es auch getan. Ich brauche immer noch keine Kompressionsstrümpfe und keine Heparinspritze.

Mein Neffe Frank hatte mich vom Münchner Flughafen abgeholt. Warum ich ihn bat, am Friedhof anzuhalten, als wir durch Schlatthofen kamen, weiß ich nicht. Man tut etwas wie unter Zwang und kann nicht erklären, warum. Der Friedhof ging mich doch überhaupt nichts mehr an. Wir haben unsere eigenen Toten. Drüben in Riedweiler sind die evangelischen Brenners begraben.

„Das gibt's doch nicht!" Ich fasste es einfach nicht: Kein einziger Grabstein mit unserem Namen. Als hätte es hier nie irgendwelche Brenners gegeben.

Was hatte ich eigentlich nach der langen Zeit auf dem Schlatthofener Friedhof erwartet? Viel Platz gibt es dort nicht. Da sieht sich so eine Gemeindeverwaltung wohl ab und an zur Entsorgung gezwungen. Aber kann man denn hier die Totenruhe nicht mehr verlängern? Gerade die wuchtigen, ausladenden Grabsteine der Brenners waren über Generationen richtige Denkmale. Nicht einmal mehr Gebhards bescheidenes Grab war zu finden. Konnte man nicht wenigstens ihn hier liegen lassen? Gab's denn hier überhaupt niemand mehr, der dafür sorgte?

In der Dorfmitte ließ ich Frank ein zweites Mal halten und stieg aus. Ich musste raus, musste mir das alles aus der Nähe ansehen.

Das gab's doch nicht!

Das Rathaus – weg. Als hätte hier nie ein Rathaus gestanden. Der Dorfteich zwischen Rathaus und Kreuzung, in den der Volkssturm seine Waffen geworfen hatte, als die Franzosen näher kamen, – weg. Nachdem die Franzosen, diese Pseudosieger, als Besatzer verschwunden waren, hatten ein paar Bauern das Zeug heimlich wieder herausgeholt. Verrostet oder nicht, man konnte nie wissen, wozu man einen wieder hergerichteten Karabiner noch brauchen würde. Statt Rathaus und Teich gab es jetzt ein dreieckiges Rasenstück mit ein paar Ziersträuchern und ziemlich dürftigen Blumenrabatten. Central Park Schlatthofen. Nun ja, jeder nach seinem Geschmack. Sei's drum! Doch das auf der anderen Seite der Kreuzung, das traf mich wirklich wie ein Schlag.

Der „Grüne Baum" war schon ziemlich heruntergekommen, als man Gebhard beerdigte, aber man sah immer noch, dass das Ganze einmal das prächtige Anwesen reicher Herrenbauern war. Herrenbauern und Gastwirte in einem. Bis auf zwei schäbige Garagen waren jetzt alle Ökonomiegebäude abgerissen. Das ungewöhnlich stattliche Ausdinghaus, in dem nach der Übergabe die Eltern des jeweiligen Baumwirts gelebt hatten, war verschwunden. Das einsam übrig gebliebene Wirtshaus frisch zu verputzen und zu streichen wäre grad für die Katz gewesen. Mauerwerk und Dachstuhl hätte man erst mal ausbessern und das Dach neu decken müssen. Die kunstvollen Buchstaben, die einmal grün auf blendendem Weiß verkündet hatten, dass hier das Gasthaus „Grüner Baum" stehe, waren auf dem bröckelnden Verputz kaum mehr auszumachen. An der Ecke zur Kreuzung hin fehlte das kitschige Wirtshausschild. Kein einziger Wagen stand auf dem großen Platz vor dem Eingang, kein Motorrad, kein Moped, kein Traktor. Unkraut hatte sich durchs Pflaster gekämpft, Moos grünte ungehindert. Nichts und niemand machte den Brennnesseln die Vorherrschaft an der Grenze zum ehemaligen Molkereihäuschen streitig. Auf diesem Anwesen wohnte keiner mehr. Seit Langem schon. Ein verfallendes Wirtshaus mit verrammeltem Haupteingang, geschlossenen Läden im oberen Stock und blind glotzenden Scheiben im Erdgeschoss, soweit sie nicht eingeschlagen waren, ein Friedhof, auf dem der Name Brenner nicht mehr zu finden war, so also sah der Schluss aus. Knallhart. Unwiderruflich. Zum Heulen dieses trostlose Gespensterwirtshaus. Aber ich bin nun mal keine von den Frauen, bei denen die Tränen locker sitzen.

Nicht das kümmerliche, wohl überflüssig gewordene Rathaus war einmal die Dorfmitte. Nicht wirklich jedenfalls. Der „Grüne Baum" war es. Mehr als 200 Jahre lang. Hier hatten Fuhrleute ausgespannt. Hier trafen sich seit undenklichen Zeiten die Straßen nach Riedweiler, nach Beringen, nach Tannzell, und auch wenn einer aus der Ferne herreiste oder in die Welt hinauswollte, musste er am „Grünen Baum" vorbei. Napoleon und Goethe haben hier ausnahmsweise nicht übernachtet. Doch wenn sie in die Gegend gekommen wären, hätten sie Schlatthofen durchqueren müssen, und falls es an der Zeit gewesen wäre, Station zu machen, sie hätten ohne Zweifel den „Grünen Baum" als Quartier gewählt.

Hier war auch dann noch das Zentrum des Dorfes, als es keine Fuhrleute mehr gab, man die Eisenbahnlinie durch Tannzell führte und nicht durch Schlatthofen und die großen Durchgangsstraßen anderswo entstanden. Vergeblich hatte mein Ururgroßvater als Bürgermeister erst im Dorf und dann fürs Dorf um die Trassenführung gekämpft. Das geistige Zentrum blieb das Wirtshaus trotzdem. Vor allem aber blieb es das Machtzentrum.

Und jetzt das!

„Öd, Herrschaften, ist es auf dieser Welt", steht irgendwo bei Gogol. Recht hat er. Absolut. Auch den Musterhof meines Großvaters in Riedweiler gibt es nicht mehr. Verkauft oder verpachtet ist das Land.

Sind wirklich die Frauen der Brenners daran schuld, dass alles so gekommen ist?

Ich wehre mich dagegen. Heute wie damals!

2

Die Lutherischen in Riedweiler waren nirgendwo hergekommen. Sie waren schon 450 Jahre vor dem frommen Mesner da, weil man sie nach dem Augsburger Religionsfrieden kurzerhand zu Protestanten gemacht hatte. Später gab es allerdings tatsächlich Zuzug von Evangelischen nach Riedweiler, wo man schon seit mehr als hundertfünfzig Jahren kein Ried mehr findet. Man hat es trockengelegt. Aus der Steiermark waren sie gekommen, die Zugewanderten, aus Kärnten, der Schweiz. Lauter fromme Leute, fleißige Leute, die man daheim vertrieben hatte und die mit ihrer Frömmigkeit das Dorf prägten. Bis heute eigentlich. Doch als sie kamen, war Riedweiler ja bereits evangelisch. Sie sind nicht schuld daran, dass man an kirchlichen Feiertagen auf dieser störenden Insel im makellos gelb-weißen Fahnenmeer rechtgläubiger Ortschaften die weiß-violette Flagge der evangelischen Kirche hisst. Schuld ist allein der letzte Spross, derer von Wettenstein.

Bevor Napoleon kam und schuf, was er für Ordnung hielt, war die politische Landkarte der Gegend ein farbenfroher Flickenteppich. Adelsbesitz von Fürsten, Grafen und Baronen, Klosterland und freie Reichsstädte mischten sich kunterbunt mit reichlich Habsburgischem. Aber wes Land es auch immer war, man war katholisch. Nur in einigen Freien Reichsstädten hatte die Reformation sich durchsetzen können. Dort war es teilweise schlimm zugegangen, als die Reformierten die gottlosen Bilder von Wänden und Decken schlugen und den gesamten Kirchenschmuck vernichteten. Volksfromm katholisch blieb dagegen die Landbevölkerung, treu und unbeirrbar. Alle paar Meilen stand ein Kloster. Die Orden hatten es von jeher verstanden, nicht nur diese Treue des frommen Volkes zur allein selig machenden, allumfassenden Kirche zu festigen, sondern auch den klösterlichen Besitz wacker zu mehren, oft auf Kosten des Adels oder der Städte, in der Regel jedoch zu Lasten der Bauern und ihrer Erben. Doch das für Riedweiler Entscheidende ereignete sich, lange bevor Luther seine 95 Thesen an die Türe der Schlosskirche zu Wittenberg nagelte.

Riedweiler gehörte den Herren von Wettenstein, einem Geschlecht, dessen Vorfahr einst ins Heilige Land gezogen war, um den Heiden die heiligen Stätten der Christenheit zu entreißen und sich am gottgefälligen Abschlachten der Ungläubigen zu beteiligen. Von jenem Abschlachten wussten Chronisten zu berichten, die christlichen Ritter und ihr Gefolge seien zu Jerusalem bis zu den Knien im Blut gewatet. Die Nachkommen des frommen Kreuzritters waren zu einer Sippe von Wegelagerern und Bauernschindern verkommen, mussten sie doch notgedrungen verarmen, als man ihrer Kriegsdienste nicht mehr bedurfte und es ihnen immer schwerer machte, Kaufmannszüge sowie Einzelreisende auszuplündern und Lösegelder zu erpressen. Auch das völlig unberechtigte Erheben von Wegzoll brachte nicht den gewünschten wirtschaftlichen Aufschwung. So blieb den Wettensteins in ihrer verfallenden Burg nur, ihren quasi leibeigenen Bauern ohne Erbarmen das Fell über die Ohren zu ziehen.

Dass Riedweiler nicht katholisch blieb, hatte seinen Grund darin, dass der Letzte der rechtgläubigen Linie derer von Wettenstein dahinschied, ohne einen Erben zu hinterlassen. Dies wiederum hing mit seiner Natur und dem damaligen Schweinehirten und nachmaligen Waldschütz Veit Angelin zusammen. Der Letzte von Wettenstein war ein gar schlimmer Rittersmann, ein Verschwender, Saufaus und Hurenbock, unter dem es den Bauern besonders übel erging.

Es war nicht an dem, dass der Junker Heinrich, obwohl unbeweibt, keine Nachkommen gehabt hätte. Im Gegenteil. Es gab eine ganze Reihe von Kindern, die zur Hälfte Wettensteins waren. Das ius primae noctis war durchaus nicht mehr im Schwange, deshalb pflegte der Junker es in abgewandelter Form auszuüben. Großzügig erhob er auf Brautnacht und Jungfräulichkeit keinen Anspruch. Ihn deuchte es reizvoller, sich mehrmals zu bedienen. Ingrimmig ballten die Bauern die Faust in der Tasche. Der von Wettenstein war nicht nur Grund-, sondern auch Gerichtsherr. Obwohl nur zur niederen Gerichtsbarkeit befugt, scheute er sich keineswegs, zur Kurzweil ab und an einen Delinquenten hängen, pfählen oder vierteilen zu lassen. Auch war er, wenn er auf seinem Rappen von der Burg herabpolterte, stets von zwei riesenhaften, bewaffneten Knechten begleitet, rohen Gesellen, Saufkumpanen des Junkers, die ihm treu ergeben waren. Wenig Federlesens machten sie, wenn ihrem Herrn irgendetwas oder irgendjemand missfiel, und es scheint ihm sehr rasch irgendjemand oder irgendetwas missfallen zu haben.

Vielleicht hätte der von Wettenstein aber doch noch ein bedauernswertes Edelfräulein heimgeführt, seinen Besitz durch Mitgift gemehrt und sich standesgemäß fortgepflanzt, wäre er nur lange genug am Leben geblieben.

Herr Heinrich hatte sich die fünfzehnjährige Tochter eines Bauern als Magd ins Schloss geholt. Sie war ihm ihrer regelmäßigen Gesichtszüge wegen und dank ihrer selbst unter den schäbigen, dunklen Hadern nicht zu übersehenden Formen aufgefallen. Das verzweifelte Flehen des Vaters, ihm das Mägdelein zu lassen, erstarb angesichts drohender Mienen der beiden Reisigen, die ihren Herrn wie üblich begleitet hatten, sowie einiger Münzen von geringem Wert, die der Junker schließlich herablassend auf den Tisch warf. Bei den seltenen, kurzen Besuchen daheim berichtete die junge Magd, es gehe ihr auf der Burg nicht übel, sie lerne sogar allerlei Nützliches und Gewalt werde ihr nicht angetan. Da sie einmal ein Stück Linnen mitbrachte, ein andermal wiederum einige geringwertige Münzen, rühmte sich der Vater schließlich in der Schenke seines klugen Entschlusses, die älteste Tochter dem Herrn Heinrich als Dienstbotin angetragen zu haben.

Als sich nach geraumer Zeit andeutete, dass die Dienstbotin von einem Kinde halbadliger Herkunft genesen werde, ließ ihr Herr den Veit Angelin holen. Der stand seit seinem achten Lebensjahr ganz allein, nachdem seine Mutter gestorben war. Gewaltsam gezeugt hatte ihn ein mit seinem Haufen durchziehender Söldner. Der Schweinehirt, ein finsterer, breiter Mensch mit dichtem, schwarzem Haar, das ihm filzartig in die Stirn wuchs, galt im Dorf als einer, der schwer von Begriffe sei und deshalb zu nichts anderem tauge, als die Schweine zu hüten. Mitunter, wenn er gereizt wurde, erwachte er aus brütender Lethargie und geriet außer sich. Ihm dann behände auszuweichen war ratsam. Der von Wettenstein fragte ihn ungewohnt leutselig, ob er nicht willens sei, die ehrenwerte Magd Josefa Huchlein zu heiraten, die auf eigenen Wunsch aus dem herrschaftlichen Dienste ausscheide. Da der Veit Angelin, der nie im Leben daran gedacht hatte, sich mit einem Weibe zu belasten, sich weigerte, dem Wunsch des Junkers nachzukommen, versprach dieser, immer noch einigermaßen beherrscht, ihn im Falle einer Verehelichung zum neuen Waldschütz zu ernennen.

Den bisherigen Waldschütz hatten die Bauern noch mehr gehasst als gefürchtet, da er besonders grimmig über den herrschaftlichen Forst wachte, der doch einst allen gemeinsam gehörende Allmende war. Wegen Holzfrevels oder Wilderei hatte er ertappte Bauern drakonischen Strafen zugeführt, bis er eines Tages von einem Waldgang nicht zurückkehrte und unauffindbar verschollen blieb.

Als selbst das unfassbar großzügige Angebot seines Herrn nicht verfing, legte man den Schweinehirten im Burghof über einen Tisch und machte ihm die Heirat schmackhaft, indem man ihm den nackten Hintern ausgiebig mit Ruten strich, sehr zur Erheiterung des Burgherrn und des gesamten Gesindes. Nur die angehende Braut weinte heftig, was durchaus nicht auf das Wehgeschrei ihres künftigen Gemahls zurückzuführen war.

Abgesehen von dem überzeugenden Argument für eine Heirat, konnte der verehelichte Veit Angelin mit der Wendung, die sein Leben genommen hatte, recht zufrieden sein, auch wenn das Amt des Waldschützen nicht viel mehr war als die Ernennung zu einer Art besserem Holzfäller im Dienste der Burg. Außer den Lumpen, die er auf dem Leibe trug, hatte er bis dahin keinerlei Besitz sein eigen genannt und ringsum im Stroh bei den Bauern gehaust. Nur widerwillig hatten sie ihn aufs kärglichste verköstigt. Nun indes bewohnte er eine vom Rauch des Herdfeuers geschwärzte Hütte auf halber Höhe zur Burg, einsam im Wald gelegen, die er mit seiner Angetrauten und allerlei Kleinvieh teilte. In einem Verschlag hinter der Hütte hatten sogar ein mageres, hochbeiniges Schwein und ein kümmerliches Kühlein ihren Platz, wenn sie nicht im herrschaftlichen Walde weideten.

Die Verheiratung der Josefa Huchlein wäre indes nicht nötig gewesen. Der Sohn, den sie sechs Monate nach der kümmerlichen Hochzeit, bei der sie abermals sehr geweint hatte, zur Welt brachte, lebte nur wenige Stunden. Ihren Mann, der hinter seiner niederen Stirn befremdlicherweise ins Rechnen und Grübeln geraten war, belehrte sie dahingehend, dass zu früh geborene Kinder selten überlebten. So schlug er schließlich ohne Argwohn weiter Holz und wachte mit weit geringerem Erfolg als sein Vorgänger über den Forst, den die Wettensteins unrechtmäßig an sich gebracht hatten.

Ohne Verdacht also war der Veit Angelin, und er wäre es geblieben, wenn er nicht eines Tages unterwegs bemerkt hätte, dass er den Ranken harten Brotes nicht eingesteckt hatte, den seine junge Frau ihm jeden Morgen mitzugeben pflegte. Zunächst erwog er, darauf zu verzichten, da er schon eine ganze Strecke Weges gegangen war, doch dann entschloss er sich umzukehren. Der Platz, an dem er eine große Menge Holz zu schlagen hatte, lag weit von der Hütte entfernt. Ginge er weiter, würde er viele Stunden hungernd verbringen müssen.

Vor der Hütte packte den Veit Angelin Entsetzen. Seine Frau musste in der Zeit seiner Abwesenheit schlimm erkrankt sein oder sich übel verletzt haben, hörte er sie doch Mitleid erregend stöhnen. Der Anblick, der sich ihm im Inneren der dunklen Kate bot, und der Aufschrei seiner Frau: „Hilfe, er tut mir Gewalt an!" ließ ihn zur Herdstelle stürzen, ein Buchenscheit ergreifen und auf den Kopf des oben liegenden Menschen männlichen Geschlechts schmettern. Erst danach erkannte er in ihm seinen Grund-, Gerichts-

und Dienstherrn, was ihm nachgesehen werden muss, hatte er doch bis dahin niemals dessen nackten Unterleib erblickt, ganz zu schweigen davon, dass ihm dessen Rückseite zugekehrt war. Ferner muss man ihm zugutehalten, dass er nur langsam von Begriff war und, wenn er gereizt wurde, zu unerwarteten Wutausbrüchen neigte. Des Weiteren hatte er ja geglaubt, seine Frau von einem sie notzüchtenden, fremden Unholde zu befreien. Er schleppte den reglosen Junker hinter die Hütte und entledigte sich seiner fürs Erste im Koben des Schweins. Dann kehrte er zurück und betrachtete finster brütend sein Weib, das unter Schluchzen und dennoch beredt Klage über die angetane Gewalt führte. Das vermochte indes den Veit Angelin nicht daran zu hindern, zum ersten Mal gewisse Zusammenhänge dumpf zu erahnen, wenn auch erst nach und nach. Auch war ihm jetzt, als habe seine Frau den Herrn Heinrich von Wettenstein mit Armen und Beinen heftig und leidenschaftlich umschlungen und sich erst gewehrt und um Hilfe geschrien, als sie ihres Mannes ansichtig wurde. Hatte ihr doch Herr Heinrich zunächst die Sicht versperrt. Den heraufdämmernden Entschluss, sein junges Weib ebenfalls zu töten, verschob der Veit Angelin. In grimmiger Erinnerung dessen, was ihm im Burghofe widerfahren war, beschloss er, ihr zunächst den blanken Hintern mit aller Kraft sowie besonders anhaltend zu bläuen und sie erst danach zu erschlagen. Zu Letzterem kam es nicht, denn nach einer gewissen Anzahl von Schlägen konnten die Eheleute Angelin nicht umhin, zu vollenden, was Herrn Heinrich nicht mehr zur Gänze vergönnt gewesen war.

Überdies war der Junker, der nur bewusstlos war, wieder zu sich gekommen, als das hungrige Schwein begann, sich über ihn herzumachen. Es gelang ihm, aus dem Verschlag in Richtung seiner Knechte zu kriechen. Auch konnte er noch um Hilfe rufen, bevor er verschied. Die beiden hatte er wie üblich geheißen, in angemessener Entfernung mit seinem Rappen auf ihn zu warten.

Da der Waldschütz dem Bespringen seines darob zum ersten Mal einigermaßen entzückten Weibes, ganz wider seine bisherige Gewohnheit, außerordentlich lange oblag, ergriffen ihn die Knechte des Herrn von Wettenstein, bevor er, wie geplant, in den Wald entfliehen konnte. Der Ordnung halber schlugen sie ihn halb tot, bevor sie ihn ins Verlies warfen.

Dem Veit Angelin trennte bald darauf der Scharfrichter den Kopf vom Rumpfe. Seine Ehefrau wurde auf Betreiben der Geistlichkeit der Hexerei bezichtigt und angeklagt. Nur wer mit dem Satan im Bunde stehe, könne den Spross eines, wenn auch verarmten, jedoch alten Adelsgeschlechts derart zur Unzucht verführen, warf man ihr vor. Unter der Folter gestand die Josefa Angelin, geborene Huchlein auch bereitwillig ihre Schuld und wurde den Vorschriften entsprechend verbrannt. Vor allem die umliegenden Klöster hatten Grund gehabt, den Prozess in Gang zu bringen, hatte doch jedes von ihnen gehofft, ein unbeweibt bleibender Herr Heinrich werde, angesichts seines wüsten, verderbten Treibens, aus Furcht vor der Verdammnis und um der ewigen Seligkeit willen, dereinst auf dem Totenbett seinen Besitz einem von ihnen vermachen.

Burg und Dorf fielen an die viel weiter nördlich residierenden Herren von Helfenbrunn als nächste Verwandte des Heinrich von Wettenstein. Obwohl der Entfernung wegen Bedenken bestanden, schlugen sie den ihnen solchergestalt zugefallenen Besitz nicht aus. Später schien es den Helfenbrunnern opportun, sich der Reformation anzuschließen und in den Glaubenskriegen die Sache des Protestantismus zu verfechten. An der verfallenden Burg hatten sie von Anfang an wenig Interesse gezeigt. Sie endete als Steinbruch der Bauern aus dem auf recht ungewöhnliche Art protestantisch gewordenen Riedweiler. Das Dorf wurde schließlich trotz der ebenfalls ganz erheblichen Entfernung für einige Zeit von der Freien Reichsstadt Ulm erworben, was vermutlich zur Sicherung des reformierten Glaubens beigetragen hat. Riedweiler wurde jedenfalls kein Opfer der Gegenreformation.

Nun gut, auf Grund des „Cuius regio, eius religio" protestantisch zu sein ist eine Sache. Eine andere ist, ob man deswegen gleich so bigott werden muss.

Es ist unglaublich, wie stark das Dorf, in dem man aufwächst, einen prägen kann, vor allem, wenn es ein Dorf ist, in dem überfromme Pietisten den Ton angeben. Man wird geformt, und wenn es nur durch den Widerstand gegen Dorf und Elternhaus ist.

Noch in den Fünfzigerjahren hatten wir Kinder gelernt, ein wirklicher Christ müsse in der Lage sein, Tag und Stunde seiner Erweckung und Bekehrung zu nennen. Wir hatten uns dieses Ereignis folgendermaßen vorzustellen: Irgendwann knöpft sich der Liebe Gott den sündigen Menschen persönlich vor, auf dass dieser das schreckliche Ausmaß seiner Sündhaftigkeit erkenne, steckt ihn sozusagen in den Pfuhl seiner Verderbnis und lässt ihn gehörig von dieser schwärzlichen Dreckbrühe schlucken, worauf der Wiederauftauchende in Erkenntnis seiner Nichtswürdigkeit und ewigen Verlorenheit ausruft: „Herr, sei mir elendem Sünder gnädig!" Daraufhin lässt der Herr ihm durch den Heiligen Geist mitteilen: „Du bist erlöst. Gehe hin und sündige hinfort nicht mehr!" Von Stund an schreitet der Erweckte mit einem Erlöstenlächeln im Gesicht durchs Leben, enthält sich aller Freuden der verderbten Welt und tut Gutes, auf dass er dereinst ins himmlische Salem eingehe. Von dem sangen wir bei den Treffen der Erweckten unter Gitarrenbegleitung: „Herrlich, herrlich wird es einmal sein, wenn wir ziehn von Sünden frei und rein in das gelobte Salem ein ..."

Mit acht Jahren wusste ich ganz genau, wie es im Himmel zuging, oberhalb von dem Blauen da droben: Ein würdiger, älterer Herr mit gepflegtem Vollbart geht in Begleitung seines langhaarigen, jedoch sorgfältig frisierten Sohnes segnend an den zu Lebzeiten Frommen vorüber, ihnen voll Wohlwollen zunickend, während diese sich von den Bächen aus Milch und Honig erheben, Palmwedel schwingen und Hosianna rufen. Und der Heilige Geist schwebt als Taube über dem allem und blickt voll Wohlgefallen darauf hernieder.

Meine Mutter besaß ein altes, allerdings zu meiner Zeit nicht mehr benutztes Liederbüchlein, in dem ich folgende Strophe entdeckte:

Ich bin ein rechtes Rabenaas,
ein schlimmes Sündenübel,
der seine Sünden in sich fraß
als wie der Rost den Zwiebel.
Drum nimm, oh Herre, mich beim Ohr,
wirf mir den Gnadenknochen vor
und führ mich Sündenlümmel
in deinen Freudenhimmel.

Gerade meine Mutter, auch noch als Fünfzigjährige eine schöne, begehrenswerte, leidenschaftliche Frau, hatte es in der Gemeinschaft der Auserwählten nicht leicht. 22-jährig hatte sie schwer gefehlt. Ein neuer Bruder im Herrn war ins Dorf gezogen. Ein besonders frommer Bruder, von großer Redegewalt in den Bibelstunden, inbrünstig betend in den Betstunden. Von gottgefälliger Liebe hatte er zu Esther Brenner gesprochen, vom Bund fürs Leben, von vielen gottgewollten Kindern. So gewann er das Vertrauen der leidenschaftlich Liebebedürftigen. Liebebedürftig, weil ihre Mutter, die erste Frau meines Großvaters Georg, starb, als ihr drittes Kind zwei Jahre alt war. Bei Tabea, der Stiefmutter, fanden die Kinder nicht, was sie nach dem Tod der Mutter so dringend gebraucht hätten. Dass der Vater besonders lieb zu ihnen war, konnte die Mutterliebe nicht ersetzen. So geschah es, dass die Esther Brenner sich dem Bruder in Christo hingab, liebebedürftig und leidenschaftlich, wohl wissend, dass der Geschlechtsverkehr vor der Ehe eine Sünde und auch in der Ehe nur zum Zwecke der Fortpflanzung erlaubt ist. Auf Gott gar nicht gefällige Weise wurde ich an einem milden Juniabend des Jahres 1939 gezeugt. Vermutlich auf dem Heimweg von der Bibelstunde. Mein Erzeuger dachte indes keineswegs an Heirat, als offenbar wurde, dass ich unterwegs war. Falls er wirklich jemals Interesse an meiner Mutter gehabt haben sollte, an dem, was da in ihrem Bauch heranwuchs, hatte er jedenfalls nicht das geringste Interesse. Der Zweite Weltkrieg kam ihm durchaus zupass. Es gelang meinem biologischen Vater, verschollen zu bleiben. Wäre mein Großvater ein gebürtiger Riedweilerer gewesen und dazu hin einer von den ganz Frommen, hätte er seine frevelnde Tochter wohl verstoßen. Doch zum einen kreisten die Gedanken des katholisch Aufgewachsenen ganz sicher nicht mit protestantisch-pietistischer Penetranz und Hartnäckigkeit um alles Geschlechtliche und dessen Verwerflichkeit. Zum anderen messen Katholiken, die in barocker Umgebung aufgewachsen sind, dank Beichte, Buße und Absolution, sündhaftem Tun weniger Bedeutung bei als ihre schwer daran tragenden protestantischen Mitbrüder. Und drittens war mein Großvater bis ins Alter zwar gläubig, aber ungewöhnlich tolerant und neuen Gedanken gegenüber von bedächtiger Aufgeschlossenheit. Er war schon fast achtzig, als ich bei einem Spaziergang zu ihm sagte, meiner Meinung nach sei für viele Bauern heutzutage doch die einzige Möglichkeit zu überleben eine Art freiwilliger Kolchose.

„Das hab ich schon lang gedacht", sagte mein Großvater und ich staunte.

Man sah es ihm an, dass er nicht der sprichwörtlich tumbe Bauer war. Als er einmal, damals schon seit Jahren im Ausgedinge, zu Besuch bei Martha war, der Lehrersfrau in einem hohenlohischen Dorf, fragten die Leute, ob das denn ein alter Pfarrer im Ruhestand gewesen sei, der sie durch den Ort begleitet habe. Man konnte das verstehen. Sein im Alter rosig gewordenes, freundliches Gesicht, das weiche, schlohweiße Haar und die traditionell schwarze Kleidung, wenn er nicht auf dem Hof oder im Haus arbeitete, ließen tatsächlich an einen pensionierten Pfarrer denken.

Tabea, starkgliedrig, in Glaubensdingen noch weit handfester als körperlich, und leider in der religiösen Erziehung der Stiefkinder dominierend, hatte ihn mit ihrer Bigotterie nicht anstecken können. Doch hatte er ihr wohl bei den Kindern zu viel freie Hand gelassen, weil er es als Vermächtnis seiner verstorbenen Ruth ansah, dass die Kinder stark im Glauben waren. Trotzdem war er keiner von diesen frommen Heuchlern geworden, die stets den Splitter in ihres Bruders Auge sehen und des Balkens in ihrem eigenen Auge nicht gewahr werden. Die gab's damals in Riedweiler, die gab's noch zu meiner Zeit, die wird's immer und überall geben.

Der Fabrikant Jeremias Stöttner war zum Beispiel so einer. Er begann nach der Währungsreform mit großem Gewinn fragwürdige Obstsäfte herzustellen. Als rechter Christ gab er ledigen Müttern ebenso wenig Arbeit wie

Geschiedenen oder Gewerkschaftsmitgliedern. Als seine Arbeiter ihn um einen Aufenthaltsraum für die Pausen baten, erklärte er jammernd, daran sei nicht zu denken, schlecht, wie die Geschäfte derzeit nun einmal gingen. Im gleichen Jahr ermöglichte seine Spende es der altpietistischen Gemeinschaft, einen Betsaal zu errichten. Immer wieder gelang es ihm mit Hilfe des HERRN zu verhindern, dass sein Betrieb durch Gewerbeaufsicht und Wirtschaftskontrolldienst geschlossen wurde. Auch ein Verfahren wegen Betrugs wendete der HERR in seiner Güte für ihn zum Besten. In den Bibel- und Gebetsstunden führte er das große Wort und warf sich umgehend und mit Macht zum Sittenrichter auf, sobald ruchbar wurde, dass unter den Brüdern und Schwestern im Herrn jemand gefrevelt hatte.

Ein anderer war der Landwirt Gröner, der Frömmste der Frommen, ein fanatisch und ohne Erbarmen Enthaltsamkeit in jeglicher Hinsicht Fordernder. Keuschheit, auch in der Ehe, war ihm oberste Tugend. Viel zu gottlos waren ihm die Pfarrer, die er im Laufe seines Lebens in Riedweiler erleiden musste. Von Sendungsbewusstsein zur Rettung der wahren Lehre erfüllt, sagte er ihnen den Kampf an und forderte lauthals ihre Versetzung, unterstanden einige von ihnen sich doch, neben unerträglichen Gottlosigkeiten in ihren Predigten, im Privatleben Wein und Bier zu trinken und zu rauchen. Solches war dem HERRN mitnichten gefällig. Hätte der HERR ZEBAOTH gewollt, dass seine Kinder dem Tabakgenuss frönten, dann hätte er sie ohne Zweifel mit einem Kamin auf dem Buckel geschaffen. Und der Alkohol, war der nicht, wie schon das Alte Testament auswies, die Ursache unsäglicher Sünden?

Gröner bewirtschaftete einen der drei waldumzingelten Höfe im abgelegenen Weiler Hinterbuch. Das noch in den Sechzigerjahren ungeteerte Sträßchen dorthin führte durch eine Waldschlucht, in der man einst eine Beeren sammelnde Jungfrau geschändet und ermordet aufgefunden hatte. Kurz darauf erhängte sich ein Holzfäller aus Vorderbuch ganz in der Nähe des Tatortes. Man war davon überzeugt, dass es sich nur um den Unhold gehandelt haben könne, der dazu verdammt war, nächtens dort umzugehen, weil seine Seele keine Ruhe fand. Später war ein Viehhändler einem Raubmord zum Opfer gefallen. Obwohl dies alles schon sehr lange her war, passierte man die Schlucht immer noch mit einem gewissen Grausen. Dass es dort ohnehin von alters her nicht geheuer sei, stand, ungeachtet der Frömmigkeit, für jedermann in der Gegend fest. Man tat auch gut daran, sich vor in ganzen Rotten in dem Gebiet lebenden Wildschweinen in Acht zu nehmen. Trotzdem reisten jeden Sommer Gruppen des Christlichen Vereins Junger Männer nach Hinterbuch. Selbstlos stellte Gröner ihnen in den Ferien eine seiner Wiesen für ihr Zeltlager zur Verfügung. Dafür hatte er sich ausbedungen, bei den Morgen- und Abendandachten mitzuwirken, Ernte und Stall hin oder her. Zu was hatte er schließlich ein Weib? Eines Tages verhaftete man den Gottesfürchtigen wegen Missbrauchs einiger ursprünglich zu frommem Tun bei ihm zeltender Knaben.

Es gab natürlich auch andere im Dorf, etwa den Sägewerkbesitzer Hungerbühl, für dessen Seelenheil die Frommen Übles prognostizierten, machte er sich doch immer wieder über ihre gottgefällige Sittenstrenge lustig. Unbegreiflicherweise ließ der HERR seine Geschäfte noch besser gedeihen als die des gottesfürchtigen Stöttner.

Übrigens stammte auch Tabea aus Hinterbuch, wo man schon immer um einige Grade frommer war als die Frommen in Riedweiler. Bei uns wurde nie darüber gesprochen, wie ausgerechnet sie, eine Verwandte seiner ersten Frau, es geschafft hatte, dass mein Großvater sie heiratete. Gewiss, sie war ein Arbeitstier und eine gute Wirtschafterin, aber zu ihm passte sie doch überhaupt nicht. Natürlich musste ein verwitweter Bauer mit drei Kindern wieder heiraten. Die Kinder brauchten eine Mutter, der Hof eine Bäuerin. Seine Schwiegermutter, seit Jahren kränkelnd, hatte sich mehr schlecht als recht um die Kinder gekümmert und war zwei Jahre nach ihrer Tochter gestorben.

Es hat mich immer erstaunt, dass der ruhige, freundliche Großvater letztlich bis zu seinem Tod doch das Sagen auf dem Hof hatte.

Eigene Kinder konnte Tabea nicht bekommen. War das nun besser für meine Mutter und ihre beiden Brüder? Vielleicht war aber gerade diese Kinderlosigkeit der Grund dafür, dass sie immer die Stiefmutter blieb.

Nein, mein Großvater behielt seine Tochter auf dem Hof, mochte man sich in Riedweiler die Mäuler noch so zerreißen. Ein Mann, der bereit war, sie trotz ihrer unverzeihlichen Sünde zu ehelichen, fand sich allerdings jahrelang nicht.

Ein gewisser Lehmann, der aus Ungarn stammte und nach vielen kriegsbedingten Umwegen 1947 in Riedweiler gelandet war, zog es vor, keinen Anstoß an der Schande meiner Mutter zu nehmen, winkte doch in diesem Fall die Aussicht, in der neuen Heimat wieder Bauer zu werden und schließlich Mitbesitzer eines stattlichen Hofes. Dabei hatte er sich durchaus Frömmigkeit und Sittenstrenge seines Heimatdorfes bewahrt. Mein Großvater hatte ihn als Knecht eingestellt. Ein Glücksgriff, denn Lehmann erwies sich als außerordentlich tüchtig und erfahren in der Landwirtschaft. So gaben Vater und Stiefmutter Esthers Ehe mit ihm ihren Segen. Ihr entspross Martha, neun Jahre jünger als ich. Weitere Kinder durfte meine Mutter nicht bekommen. Während der dritten Schwangerschaft wäre sie bei einer Totgeburt fast gestorben. Lehmann war bereit, mich, die Frucht der Sünde, an Kindesstatt anzunehmen.

Mein Großvater war es, der schließlich durchsetzte, dass ich nach der siebten Klasse aufs Aufbaugymnasium gehen und dort Abitur machen durfte. Für die Kosten kam er auf. Er hatte erkannt, dass es in einer Katastrophe enden musste, wenn ich weiter im Haus und im Dorf blieb, wo unter den Frommen alles sündhaft war, was das Leben lebenswert erscheinen ließ. Und fromm waren damals noch fast alle.

Spielkarten waren eine Erfindung des Teufels. Rauchen war in des Schöpfers Weltordnung nicht vorgesehen. Tanzen war Sünde. Durch schwere gesundheitliche Schäden pflegte der HERR Onanie zu bestrafen, hatten sich doch nicht nur die Frauen bis zur Ehe rein zu halten. Das Fastnachtstreiben in den umliegenden Orten war dem Lieben Gott keineswegs wohlgefällig. Was, wenn er jemand aus dem Hexenkessel der Bälle ganz unerwartet zu sich rief? Wer kennt schon Stunde und Tag? Wollte man da dem ewigen Richter in einem solchen Narrengewand entgegentreten?

Vor allem aber hatte man Vater und Mutter zu ehren, wie das vierte Gebot es befahl, indem man ihren Geboten gehorchte und ihre Verbote streng beachtete. Gebrauchten sie, wie die Heilige Schrift es empfiehlt, fleißig die Rute, war dies ein untrügliches Zeichen ihrer Liebe.

Mit dreizehn weigerte ich mich eines Sonntagnachmittags, mit in die Bibelstunde zu gehen. Mir reichte der Gottesdienst am Vormittag mit seiner endlosen, langweiligen Predigt durchaus. Es gab einen fürchterlichen Krach mit meiner Mutter und Lehmann, aber ich setzte mich durch. Am darauffolgenden Sonntag weigerte ich mich wieder.

Da fragte meine Mutter: „Hast du denn den Heiland gar nicht mehr lieb?"

„Dein Heiland kann mir gestohlen bleiben."

Dieser Heiland oder „Herre Jesu", wie er im Ort auch hieß, ging mir mehr und mehr auf die Nerven. Wie oft hörte ich: „Was tät auch der Heiland dazu sagen?"

Seltsamerweise wünschte sich der Heiland nämlich immer genau das, was Mutter oder Stiefvater von mir verlangten. Dabei hatte meine Mutter doch selbst unter Felsbrocken selbstgerechter Frömmigkeit zu leiden, die Brüder und Schwestern im Herrn berechnend auf ihr Gewissen schleuderten. Zum Beispiel, als sie eines Sonntagnachmittags in der „Schtund" von lieben Schwestern im Herrn gefragt wurde, was sie denn glauben tät, dass der Herre Jesu dazu sagen tät, dass sie am Morgen in der Kirche Nylonstrümpfe getragen habe. Bei der Rocklänge meiner Mutter war während des Gottesdienstes fast nichts zu sehen gewesen, was die Fleischeslust der Männer in der Kirche hätte erregen und von ernster Andacht abbringen können. Trotzdem wurde ihr Entschuldigungsversuch nicht akzeptiert, sie habe die Strümpfe nur getragen, weil sie das Geschenk einer Verwandten seien. Man konnte es an den Mienen der Schwestern ablesen. Beim Wettbewerb „Wer ist die Frömmste im ganzen Land?" hatte Brenners Esther stets schlechte Karten.

Kaum hatte ich gesagt, der Heiland könne mir gestohlen bleiben, wurde meine Mutter blass. Sie nahm mich an der Hand und führte mich in die Schlafkammer der Eltern. Erst dachte ich, sie wolle dort mit mir niederknien, damit wir Gott gemeinsam um Vergebung für diese schlimme Sünde bitten konnten. Das hatten wir schon öfter getan. Doch sie sank keineswegs auf ihre Knie, sondern legte mich, auf der Bettkante sitzend, drüber und verabreichte mir zum Zwecke der Erweckung und Bekehrung eine ausgesprochen herzhafte Tracht Prügel. Obwohl sie es mit der flachen Hand machte, musste ich schließlich schreien. Noch nie hatte meine Mutter mich bis dahin so gründlich verhauen, doch fürs Seelenheil ihrer Tochter war ihr nichts zu schade. Dabei konnte ich noch heilfroh sein, dass Lehmann nicht da war. Die Erziehungsmethoden seiner deutschen Heimatinsel im Ungarland auch in der Fremde wahrend, hätte er mich bei einem derart schweren Vergehen gezwungen, meinen Po zu entblößen und mich über einen Stuhl zu legen. Dann hätte er auf Grund der biblischen Empfehlung einen Stock benutzt, der zog.

Zum anhaltenden Kummer meiner Mutter blieb ihr Bekehrungsversuch auf Dauer ohne Erfolg. Für Stiefvater und Stiefgroßmutter war ich schon lange eine Verlorene. Trost fand ich nur, wenn ich mit dem Großvater allein sein konnte.

So einfach, wie gedacht, wurde das mit dem Aufbaugymnasium dann doch nicht. Ochsenhausen, nicht allzuweit entfernt, wäre ideal gewesen. Aber es stellte sich heraus, dass dort nur katholische Schülerinnen unterrichtet wurden. So landete ich in Markgröningen. Sechs Jahre ABG-Internat waren weiß Gott auch kein Paradies. Besser, als im pietistischen Mief zu ersticken, war die Zeit dort allemal. Beim Lehrkörper galt ich als widerspenstig, als Opponentin gegen Schul- und Hausordnung. Weil ich gute Noten hatte, konnte man mir nicht viel anhaben. Die meisten Lehrkräfte verachtete ich. Einen Menschen habe ich allerdings kennengelernt, der mir eine Zeitlang imponiert hat, den Pfarrer Bartmann. Der hatte allerdings mit dem Aufbaugymnasium überhaupt nichts zu tun.

Bartmann war früher einmal Pfarrer in Riedweiler. Ein sehr beliebter Pfarrer, wie erzählt wurde. Nach 1945 hatte ihn die Kirchenregierung als untragbar eingestuft und mit stark gekürzter Pension aus den Reihen ihrer Geistlichen entfernt. „Freiwillig in die Partei eingetreten, und das schon vor 33! Bei aller Nächstenliebe, die der Herr den Seinen aufgetragen hat, so etwas kann man doch nicht vergeben und verzeihen!" Dass Bartmann sich von den Deutschen Christen unter ihrem Reichsbischof Müller distanziert und die Predigten nie zur Propaganda benutzt hatte, ließ man als Entschuldigung nicht gelten.

Es hieß, der Pensionär wieder Willen sei mit seiner Frau und der 20-jährigen Tochter, die Lehrerin werden wollte, in die Stuttgarter Gegend gezogen. Bertram, der Sohn, war als ganz junger Leutnant in Afrika gefallen. Dann hörte man lange nichts von mehr von Bartmann, bis jemand behauptete, er lebe jetzt in Ludwigsburg in einer Wohnung der Baugenossenschaft.

Meine Mutter hatte den Pfarrer Bartmann geradezu verehrt. Das hing keineswegs nur damit zusammen, dass er sie – als einer von wenigen im Dorf – nicht verurteilte und zu ihr stand, als sie mich bekam. Es gab Leute, die ihm das übel nahmen. Weil meine Mutter ihn also verehrte, bat sie mich, ihn von Markgröningen aus doch mal zu besuchen und ihm Grüße auszurichten. Irgendwie hatte sie seine Adresse herausgefunden, wie, weiß ich nicht. Dieser Besuch war mir mehr als lästig. Ich drückte mich, so lange es irgend ging.

Was ging mich dieser Bartmann an? So gut konnte ich mich schließlich gar nicht mehr an ihn erinnern. Ich war ja noch nicht einmal in der Schule, als er aus Riedweiler gehen musste. Ein Fremder war er doch für mich. Ein weiterer alter Sack, der uns Jungen erzählen wollte, was wir zu tun und zu lassen hatten. Was sollte ich also dort?

Als sich schließlich auch noch der Großvater einschaltete, konnte ich nicht mehr anders und fuhr eines Sonntags mit einem geliehenen Rad höchst widerwillig nach Ludwigsburg, fest entschlossen, keine Minute länger als nötig zu bleiben.

Ich blieb so lange, dass ich am Abend gerade noch rechtzeitig ins Internat zurückkam. Das lag aber nicht nur daran, dass der Kaffee und Frau Bartmanns Erdbeerkuchen ganz hervorragend waren. Nach dem Internatsfraß war so etwas geradezu himmlisch. Dass Bartmann mich nach dem Kaffeetrinken fragte, ob ich rauche, und mir eine Zigarette anbot, als ich herausfordernd nickte, fand ich großartig. Im Aufbaugymnasium war das Rauchen verboten. Deswegen hatte ich damit begonnen. Aber hier behandelte mich endlich jemand wie eine Erwachsene und redete auch so mit mir. Bald darauf fuhr ich wieder hin.

Musik war im ABG ein wichtiges Fach, doch wirklich lieben gelernt habe ich die klassische Musik durch ihn, und das meiste, was ich darüber weiß, verdanke ich ihm. Er war ein hervorragender Geiger und erteilte Kindern aus armen Familien kostenlos Violinunterricht. Ein genialer Bastler war er nebenbei aber auch. So hatte er schon in den 30er-Jahren ein funktionstüchtiges Radio gebaut. Doch Geigenspiel, Musikhören und Bastelwunder hätten mich nicht so oft nach Ludwigsburg gezogen. Unsere Gespräche waren der Grund. Über Gott und die Welt redeten wir. Ich oft hitzig und angriffslustig, er gleichbleibend ruhig und über das nachdenkend, was ich gesagt hatte. Wirklich nachdenkend, ohne die Überheblichkeit vieler Älterer, die dem Jugendlichen ihre seit Jahrzehnten gefrorene Meinung auf die Schnelle überstülpen wollen. Da war endlich einer, mit dem ich offen reden konnte, der tatsächlich zuhörte und nicht nur so tat, als hörte er zu, einer, der mich ernst nahm.

„Ich sehe keinen Sinn im Dasein", hatte ich einmal ziemlich frustriert gesagt. Achtzehn war ich und litt an der Welt schlechthin. „Man wird geboren, ohne gefragt zu werden, reißt vielleicht seine siebzig, achtzig Jahre runter, wenn's gut geht, und springt schließlich in die Kiste, wieder ohne gefragt zu werden. Wozu das alles? Was passiert, ist doch sowieso bloß Zufall und oft ein saudummer, grausamer Zufall. Wer behauptet, das Ganze hätte einen Sinn, der macht sich doch was vor und den anderen auch. Vor allem diejenigen, die den Sinn auch noch im Jenseits suchen, das es sowieso nicht gibt."

Lange schwieg er. Ich merkte, dass er für mich keine vorgefertigte Antwort parat hatte. „Der Sinn des Läbens ist, dass man's läbt", sagte er schließlich in der Aussprache des evangelischen Schwaben.

„Das versteh ich nicht."

„Denk einfach mal in Ruhe drüber nach, Hannah. Lass dir Zeit dafür. Und wenn es dir recht ist, hören wir uns jetzt noch die Platte mit dem Streichquartett von Mozart an, von der wir letztes Mal geredet haben."

„Der Sinn des Läbens ist, dass man's läbt. – Ein bisschen mehr hätte ich schon von ihm erwartet", dachte ich, als ich zurückfuhr.

Ja, und dann rückte ich eines Tages schließlich doch damit heraus: „Warum ist ausgerechnet jemand wie Sie in die Partei eingetreten?"

Am liebsten hätte ich die Worte gleich wieder eingesaugt und hintergewürgt. Was hatte mich da nur geritten, ihm diese Frage zu stellen?

Ganz ruhig blieb er. Er war nicht betroffen, nicht verärgert, empfand die Frage nicht als unverschämt. Seine Pfeife stopfte er und zündete sie an, bevor er antwortete.

„Was du mich da gefragt hast, das haben sich wahrscheinlich schon viele Leute gefragt. Ich weiß nicht, ob es jemand verstehen kann, der die Zeit nicht miterlebt hat. Der Krieg ist zu Ende gewesen, ich bin ausgehungert, aber unversehrt zurückgekommen und habe endlich anfangen können zu studieren. Es hat damals 1919 ausgesehen, als würde Deutschland im Chaos untergehen. Wir sind einmal feldmarschmäßig ausgerüstet von Tübingen nach Stuttgart gefahren, weil die Regierung nicht mehr in der Lage war, für Ordnung zu sorgen, und haben uns mit den Kommunisten rumgeschlagen, und die braven Bürger sind in den Fenstern gelegen und haben genüsslich zugeschaut, wie wir die Knochen hingehalten haben. ‚So etwas darf nicht wieder passieren', habe ich mir gesagt. ‚Wir brauchen einen starken Staat.' Den haben wir bis '33 eigentlich nie mehr wirklich gehabt. Dazu das Elend überall nach 1929. Arbeitslose noch und noch. Und es ist immer schlimmer geworden. Fast jeden Tag sind Bettler ins Pfarrhaus gekommen. Die meisten sind eben nicht die typischen versoffenen Tagediebe von früher gewesen, die sich schimpfend davon gemacht haben, wenn man ihnen gesagt hat, hinterm Haus gebe es eine Menge Holz zu hacken oder sie könnten den Garten umgraben, oder wenn man ihnen sonst eine kleine Arbeit im Dorf besorgt hat. Sechs Millionen Arbeitslose! Dazu die Schlägereien und Schießereien zwischen den Schlägertrupps von links und rechts in den Städten. Verletzte, Tote. ‚Es muss endlich was geschehen!', haben meine Frau und ich immer wieder gesagt. So hat es einfach nimmer weitergehen können. Wie es damals ausgesehen hat, ist Deutschland nur noch die Wahl zwischen den Kommunisten und den Nationalsozialisten geblieben. Und da haben wir uns für die Partei entschieden, von der man am ehesten hoffen konnte, dass sie endlich wieder normale Verhältnisse schafft. Ein kommunistisches Deutschland haben wir auf gar keinen Fall gewollt. Vielleicht waren wir zu gutgläubig. Wenn du willst, auch zu naiv, damals. Vielleicht haben wir auch unsere Bedenken ganz schnell beiseitegeschoben. Weißt du, wenn alles dabei ist, kaputt zu gehen, greift man automatisch nach dem dicksten von den Strohhalmen. Deswegen bin ich in die Partei eingetreten. Ich habe nicht wie die fetten Stuttgarter Bürger im Fenster liegen wollen, während andere die Arbeit machen, damit das Land gerettet wird. So war das mit mir."

Ich verstand es trotzdem nicht. Wie konnte so ein gescheiter, kultivierter Mensch, dazu hilfsbereit, ein Christ eben, bei den Nazis eintreten?

Unwillkürlich hatte ich eine ablehnende Bewegung gemacht, und dann erklärte ich ihm wortreich, dass er falsch gehandelt habe. Trotz allem. Er schwieg und sah mich lange an. Traurig sah er mich an. Wir erwähnten das Thema nie mehr. Dass ich ihn am Ende nicht mehr besuchte, hatte aber einen ganz anderen Grund. Er hatte versucht, mir meine Zukunftspläne auszureden. Ruhig und wie ein Vater sprach er darüber, ein Vater, den ich mir immer gewünscht hatte. Blöde Kuh, die ich damals war, wollte ich mir so etwas einfach nicht gefallen lassen. Keiner hatte mir da hineinzureden. Auch er nicht. Nur einmal war ich noch dort. Nach dem Abitur, um mich zu verabschieden. Wahrscheinlich wäre mein Leben ganz anders verlaufen, wenn ich über seine Argumente wenigstens nachgedacht hätte.

Ich kam nicht nach Riedweiler zurück, um, wie von der Familie erhofft, später einmal den Hof zu übernehmen und mich nach einem der Landwirtschaft kundigen Ehemann umzusehen. Ich ging auch nicht aufs Pädagogische Institut wie die meisten meiner Klassenkameradinnen, um Volksschullehrerin zu werden, was man zu Hause wohl noch eher akzeptiert hätte. Theaterwissenschaften und Germanistik studierte ich. Vor allem Theaterwissenschaften. In Berlin. Wo denn sonst? Deutsches Theater, Theater des Westens,

Theater am Schiffbauerdamm, wo vier Jahre vorher noch Brecht mit seinem Kollektiv gearbeitet hatte, Volksbühne, Maxim-Gorki-Theater ... Damals, als ich mit dem Studium begann, war es ja noch überhaupt kein Problem, nach Ostberlin hinüberzufahren.

Um es kurz zu machen, die Jahre dort wurden zum Fiasko, möglichst rasch zu vergessen. Zu einem Abschluss brachte ich's weder im einen noch im anderen Fach. Reichten eine Eins in Deutsch an einem Aufbaugymnasium und Hauptrollen bei Schulaufführungen etwa doch nicht, um eine große Regisseurin zu werden? Hatte ich einfach nebenher zu viel gejobbt, um das Studium zu finanzieren? Aber andere mussten das ja auch und schafften es trotzdem. Erst viele Jahre später konnte ich es mir eingestehen: Ich hatte mich ganz einfach viel zu sehr ablenken lassen. Viel zu oft. Einen besseren Platz als Berlin gab es dafür nicht. Theater, Theater, Theater. Dazu überflüssiger Schauspielunterricht, der letztlich doch nichts brachte. Unregelmäßige freie Mitarbeit bei der „Morgenpost". – „Ist mir doch gleich, wem die letztlich gehört. Hauptsache, ich darf schreiben." – Durchqualmte, durchsoffene, durchquatschte, durchliebte Nächte, durchschlafene Vormittage, anstelle von Vorlesungen und Seminaren. Frei, vollkommen frei war ich doch endlich. Nach Riedweiler und Markgröningen hatte ich nicht nur Freiheit nachzuholen, sondern auch Liebe noch und noch. Ich muss sagen, in beiderlei Hinsicht stellte ich mich sehr gelehrig an. Nur ganz kurz war ich in den Semesterferien zu Hause. Diese Enge! Das war kein Zuhause mehr. Ein Gefängnis war das, und ich war froh, wenn ich wieder in Kreuzberg war. Keiner konnte mir hier dreinreden. Wann, wie und mit wem ich nach Hause kam, ging niemanden etwas an. Wirklich verliebt war ich dabei nur ein einziges Mal. In Björn, einen bildhübschen Soziologiestudenten von der FU. Björn kam aus Bremen-Horn. So verliebt war ich, waren wir, dass wir heirateten. Standesamtlich. Natürlich war diese Heirat völliger Blödsinn, eine reine Kinderei. Wir hätten ebenso gut auch so zusammenleben können. Aber wenn man so verliebt ist, dann sieht man das nicht. Die paar lächerlichen finanziellen Vorteile von Verheirateten überschätzten wir. Unsere Bohemien-Ehe in der dunklen, feuchten Souterrainwohnung begann ja auch ganz gut. Langeweile kannten wir nie. Souterrain, dunkel, feucht, aber draußen in Dahlem, mit einer Art Miniaturpark um das Gebäude, herrlich verwildert. Die ehemalige Villa diente als Unterkunft für Schulklassen, die Berlin besuchten. Der Lärm, den sie machten, störte uns nicht. Wir waren ja selbst oft laut. Ob in unseren beiden Zimmern einmal übel ausgenutzte Dienstboten gewohnt hatten, wussten wir nicht. Es war uns gleichgültig. Wir waren stolz auf unser Zuhause.

Ich weiß nicht genau, wann das Ende seinen Anfang nahm. Björn, ursprünglich ein liebenswerter Idealist, war in eine dieser linken Gruppen geraten, die sich in Berlin fanden, vereinzelt damals erst. Je länger er dabei war, desto mehr war er von seinen neuen Freunden gefesselt, von ihren Ideen, ihren Entwürfen einer besseren, im Endstadium paradiesischen Welt der Freiheit, Gleichheit und gewaltlosen Gerechtigkeit. Ja, ich glaube, „gefesselt" ist das treffende Wort. Am Ende war er gar nicht mehr er selbst. Wir hatten schon immer heiße, oft nächtelange Diskussionen geführt, zu zweit, in kleinem, in großem Kreis, daheim oder in Kneipen, und uns trotzdem hinterher wieder verstanden. Jetzt wurde er immer humorloser, fanatischer, aggressiver, richtig verletzend, wenn man ihm nicht zustimmte. Vielleicht hätte sich doch alles wieder einrenken lassen, wenn nicht das mit dieser dürren, spitznasigen Ute aus seiner Polit-Clique passiert wäre.

Mein Gott, es kann ja vorkommen, dass man einander untreu wird. Manchmal ergibt sich so etwas einfach, und man weiß hinterher selbst nicht, wie das alles eigentlich gekommen ist. Ein Seitensprung, na ja, ich hätte ihm die Hölle heiß gemacht, aber ich hätte es ihm verziehen – hätte es ihm verzeihen müssen.

Doch das zwischen ihm und dieser ungepflegten Ute mit ihren humorlosen, grünlichen Augen hinter der Nickelbrille wurde eine richtige Beziehung. Dieser Typ von Weibern, fanatisch und hässlich dazu – fanatisch, weil sie hässlich oder hässlich, weil sie fanatisch sind? –, von Weibern, die ich nur mit der Feuerzange anfassen würde, wenn ich ein Mann wäre, lassen ihre Beute nicht mehr aus, wenn sie ihnen erst einmal an den Haken gegangen ist. Wie Björn bei diesem Knochengestell überhaupt einen hochkriegen konnte, soll einer verstehen. So gut er aussah, der große Hit im Bett war er nämlich nicht. Ich hatte ihm erst einiges beibringen müssen. Aber dürre Strohbündel sollen ja besonders entflammbar sein und ihre Umgebung mit in Brand setzen. Sei's drum.

Wahrscheinlich hätten wir selbst jetzt noch alles halbwegs ins Lot bringen können, wenn er es mir offen gesagt hätte. Doch ich ließ mich einfach nicht ununterbrochen wegen so einer hintergehen, während eine ganze Menge Leute wusste, was lief, womöglich insgeheim spöttisch grinsend, und ich selbst erfuhr das anscheinend als Letzte. Dazu hätten wir nicht zu heiraten brauchen. Ich stellte Björn zur Rede. Es wurde der hässlichste Streit, denn ich je erlebt habe, mit ganz gemeinen, gezielt verletzenden Beschimpfungen. Auf beiden Seiten. Allerdings war ich ihm beim Streiten überlegen, vor allem, weil ich mit bitterem Sarkasmus konterte. Sarkasmus war schon in der Schule meine Stärke, wenn es Krach gab. „Du bist überhaupt keine Frau!", schrie Björn schließlich, rasend vor Wut. „Ein herzloses Ungeheuer bist du!" Am Ende schlug er mich. Ins Gesicht.

Wahrscheinlich hätte er es gar nicht geschafft, mir den Po zu versohlen. Schließlich war er gar nicht so viel stärker als ich. Immerhin bin ich ein Bauernmädchen. Ein Übers-Knie-legen hätte ich ihm vielleicht sogar verziehen. Irgendwann, obwohl ich von Machos nichts halte. Aber ins Gesicht schlagen? Alles hätte er tun dürfen – das nicht!

Die Scheidung war nur noch Formsache.

Von Björn hatte ich genug, vom Studium, von der Schauspielerei, von Berlin, das ich, wie andere angehende Genies, einmal für den einzigen mir angemessenen Platz gehalten hatte. Jetzt gab ich Heinrich Heine recht, der geschrieben hatte: „Es sind wahrlich mehrere Flaschen Poesie dazu nötig, wenn man in Berlin etwas anderes sehen will, als tote Häuser und Berliner." Weshalb nahm ich plötzlich Anstoß daran, dass Leute, die das Klo auf dem Halbstock mit vier Mietern teilen müssen, sich über die Provinz mokierten, vor allem über die süddeutsche? Ausgerechnet ich, die geglaubt hatte, im Provinzmief zu ersticken? Weshalb störte mich auf einmal die Hundescheiße auf den Bürgersteigen, das fehlende Hinterland, das Eingesperrtsein, das Gegurke, bis man durch die DDR durch war, wenn man hinauswollte? Während meines zweiten Semesters hatten sie die Mauer hochgezogen. Ich höre noch Ulbrichts Stimme in der Reportage, die sächsische Kastratenstimme dieses borniertenZiegenbocks nach der Aktion: „Haddr Geschner Schwierischgeiten gemacht?" – Zum Dreinschlagen! Zum Kotzen, diese Betonköpfe drüben. Zum Kotzen diese ganze Berliner Zeit, die man am besten ganz schnell vergisst.

Als geschiedene Gescheiterte kam ich nach Hause. Zum Entsetzen der Familie. Zu ihrer Genugtuung, ihrer

Zufriedenheit. Es war Sommer. Jede Arbeitskraft wurde gebraucht, auch die von geschiedenen Gescheiterten. So sparte man Tagelöhner. Auch wenn meine Beteiligung an der Bauernarbeit in den letzten Jahren immer nur kurz war, ich war sie gewohnt, und ich beherrschte sie immer noch. Vermutlich machte man sich sogar wieder Hoffnung in Sachen Hofübernehmen und Heiraten, wenn auch mit zwiespältigen Gefühlen. Zwiespältig der Brüder und Schwestern im Herrn wegen: Die Mutter mit einem unehelichen Kind niedergekommen, die Tochter geschieden. Typisch! Das passte zusammen.

Auch wenn die Familie rasch ihre Hoffnungen in Sachen Bäuerin schwinden sah, so hegte sie doch Erwartungen in Sachen Wiederverheiratung, denn ich ließ mir von dem neuen Junglehrer in Riedweiler den Hof machen. Eher zum Zeitvertreib.

Ich war mir selbst nicht im Klaren, wie es weitergehen sollte. Als ich schon fast drauf und dran war, nun doch noch Volksschullehrerin zu werden, obwohl ich Kinder keineswegs nur entzückend finde, entdeckte ich in der Samstagszeitung die Anzeige.

Die Lokalredaktion der Schwäbischen Post in Ellwangen an der Jagst suchte eine(n) Volontär(in).

Ruth

1

1912, als das ganz und gar Unglaubliche geschah, besaß der Gastwirt und Großbauer Tobias Brenner 304 Morgen Ackerland, Wiesen und Wald und regierte ein Heer an Gesinde. Tobias und seine Frau Ida waren so reich, dass sie es sich leisten konnten, nur zwei Kinder zu haben, zum Leidwesen von Tobias' Mutter. Sie hätte gern mehr Enkel gehabt. Es hätten ja nicht gleich sieben oder acht oder noch mehr sein müssen wie bei armen Leuten, die oft Kinder weggeben mussten. In schlimme Verhältnisse meistens, als Hüterbub, als kleine, übel ausgenutzte Magd, weil daheim das Geld nicht für alle reichte. Für so üppigen Nachwuchs waren die Brenners auch nicht fromm genug. Selbstredend ging die Familie, und wer vom Gesinde abkömmlich war, am Sonntag in die heilige Messe. Selbstredend war Tobias der Kirche gegenüber spendabel. Als Gastwirt, als Reichster im Dorf, konnte er gar nicht anders. Sie durften wirklich zufrieden sein, Tobias und Ida Brenner.

Warum klang dennoch in den Gesprächen immer wieder Sorge auf, wenn sie allein waren? Das Geld war auch gar nicht der Grund. Um die Söhne Paul und Georg ging es.

Vielleicht hätte Tobias seiner Frau nicht schon am gleichen Abend erzählen sollen, dass die beiden am Vormittag aneinandergeraten waren. Dafür wäre später immer noch Zeit gewesen. Jetzt lag er neben Ida im Bett und konnte ebenso wenig einschlafen wie sie. Das hatte er davon.

Als einzige im Dorf besaßen die Brenners eine Dreschmaschine. Die wurde, schwer wie sie war, sechsspännig zum Lohndreschen von Hof zu Hof gezogen.

„Das ist doch rückständig", hatte Paul, der Ältere, verächtlich gesagt und überlegen gegrinst. „Wer schafft denn heut noch mit Dampf? Wozu hat man's Elektrische legen lassen, wozu gibt's Motoren, wenn wir immer noch mit dem alten Gelump vom Großvater schaffen? Du hast doch 's Geld dazu, Vater. Investieren muss man heutzutag! Investieren! Viermal so schnell könnt man schaffen und noch viel mehr Höf bedienen. Nicht bloß in Schlatthofen! Wenn man eben eine neue Dreschmaschine hätt' und eine Zugmaschine. Wir hätten's Monopol in der ganzen Gegend, vor ein andrer draufkommt. Mit den Rössern, da geht doch eh alles viel zu langsam."

Der Vater zeigte Bedenken. Georg dagegen hatte den Vorstoß seines Bruders sofort abgewehrt.

Also, da warte man doch besser noch, sagte Georg. So was wolle gut überlegt sein. Ob Paul überhaupt schon mal ausgerechnet habe, bis wann sich das alles rentiere. Außerdem seien andere Anschaffungen wichtiger. Zum Beispiel endlich mal ein Garbenbinder. Bei der Hofgröße! Was Paul denn davon halte. Und wer wisse denn, ob es nicht doch schon bald Krieg gebe, immer wieder werde davon geredet. Aber wie es dann mit dem Geld stehe, das könne keiner sagen.

„Krieg? Du spinnst wohl!" Paul tippte sich an die Stirn. „Wir haben doch einen Friedenskaiser. Aber wenn die Rothosen in Frankreich noch mal was auf den Arsch wollen wie 70/71, dann können sie das haben. In ein paar Monaten ist doch alles vorbei. Wer soll uns denn schon besiegen? Die Franzmänner vielleicht? Die haben doch jetzt schon die Hosen gestrichen voll, sag' ich dir, und ich weiß, was ich sag'. Oder sollen wir vielleicht Angst haben vor dem zerlumpten russischen Bauernpack, das nicht mal lesen und schreiben kann? Aber davon versteht einer wie du nichts, der sein Jahr bloß beim Nachschub abgedient hat. Verdammt noch mal! Wenn's nur schon endlich losgehn tät! So wie anno siebzig. Ich freu mich schon drauf."

Als er die Mienen von Vater und Bruder sah, versuchte er abzuwimmeln. „Ich mein ja bloß. Und überhaupt, in einem Krieg, da braucht man erst recht Maschinen, weil, da fehlen nämlich die Männer auf den Höfen."

„Eben", sagte Georg. „Grad deswegen wär ein Garbenbinder wichtiger. Aber davon verstehst du scheint's wieder nix."

„Aber vom Rechnen! Mit der Lohnarbeit machst du Geld. Ein Garbenbinder ist eine Investition, die überhaupt kein bares Geld reinbringt. Du sparst grad ein paar Taglöhner ein. Und die kosten uns doch eh fast nix."

„Es wird überhaupt nichts gekauft! Jetzt jedenfalls nicht. Und damit genug geschwätzt!" Energisch beendete Tobias den Disput der Brüder.

Ida war eine geborene Walther. „Aus unsrer Gegend hat's ja anscheinend keine getan. Eine bis aus Ulm hat's sein müssen", hatte man im Dorf gesagt, ziemlich giftig sogar, als Tobias Brenner heiratete. „Weiter weg ist's anscheinend nimmer gegangen. Aber Geld will zu Geld."

Die Walthers, Katholiken im evangelischen Ulm, waren durch Viehhandel und als Metzger reich geworden. Ein Hund sei er schon, der Walther, hatte man halb bewundernd, halb neidisch von Idas Vater gesagt.

Ida, eine stattliche Frau, mit einem großen, offenen Gesicht, selbst auf den inzwischen bräunlich gewordenen oder verblassten Bildern von damals auf Anhieb sympathisch, hatte die Tage bis zur Heirat aber keineswegs beim Viehhandel oder hinter der Ladentheke verbracht. Nach Bayern, zu den „Englischen Fräulein", hatte ihr Vater sie geschickt.

Besorgt nahm die walthersche Verwandtschaft es auf. Eine junge Frau hatte doch einen ganz anderen Weg zu gehen, sollte sie einmal für Ehe und Mutterschaft taugen! Das wusste doch jeder, aber der alte Walther anscheinend nicht.

„Nie im Leben tät ich meine Tochter dahin", sagten die Verwandten kopfschüttelnd hinter seinem Rücken.

„Geld, Geld, Geld! Manche können halt den Kragen nicht voll kriegen", hieß es bei all jenen, die über den schnöden Mammon erhaben waren, als Ida diesen Tobias Brenner heiratete. „Dafür hat der Alte ein Fräulein aus ihr machen lassen, dass sie jetzt im Kuhstall landet", kommentierte die seinerzeit so besorgte Verwandtschaft die Hochzeit. „So hat's ja kommen müssen."

Auch wenn Idas stattliche Mitgift höchst willkommen war, eine reine Vernunftverheirat war diese Ehe sicher nicht. Ganz ohne Liebe wären zwei wie Tobias Brenner und Ida Walther nicht zusammengekommen.

„Sie haben sich geliebt, meine Eltern", sagte mein Großvater einmal. „Anders halt, als das heut üblich ist. Und auch anders als deine Großmutter und ich."

Verschuldet war Tobias nur ein einziges Mal, damals, als sein Vater übergab. Um den Eltern im Ausgedinge zukommen zu lassen, was ihnen zustand und vorm Notar geschrieben war, und um seine Geschwister auszuzahlen, hatte Tobias eine Hypothek aufnehmen müssen. Das Geld hatte eigentlich nur Vinzenz wirklich nötig gehabt, der jüngste Bruder. Der hatte in seinen Briefen aus Chicago am heftigsten aufs Auszahlen gedrängt. Vor dem ganz großen Coup stehe er, hatte er geschrieben. – Wieder einmal. – Ihm fehle nur ein wenig Kapital. Gerade bei Vinzenz konnte man sicher sein, dass ihm das Geld dort drüben ganz schnell durch die Finger rinnen würde. Irgendwie war er aus der Art geschlagen. Er hatte nie gut getan. In der Schule nicht, beim Militär nicht, wo er Schulden beim Spiel machte, und auch nicht als Angestellter bei der Raiffeisengenossenschaft. Es gab Unregelmäßigkeiten in der Kasse. Der Vater glich den fehlenden Betrag sofort aus. Nur mit Mühe wurde eine Anzeige verhindert, aber den Vinzenz hatte man doch lieber nach Amerika geschickt. Mit 42 Jahren war er gestorben. Er habe sich wohl zu Tode gesoffen, wurde in der Verwandtschaft hinter vorgehaltener Hand erzählt.

Um Bärbel, die ältere Schwester, und Karl, der zwei Jahre jünger war als Tobias, hatte man sich dagegen keine Sorgen machen müssen. Bärbel hatte einen Rittmeister von den Ulanen geheiratet, vom Regiment König Karl in Wiblingen. Ein prächtiger Blickfang, eine Zierde war der Rittmeister Kürschner in seiner Paradeuniform bei jedem Familienfest, bei jeder Farbfotografie. Jawohl, die Brenners ließen bei besonderen Anlässen farbig fotografieren oder wenigstens kolorieren. Rein fotomäßig, aber auch, was das gesellschaftliche Ansehen anging, machte Karl natürlich nicht so viel her wie sein Schwager. Gewiss, man konnte auf ihn schon auch stolz sein. Ungeachtet der Unheil prognostizierenden Dorfmeinung, hatte er das Gymnasium besuchen und studieren dürfen und war Lehrer für Latein in Ravensburg. Aber so ein Rittmeister von den Ulanen war eben doch etwas ganz anderes als ein Lehrer, auch wenn der, wie's aussah, wohl in absehbarer Zeit Direktor werden konnte. Kürschner war allerdings nicht nur als optische Bereicherung wichtig. Sein Vetter, der Intendanturrat Körber von der Militärintendantur, war unter anderem auch für den Ankauf zuständig. Von Schlachtvieh oder Getreide zum Beispiel.

Einen Betrag wie nach der Hofübernahme hatte auch ein Tobias Brenner nicht aus dem Hosensack bezahlen können.

Doch die Hypothek wurde rascher abgelöst, als anfangs gedacht. Und vor allem: Man hatte dafür keinen Quadratmeter Boden verkaufen müssen und das Sach beieinander halten können. Nicht nur, aber auch, weil Ida Geld mit in die Ehe gebracht hatte.

Vernunftheirat oder Liebesheirat, Mitgift oder eigener Gewinn hin oder her, besser als zurzeit konnte es den Brenners kaum gehen. Milch- und Schlachtvieh und sechs Pferde standen in den Ställen, alle nur erdenklichen Geräte und Maschinen für die Landwirtschaft fand man in den Schuppen und Remisen. Als aufgeklärter Herrscher regierte Tobias.

Unter Missbilligung des gesamten Dorfes hatte sein Vater ihn bis zum Einjährigen zu den Jesuiten ins Internat geschickt und später auf die Ackerbauschule nach Hohenheim, als Ersten weit und breit, der dort hinging. „Wozu braucht ein Bauer eine Ackerbauschul?" hatte der Schlossbauer der Dorfmeinung Ausdruck gegeben. „Wie man ein Bauernwerk umtreibt, weiß ich auch so. Das hat schon der Vater gewusst und der hat's vom Großvater gelernt."

Dass bei den Baumwirts Menschen und Tiere besser behandelt wurden als im Bauernstand üblich, erregte keineswegs bei allen im Dorf Bewunderung. Deutete sich da nicht eine besorgniserregende Entwicklung an? Ob der Tobias in einer Kammer seines Herzens am Ende nicht sogar einer sei, der mit den gottlosen Roten sympathisiere, fragten sich manche. Die wollten doch Revolution, die Roten!

Die Dreschmaschine war gar nicht das wirkliche Problem, das Tobias und Ida an diesem Abend bewegte. Seit Monaten suchten die Eltern eine Antwort auf die Frage, wer denn später mal alles übernehmen solle. Die Söhne waren in einem Alter, in dem man durchaus schon mal übers Heiraten reden durfte. Vor allem Paul hätte die Jahre dazu gehabt, aber der dachte nicht daran. Ursprünglich war doch alles ganz klar gewesen: Der älteste Sohn übernahm und zahlte aus. So war es Brauch. Warum sollte man ausgerechnet jetzt davon abweichen?

Tobias Brenner gab sich keinen Illusionen hin. Er war ein allseits geachteter Wirt, Bauer und Bürgermeister in einer Person. Wenn er etwas zur Landwirtschaft zu sagen hatte, dann hörten sie im Dorf auf ihn („Scheint's ist es doch nicht bloß Unsinn gewesen, was Baumwirts Tobias dort drunten in Hohenheim gelernt hat."). Doch, wenn er ganz ehrlich war, musste er zugeben, dass sein Wissen nicht mehr ausreichte, um einen Hof von dieser Größe so zu betreiben, wie es inzwischen nötig gewesen wäre. Nicht erst, seit man das neue Jahrhundert im Reich gefeiert hatte, waren Chemie und Biologie, die Veterinärmedizin und Maschinen wichtig geworden. Natürlich war nach wie vor Gesinde nötig. Eine Menge Gesinde. Manche Knechte und Mägde kamen zu Lichtmess und wurden zu Martini ausgezahlt. Die Tagelöhner brauchte man nur in der Erntezeit. Doch der Schweizer – Wer außer den Brenners konnte sich schon einen Schweizer leisten? –, die älteste Stallmagd und der Großknecht waren schon seit Jahren auf dem Hof. Die alte Agnes, die noch besser kochen konnte als Ida, war schon da gewesen, als Tobias geheiratet hatte. Ihr stand eine Jungmagd nur für die Küche zur Seite. Der Großknecht war stolz darauf, dass man ihm den Rossstall fast allein anvertraute und dass der Bauer alles, was die Rösser anging, zuerst mit ihm besprach.

Alles recht und gut, da waren die Eheleute Brenner sich einig, die Frage, wer der Hofnachfolger werden sollte, war nicht wirklich gelöst, wenn man sich an den Brauch hielt.

„Warum eigentlich nicht beide zusammen?" sagte Tobias. Er lag auf dem Rücken und sprach sinnend zur Zimmerdecke hinauf, als wäre ihm der Gedanke eben erst gekommen. „So wie du heutzutag Landwirtschaft betreiben musst, sind der Hof und das Wirtshaus für einen allein eh zu viel. Der Paul mehr fürs Wirtshaus, der Georg mehr für den Hof."

Ida setzte sich auf und sah ihn forschend an. Hatte er das ernst gemeint oder war das eben nur so ein Gedanke?

Nein, es schien ihm damit ernst zu sein, und wie sie ihn kannte, wohl nicht erst seit heute Abend.

„Wie stellst du dir das vor?" fragte Ida. „Streit gibt das, weil jeder das Sagen haben will. Und außerdem ist's noch nie gut gegangen, wenn Geschwister was gemeinsam haben und jeder will davon leben und ein noch größeres Stück vom Kuchen runterschneiden wie der andere. Und selbst, wenn Brüder sich einig sind – wenn! –, sobald sie heiraten und die Frauen kommen ins Spiel, dann ist's aus. Und am Schluss wird alles verschleudert, weil jeder nur noch schnell sein Geld rausziehen will. Ich kann dir da Beispiele erzählen und ..."

„Du mit deinen Beispielen!" Tobias winkte ab. Gegen Idas Geschichten aus dem Leben kam er nie an. Zumal keine von ihnen völlig erfunden war. Vielleicht war das eine oder andere ein bisschen ausgeschmückt, um der besseren Wirkung willen passend aufbereitet. Doch alle enthielten einen großen Kern an Wahrheit. Die Walthers wussten nicht nur über die reichsten Familien in Ulm Bescheid, sondern auch über viele der Bauern im Umland, von denen sie das Schlachtvieh kauften. Es war notwendig, über die Leute Bescheid zu wissen, mit denen man Handel trieb.

„Nein, das sollten wir wirklich nicht machen", sagte Ida. Sehr bestimmt sagte sie es, und Tobias musste ihr innerlich wider Willen Recht geben. Wenigstens ein bisschen. Manchmal wünschte er, sie hätte einen weniger logischen Verstand, obwohl er genau wusste, dass dieser Verstand ein gutes Gegengewicht war gegen seine oft impulsiv zupackende Art.

Auch er setzte sich auf und sah Ida an. Er spürte, dass sie wohl selbst ein wenig an dem zweifelte, was sie ihm da eben sehr beeindruckend entgegengehalten hatte. Vielleicht wäre das ganze Problem nicht entstanden, wenn sie sich vor ein paar Jahren anders entschieden hätten, was Georg anging, Tobias Brenner war, genau wie sein Vater seinerzeit, davon überzeugt, dass Bildung wichtig sei, auch für einen Bauern. Vielleicht gerade für ihn. Deshalb hatte auch er seine beiden Söhne nur bis zur vierten Klasse in die Dorfschule gehen lassen und sie bis zum Einjährigen ins Realgymnasium geschickt.

„Jetzt sind die Baumwirts vollends größenwahnsinnig geworden", hieß es wieder einmal in Schlatthofen. „Was lernen die beiden dort schon Rechtes? Aber wenn man's hat, dann brauchen die Kinder ja nicht auf dem Hof mittun wie die unsren. Das viele Studieren macht bloß krank, und die Studierten sind doch eh Hungerleider …"

Die Eltern hatten tatsächlich erwogen, Georg studieren zu lassen. Nicht nur deswegen, weil er kleiner war als sein Bruder, zartgliedriger, empfindsamer und als Kind häufig krank. Georg hatte tatsächlich eine Zeitlang Lehrer werden wollen wie sein Onkel Karl. Doch dann hatte sich immer mehr gezeigt, dass er zwar ein guter Schüler war, ein sehr guter sogar, aber kein Mensch für die Stadt. Felder und Wiesen und Tiere brauchte er einfach um sich. Eine glückliche Hand hatte er bei allem, was mit dem Hof zusammenhing. Den Vater hatte er so lange angebettelt, bis er ihm ein neugeborenes Kälbchen schenkte. Das zog er auf. Später experimentierte er in einem Pflanzkasten und im Garten mit Gräsern und Getreidesorten.

Paul dagegen hatte sich von klein auf in der Gaststube wohler gefühlt als im Stall und auf dem Acker. Mit fünf Jahren trug er unterm Beifall der Gäste zum ersten Mal ein Glas Bier an einen Tisch und kassierte auch gleich. Und das Geld kannte er in diesem Alter schon ganz genau. Georg war zwar ein guter Mathematiker, doch Paul rechnete einfach schneller. Während der Jüngere sich von dem Kalb auch dann nicht trennen konnte, als es ein Rind und dann eine Kuh war, verkaufte der Ältere ein Ferkel, das man ihm geschenkt hatte, genau zu dem Zeitpunkt, als es den größten Gewinn brachte.

„Für einen Wirt ist mir der Georg zu still", sagte Tobias, der sich wieder hingelegt hatte. „Der sitzt mir auch immer noch zu viel über den Büchern. Der Paul ist da viel wepsiger. Der ist einfach der Couragiertere."

Ida lachte: „Das kannst du wohl sagen! Weißt du noch? Damals, mit vier Jahren?"

Man baute gerade eine Remise zum Maschinenschuppen um. Ida hatte Paul gesucht und entdeckte ihn ganz oben auf dem Gerüst. Einen Moment lang schien ihr Herz auszusetzen, während der Vierjährige dort droben zu ihr herunterjubelte. Alle eigene Angst vergessend, hastete sie die Leiter hoch und holte das Kind herab, selbst am ganzen Leib zitternd. Unten angekommen zog sie ihrem Söhnchen an Ort und Stelle erst einmal das Höschen stramm. Fester und länger, als sie eigentlich vorgehabt hatte. All den ausgestandenen Schrecken legte sie in die Schläge. Es blieb nicht die letzte Tracht Prügel, die Paul von ihr oder dem Vater für Leichtsinn und Draufgängertum erhielt. Georg wurde seltener geschlagen.

„Der Paul", sagte Ida und seufzte dabei, „hat einen wachen Verstand. Wenn er ihn nur immer benützen und weniger riskieren tät! Und manchmal ist er auch ein bisschen sprunghaft. Der Georg bleibt bei einer Sache bis ans End und gibt nie auf, und wenn's noch so schwer wird. Und was auch wichtig ist, alle haben ihn gern. Für einen Wirt zählt so was auch."

„Der Paul ist trotzdem der bessere Wirt", sagte Tobias. „Einer, der zu allen freundlich ist, kann als Wirt auch seine Probleme kriegen. Aber ist der Paul auch der Rechte für den Hof? Das frag ich mich schon lang."

„Der Georg ist der geborene Bauer, das sieht jeder. Wenn du ehrlich bist, dann hörst inzwischen auch du ganz genau auf ihn. Auch wenn's dir schwer fällt."

Tobias spürte, dass er einen roten Kopf bekam. Er drehte sich ein wenig weg, damit seine Frau sein Gesicht nicht mehr beobachten konnte. Auf seinen Sohn zu hören, fiel ihm, dem respektierten Großbauern, nicht leicht. Weil er wusste, dass er Paul alles überlassen musste und vielleicht einmal einen eigenen Hof betreiben würde, hatte Georg ebenfalls die Ackerbauschule in Hohenheim besucht, in der man inzwischen ganz andere Dinge lernte als zu Zeiten seines Vaters. Danach hatte er ein Jahr lang auf einem riesigen Gut in der Nähe von Schwerin gearbeitet. Jetzt trieben Vater und Söhne das Anwesen gemeinsam um. Das ging nur deshalb gut, weil der Vater noch das Sagen hatte. Zumindest nach außen hin. Doch immer öfter gerieten die Brüder trotzdem aneinander, wie am Vormittag bei der Frage, ob man eine neue Dreschmaschine kaufen solle.

„Am besten wär's, der Georg heiratet irgendwo ein", sagte Tobias. Er sagte das nicht zum ersten Mal. „Und doch ist's mir ein bisschen angst, wenn er geht."

Das hatte Ida noch nie von ihm gehört.

„Und wenn wir für ihn ganz einfach irgendwo einen Hof kaufen, der grad feil ist? Wenn er nicht zu weit weg wär, dann könnt man zusammenarbeiten. Und doch wär jeder für sich."

Jetzt fuhr Tobias in die Höhe und starrte seine Frau an, die sich nun ihrerseits rasch in die Kissen zurücksinken ließ.

„Hast du sonst noch einen Wunsch?"

„Ich mein ja bloß, weil der Paul ihn ja irgendwann sowieso auszahlen muss", murmelte Ida.

Energisch hatte Tobias sich zur Seite gedreht. Für heute Schluss der Debatte!

Eine Weile lagen die Eheleute Brenner schweigend nebeneinander. Dann streckte Ida ihren Arm hinüber und streichelte den breiten Rücken ihres Mannes.

„Komm", sagte sie.

Eigenartig, wie wundersam sich bisweilen manches fügt. Tobias Brenner hätte seine Frau eigentlich besser kennen müssen. Schon wenige Tage nach dem Gespräch erfuhr sie – rein zufällig, durch ihren Bruder Albrecht, und der wusste es wiederum von einem Viehhändler –, dass in Riedweiler demnächst wohl ein Anwesen zum Verkauf stehe. Um den Walcherhof handle es sich. Ein schönes Anwesen sei das, nicht allzu groß, aber bestens in Schuss. Preiswert dazu, denn die Obermaierin müsse verkaufen. An einem Sonntagabend erzählte Ida, was sie da erfahren hatte. Sie saßen im behaglich eingerichteten Wohnzimmer, Ida auf dem Sofa, Tobias im Sessel, wo er seine Brasil genoss. Seit einiger Zeit hatten sie es so geregelt, dass jeden zweiten Sonntagabend entweder Paul oder Georg in der Gaststube wirtete und sie beide den Abend für sich hatten.

„In Riedweiler!?"

Tobias sprang so heftig auf, dass die Asche seiner Zigarre auf den Boden fiel. Fast drohend stand er da, dieses Mannsbild, über 1,90 groß, breit und stark, leicht ergraut schon, aber immer noch vor Kraft strotzend.

„Auf gar keinen Fall!" donnerte er. „Bei den Lutherischen? Nie! Und seit wann kaufen wir denn einen Hof? He?"

„Und warum nicht? Und warum nicht in Riedweiler?"

„Mit den Lutherischen dort drüben kannst du einfach kein Geschäft machen. Fromm wollen sie sein. Aber handeln tun sie schlimmer wie ein Viehjud."

Das kam schon weniger laut. Ida schaute sehr betont auf die abgefallene Asche.

„Du hast doch sowieso dazukaufen wollen. Den Groppers ihren Acker am Bach, hast du mal gesagt, und vielleicht auch noch Kammerlanders Wiese am Bußkreuz draußen als Weide fürs Jungvieh. Vergrößern müsst man, sagen die Jungen. Sagst du inzwischen ja auch."

„Das ist ganz was andres. Das ist hier, und es bleibt beim Hof."

„In der Familie tät's auch bleiben, wenn's in Riedweiler ist."

„Und den Georg setz ich nicht mitten unter die Lutherischen! Als einzigen Katholischen! Wie stellst du dir das denn vor? Wenn's wenigstens noch ein Hof in Beringen wär! Aber in Riedweiler? – Nein. Und ich kauf überhaupt keinen Hof. Und damit basta!"

Es schien entschieden.

Er hätte es ahnen müssen, der Tobias Brenner, dass seine Ida, geborene Walther, sogar dann die Fäden knüpfte, wenn selbst für sie das Thema abgehakt schien.

Eines Tages kutschierte nämlich ein gewisser Georg Brenner gen Riedweiler. Nicht mit dem flotten, zweirädrigen Einspänner, den sein Vater benutzt hätte.

Er hatte auch nicht den rassigen, temperamentvollen Fuchs angeschirrt, mit dem man sonst einspännig fuhr, sondern einen behäbigen Braunen, mit dicker Kruppe. Er trug auch nicht seine besten Kleider. Wie er so auf dem Bernerwägele saß, das hinter dem Sitz eine kleine, eingefasste Ladefläche hatte, hätte ihn jeder für einen jungen Viehhändler oder Metzger gehalten. Auf keinen Fall für den möglichen Käufer eines landwirtschaftlichen Anwesens. Offiziell war der Hof ja noch gar nicht feil. Man wusste zwar in der Gegend, dass der Obermaier vom Walcherhof vor fast einem Jahr plötzlich tot umgefallen war. An einem Sonntag. Nach dem Gottesdienst. In der Küche, wo er nachsah, ob die Koteletts auch richtig angebraten wurden. Da legte er Wert drauf. Jeder hatte gedacht, die Frau, die schon in den Fünfzigern war, würde den Hof zusammen mit der Tochter, dem einzigen, spät geborenen Kind, weiter umtreiben und diese Tochter würde sich, so schnell wie möglich, nach einem Mann umsehen.

Frauen allein? Das tat selten gut. Da machte doch das Gesinde nur noch, was es wollte.

Die Tochter schien aber gar nicht ans Heiraten zu denken, obwohl es in Riedweiler genügend Kandidaten gegeben hätte, die gern Walcherbauer geworden wären.

Georg wusste sehr wohl, wie es ablief, wenn man bei einem Handel mit der Tür ins Haus fiel. Und so eine erste Besichtigung womöglich auch noch ankündigen? – Nein! Ungeschickter konnte man es gar nicht anpacken. Haus, Hof, Stall, Bewohner, alles wurde schnell noch auf Vordermann gebracht. Potemkinsche Dörfer wurden da aufgebaut, um den Preis hochzutreiben. An den Preis dachte Georg dabei noch gar nicht. Auch ihm kam es komisch vor, dass man ausgerechnet in Riedweiler einen Hof kaufen könnte. Wenn seine Mutter nicht so darauf gedrängt hätte, wäre er gar nicht gefahren.

„Wenigstens mal ansehen", hatte sie gesagt und ihn lieb angeschaut. „Bloß so. Der Vater braucht ja nix davon wissen. Unter irgendeinem Vorwand fährst du halt hin. Dort drüben kennt dich wahrscheinlich kaum jemand. Ich hab schon ewig keinen aus Riedweiler mehr bei uns gesehen. Und du warst ja auch lang fort. Bei den Soldaten und in Hohenheim und dort droben bei den Preußen. Vielleicht ist's doch eine Chance. Oder willst du dein Leben lang später mal beim Paul den Verwalter spielen?"

Seine Mutter hatte Recht. Es ging ja nur darum, ob der Hof den Handel überhaupt wert wäre. – Falls es tatsächlich zum Handel kommen sollte. – Waren die Bauersleute und das Gesinde genauso verdreckt wie das Vieh im Stall, roch man diesen im ganzen Haus, lag zerbrochenes Gerät im Hof herum, hing zerrissenes Geschirr im Rossstall, dann hieß es, die Finger von der Sache zu lassen. Jede gute deutsche Goldmark, die man in so etwas stecken musste, war verlorenes Geld.

Dass die allermeisten von diesen frommen Lutherischen es verstanden, aus ihrem Besitz was zu machen, das war überall bekannt. So leicht ließen die nichts verkommen. Dafür waren sie fast durchweg schon viel zu arge Entenklemmer, echte Geizkragen. Den Rat Jesu, sich nicht Schätze auf Erden zu sammeln, wo sie die Motten und der Rost fressen, beherzigten nur die wenigsten. Wenn es jemandem wirtschaftlich gut ging, dann war das ein Zeichen, dass der HERR ihn liebte. Also war es wichtig, dass man einen ordentlichen Gewinn erwirtschaftete, eben gerade, damit man vom HERRN geliebt wurde. Doch als Georg in den etwas außerhalb auf einer Anhöhe liegenden Walcherhof fuhr, mit seiner prächtigen Sicht nach Süden, konnte er nur staunen.

„Da sieht's ja so sauber aus wie bei uns daheim am Samstagabend", dachte er. „Und die Mutter, die wär direkt neidisch, wenn sie den Garten neben dem Haus sehen könnt."

„Grüß Gott!" rief Georg, nachdem er abgestiegen war. „Ist jemand daheim?"

Dass es in Riedweiler hübsche, oft ein wenig fremdländisch wirkende Mädchen gab, war in der ganzen Gegend bekannt, obwohl die meisten dieser keuschen Jungfrauen ihre Vorzüge durch züchtige Gewänder möglichst zu verbergen trachteten. So gut wie nie bandelte die mannbare Jugend aus den anderen Dörfern mit ihnen an. Erstens war mit den Burschen aus Riedweiler gar nicht gut Kirschen essen, wenn man sich ins Dorf wagte. Zweitens ließen die allermeisten Mädchen keinen an sich heran, solange sie nicht verheiratet waren. Mit denen konnte man eben nicht schnell mal seinen Spaß haben, hinter einer Hecke oder im Heu oder ganz komfortabel nachts in ihrer Kammer, wenn die Alten nicht aufpassten. Und drittens: Wer wollte sich schon, wenn's ernst werden sollte, später mal eine Lutherische ins Haus holen?

Die schwarzhaarige, junge Frau, die aus dem Haus kam, war nicht hübsch. Sie war eine Schönheit. Nicht besonders groß, aber herrlich gewachsen, das sah man sogar unter der typischen Riedweilerer Kleidung. Aber das ganz Besondere war dieses Gesicht. Noch nie hatte Georg solche Augen gesehen. Große Augen. Dunkle Augen. Richtig liebe Augen. Sprechende Augen. Anders hätte Georg es nicht ausdrücken können. Später sagte er einmal, er habe das Gefühl gehabt, diese Ruth habe ihn getroffen wie ein Blitz. Jawohl, diese Frau betraf ihn. Das spürte er vom ersten Moment an. Und Ruth habe ihm später erzählt, dass es ihr ähnlich ergangen sei.

Mühsam besann er sich darauf, dass er hergekommen war, um unter einem Vorwand den Hof zu begutachten.

Eine Schönheit? Ja, nun gut. Wahrscheinlich gab es noch mehr schöne Frauen auf der Welt. Obwohl ...

Schöne Frauen waren oft kalt und herzlos. Aber die ...

Na, das würde er ja gleich sehen, wenn er fragte, ob man etwas für ihn habe, ein Kalb vielleicht oder ein paar Ferkel, eventuell wäre er sogar an einem Jungrind interessiert. Auf den meisten Höfen war man sehr von oben herab, oft direkt unfreundlich, wenn ein unbekannter Viehhändler oder ein Metzgerbursche auftauchte.

„Wir hätten vielleicht schon was, aber da müsstet Ihr die Mutter fragen. Kommt doch mit, die ist sowieso grad im Stall."

Weich klang das. Freundlich. „Ihr", hatte sie gesagt. Also, das war schon ganz ungewöhnlich, vor allem einem jungen Viehhändler gegenüber. Und die Stimme, die gehörte zu diesem Gesicht.

Auf einem Hof, im Stall vor allem, kann man nicht in Sonntagskleidern arbeiten. Doch die beiden Frauen hielten auf Sauberkeit, bei sich, bei den Tieren, das sah Georg sofort. Hatte er das nicht bereits gewusst, als er den Wagen zum Stehen brachte?

Viel zu alt für diese Tochter erschien ihm die Mutter. Verhärmt sah sie aus. Und doch waren noch ein paar Spuren in ihrem Gesicht, die davon zeugten, dass auch sie eine schöne Frau gewesen sein musste. Eine herbe Strenge ging von ihr aus, ohne dass sie unfreundlich gewesen wäre.

Es war gar nicht leicht für Georg, vor den beiden Frauen glaubhaft zu begründen, warum aus dem Handel schließlich doch nichts wurde, zumal die Ferkel ihren Preis allemal wert gewesen wären.

„Nix für ungut", sagte er zum Abschied. „Aber das muss ich sagen, so einen Hof wie den euren, den sieht man nicht alle Tag. Wie groß ist er denn?"

Es zeigte sich, dass zu dem Anwesen 57 Morgen gehörten.

Sehr ernst wurde das Gesicht der Mutter, als sie über den Hof sprachen. Sie drehte sich um und ging zurück in den Stall.

„Wir können ihn leider nicht halten", sagte die Tochter. Niedergeschlagen sagte sie es. Traurig. „Mein Vater lebt nicht mehr, und der Mutter geht es nicht gut, seit der Vater tot ist. Sie kann's einfach nicht verwinden."

Obwohl sie dagegen ankämpfte, traten Tränen in ihre Augen. In diese unbeschreiblichen Augen. Georg musste sich zwingen, die junge Frau nicht in den Arm zu nehmen.

Schnell kletterte er auf den Sitz seines Bernerwägeles, löste die Bremse, ergriff die Zügel, wollte schon aufmunternd mit der Zunge schnalzen und „Hüh!" sagen – und stieg wieder ab.

„Ich kann dich nicht anlügen", sagte er und begriff sich selbst nicht mehr. „Ich bin kein Viehhändler. Ich bin gekommen, weil ich ... weil ich ... Es geht drum ... Ich bin der Georg Brenner aus Schlatthofen. Ich ... ich hab mir euren Hof ansehen wollen. Weil ... Also, eventuell wollen wir den Hof kaufen. Eigentlich will mein Vater es ja nicht. Und jetzt, jetzt will ich es auch nicht mehr, dass er ihn euch abkauft. Aber eigentlich doch. Aber ... aber wiederkommen will ich trotzdem ... Wenn ich darf."

Dann sprang er, ohne die Antwort abzuwarten, ohne ein weiteres Wort, mit brennend rotem Kopf auf den Sitz und fuhr los. Erst in der Einfahrt drehte er sich noch einmal um und sah, dass die Tochter winkte. Auf eine Art winkte sie, als würden sie sich schon Jahre kennen.

Ahnte mein Großvater bei der Rückfahrt, aufgewühlt, wie er war, was auf ihn zukam? Was für einen Kampf es geben würde? Wie viel Mut und Beharrlichkeit nötig waren?

Schlagartig hatte er sich verliebt. Aber konnte er hoffen, dass die Obermaiertochter auch ihn jemals lieben würde? Sie, die Lutherische, ihn, den Katholiken, den sie überhaupt nicht kannte? Ihn lieben, nachdem man sich nur so kurz gesehen hatte?

Doch eher nicht. Warum sollte sie auch? Man würde sich zwar vielleicht noch ein paar Mal treffen, falls der Vater sich doch zu Kaufverhandlungen überreden ließ. Falls! Aber ein Grund, ihn, Georg Brenner, zu lieben, war das noch lange nicht.

Nein, Georg konnte nicht ahnen, was er noch durchzustehen hatte.

Auch Tobias Brenner sah sich den Hof in Riedweiler an. Ida hatte ihm keine Ruhe gelassen, bis er nachgab und zusammen mit Georg widerstrebend hinüberfuhr. Lange und genau sah er sich überall um, auf dem Anwesen, den Feldern, Wiesen und Weiden, fragte, prüfte mit Augen und Händen. Doch er ließ sich nicht anmerken, was er von einem Kauf hielt. Ungeduldig warteten Frau und Sohn auf eine Entscheidung. Tage vergingen, eine Woche, eine zweite, eine dritte. Sie wussten, dass es keinen Sinn hatte, ihn zu drängen. Noch war der Hof offiziell nicht feil, aber dass er demnächst zum Verkauf stehen würde, hatte sich herumgesprochen. Wie leicht konnte ihnen da ein anderer zuvorkommen.

Und dann rief der Vater eines Tages Georg schließlich doch zu sich. Keineswegs, um über den Kauf zu reden. Er könne es ja kaum glauben, fuhr er den Sohn an, was ihm da zu Ohren gekommen sei, nämlich dass sich da zwischen seinem Georg und dieser Ruth Obermaier was angesponnen habe. Als Letzter im Haus erfahre er es natürlich und auf Umwegen. Wieder einmal! Wie immer! Wie könne es auch anders sein! Dass sein Sohn und die Obermaiertochter sich liebten, werde herumerzählt, und er wisse als Einziger nichts davon. „Am End kommst du sogar noch daher und erzählst was vom Heiraten!" polterte er. „Ja, gibt's denn was Verrückteres?"

Georg schwieg. Das war immer das Beste. Wenn der Vater erst einmal Dampf abgelassen hatte, beruhigte er sich für gewöhnlich erstaunlich schnell wieder.

„Den Hof kaufen, da kann man vielleicht drüber reden", sagte Tobias, immer noch finster zwar, aber wieder einigermaßen beherrscht. „Vielleicht! Was die Walcherbäuerin verlangt, ist er wert. Das schon, und wahrscheinlich kann man sie noch ein ganzes Stück runterhandeln, wo sie doch verkaufen muss. Es wär grad schad, wenn man so ein Bauernwerk zertrümmern tät. Und das Mädle ist an sich in Ordnung. Für einen Lutherischen dort drüben! Falls wir den Hof tastsächlich kaufen, haben ihre Mutter und sie genug Geld, dass sie immer noch eine gute Partie ist."

Georg schien jetzt etwas sagen zu wollen, doch er kam nicht mehr dazu,

„Aber für dich ist sie das nicht", erregte Tobias sich wieder. „Nicht für dich! Für dich nicht ...! Ja, gibt's denn sonst keine in der Gegend wie ausgerechnet die? Und sag jetzt bloß nicht, dass du sie wirklich heiraten willst! Und überhaupt, warum soll sie ausgerechnet dich heiraten wollen? Ihr kennt euch ja kaum."

In dieser Hinsicht täuschte Tobias Brenner sich. Georg hatte der Obermaiertochter einen Brief geschrieben. Was er kaum zu hoffen gewagt hatte, geschah. Sie schrieb zurück. Dann schrieben sie sich immer öfter. Dabei waren sie sich keineswegs sicher, ob der Riedweilerer Posthalter die Briefe nicht heimlich öffnete. An einem Sonntagnachmittag fuhr Georg schließlich mit dem Rad nach Riedweiler hinüber. Vor einem Jahr hatte er es sich gekauft. Ein ganz modernes Brennabor-Rad war es, das einen Torpedo-Freilauf hatte, Rücktritt und eine Azetylenlampe. Die Fahrradausflüge häuften sich. Spät erst begriff Tobias Brenner, wem die Ausflüge auf dem Fahrrad gegolten hatten. Natürlich konnte auch er sich vorstellen, dass sich jemand in diese Ruth Obermaier verliebte. Eine richtige Schönheit war sie und eine ganz Liebe und tüchtig dazu. Und dass auch Georg und nicht nur sein stattlicher Bruder Paul einer war, in den man sich verlieben konnte, war kein Wunder. Paul war ein Siegertyp, hinter dem die Mädchen schon immer her waren. Doch Georg mit seinem weichen, blonden Haar und den blauen Augen, die richtig strahlen konnten, war auf seine feinere Art vielleicht sogar jemand, den sich eine Frau eher zum Heiraten wünschte als den Bruder. Wie auch immer, es kam nicht in Frage, dass Georg an eine Heirat mit dieser Ruth dachte. Lautstark machte Tobias ihm das bei jeder Gelegenheit klar.

Als der Vater wieder einmal davon anfing, sagte Georg: „Doch, grad das wollen wir. Heiraten. Eine andere Frau gibt's für mich nimmer." Ruhig sah er dem Vater dabei in die Augen. Zornröte schoss Tobias ins Gesicht. „Heiraten? Du und die? Und ich sag's dir noch mal: Das gibt es einfach nicht! Das kommt überhaupt nicht in Frage! Ja, bist du denn wahnsinnig?"

Tobias begann zu schreien. Wie Georg sich das überhaupt vorstelle, schrie er. Ja, ob er denn glaube, dass irgendein Pfarrer so eine Mischehe traue. Wie man denn dastehe, vor der Verwandtschaft, dem Dorf, dem Pfarrer, vor allem vor dem. Sein Georg und eine Lutherische! Da höre sich doch alles auf. Oder ob er am Ende sogar selbst noch ein Lutherischer werden wolle.

„Seit wann legst du denn Wert auf den Pfarrer?" fragte Georg verwundert. Bisher hatte der Vater über Hochwürden Blasius Manz, einen recht einfach strukturierten, schwergewichtigen Gottesmann, immer nur in leicht süffisanten Wendungen geredet. Doch bevor der Vater eine Antwort gefunden hatte, sagte Georg: „Wenn es nicht anders geht, dann werd ich evangelisch." Ganz ruhig sagte er es, ruhig und sicher und sah dem Vater weiter in die Augen. Der wurde blass, schluckte, wandte sich brüsk um und stürmte wortlos aus dem Zimmer.

„Wenn du das tust", sagte Tobias Brenner am andern Tag zu Georg, „wenn du das tust, enterb ich dich."

Zu seinem Ärger musste der Vater feststellen, dass Georg Bundesgenossen hatte. Anfangs focht nur die Mutter auf seiner Seite, eine nie zu unterschätzende Verbündete. Aber sie hatte ihrem Herzen einen Stoß geben müssen, denn ihrer Meinung nach wäre erst einmal Paul mit Heiraten an der Reihe gewesen. Da war sie sich mit ihrem Mann einig. Es war höchste Zeit, dass der Ältere in feste Hände kam. Sie hatte mit Paul vor einiger Zeit eine heftige Auseinandersetzung gehabt. Es ging um dessen Liebesleben.

Paul hatte immer nur gelacht, wenn er erkannte, dass seine Mutter das Thema Heiraten wieder einmal anzusteuern trachtete, mit erheblicher Schläue und auf Umwegen, die einem Unkundigen harmlos erschienen wären.

„Das tut's schon noch", sagte er dann. „Ich bin ja erst vierundzwanzig." Manchmal bekam Ida auch zu hören: „Man muss halt warten, bis man die Richtige findet." Solche Sprüche hatten Ida überhaupt nicht gefallen, denn einstweilen schien sich Paul auf der Suche nach dieser Richtigen nur allzu fleißig umzutun. Wäre ihr der Sinn nach Bildern gestanden, dann hätte sie von ihm gesagt: „Er flattert von Blüte zu Blüte, um die unterschiedlichsten Arten des Nektars genüsslich zu kosten."

Als Ida auf verschlungenen, aber von gewissen Leuten gerne genutzten Pfaden ländlicher Nachrichtenübermittlung ein typischer Paulsatz zu Ohren kam, stellte sie ihn zur Rede. „Warum soll ich mich an eine binden, wenn ich alle haben kann?" hatte Paul als Anführer eines Kreises ähnlich gesinnter Freunde geäußert. Nicht mehr ganz nüchtern, wie zu vermuten war, und großsprecherisch, aber ihm durchaus gemäß.

Dass sie ja verstehen könne, wenn ein junger Mann sich austoben wolle, sagte Ida zu ihrem Sohn, um Sachlichkeit bemüht, doch was zu viel sei, sei zu viel. Einen Ruf habe er inzwischen, also, da wisse sie gar nicht, was sie dazu noch sagen solle. Und er müsse doch mal bedenken, wie schnell ein Mädchen in Schande gebracht sei, und wenn's dumm gehe, dann bleibe er eben genau an der Falschen hängen, weil er sie schließlich heiraten müsse. Von Verantwortung den Frauen gegenüber sprach sie, nun bereits eindringlicher, von Frauen und Mädchen, die für ihn anscheinend nur Spielzeug seien. Von da kam sie auf die Verantwortung für den Ruf der Brenners, denn schließlich werde Paul das alles hier einmal erben, somit sei er doch nicht bloß irgendeiner. Dass sich die Frauen das überhaupt gefallen ließen, den Verliebten spielen und dann Ade schöne Gegend, das könne sie gleich gar nicht verstehen, ereiferte Ida sich. Wenn so einer wie er seinerzeit an sie geraten wäre, also, dem hätte sie gehörig gezeigt, wo Barthel den Most holt. Und einen wie ihn müsste man von Rechts wegen wieder einmal übers Knie legen und ihm den Hintern vollhauen, aber richtig, damit er endlich aufwache, vierundzwanzig hin oder her. Aber er sei jetzt doch auf dem Hof und im Gasthaus der junge Chef und das mache er ja auch gut, da könnten der Vater und sie sich nicht beklagen, aber er habe doch weiß Gott inzwischen wirklich Zeit genug gehabt, sich die Hörner abzustoßen, und da fasse sie es einfach nicht, dass er unbedingt der größte Don Juan im ganzen Oberamt sein müsse. Und sie hoffe nur inständig, dass nicht ausgerechnet er am Ende tatsächlich an genau der Falschen hängenbleibe, obwohl sie manchmal schon habe denken müssen, das geschehe ihm dann grad recht …

Sie hatte es geahnt, dass sie tauben Ohren predigte, denn bei Paul änderte sich gar nichts. Doch jetzt ging es um Georg, und dem musste sie einfach beistehen.

Ganz unerwartet erhielt Georg die Unterstützung der Großmutter, die als Witwe drüben im Ausdinghaus lebte. Besser könne es einer doch gar nicht treffen, sagte sie zu ihrem Sohn. So einen Hof und so eine Frau finde man nicht wieder und dem Herrgott sei es wahrscheinlich egal, ob einer katholisch sei oder lutherisch. Was einer tue, darauf komme es an.

Tobias staunte nicht nur, er war entsetzt. Hatte er da eben richtig gehört? Ausgerechnet seine Mutter! Die war zwar nie eine Frömmlerin, aber eine Kirchentreue war sie immer gewesen.

Zum unerwarteten Verbündeten wurde im Laufe der Zeit jedoch Paul. Häppchenweise ließ er den Vater seine Argumente schlucken. Geschickt wusste er, ihm die Köder schmackhaft zu machen. Von dorfübergreifender, zeitgemäßer, von Georg und ihm geplanter Zusammenarbeit, eventuell sogar in einer entsprechenden Wirtschaftsform sprach er beredt. Natürlich nur, falls Georg in Riedweiler einheirate. Sie beide stellten sich das so vor: In Schlatthofen mit seiner Bodenbonität mehr Ackerbau, im feuchteren, immer auch ein wenig kälteren Riedweiler, mit seinen saftigen Wiesen und den vergleichsweise schlechteren Böden, mehr Viehzucht und Milchwirtschaft. Also, so etwas könnten Georg und er sich durchaus denken. Ideale Viehweiden gebe es doch dort, gerade um den Walcherhof herum, bessere als hier. Und die Entfernung, die könne man schon überbrücken. Erst recht, wenn man motorisiert sei, und das lasse sich einfach nicht mehr lange aufhalten. Vor allem aber bleibe, wenn der Vater selbst einmal übergebe, hier alles beisammen. Georg sei damit einverstanden, das Geld, das ihm dann zustehe, vorerst hier auf dem Hof zu lassen. Vorausgesetzt natürlich, wie gesagt, er könne nach Riedweiler heiraten.

Obwohl Tobias seinen Paul durchschaute und sehr wohl erkannte, welchen Vorteil vor allem Paul von Georgs Heirat hätte, musste er sich eingestehen, dass sein Sohn so unrecht nicht hatte. Wenn Georg die Ruth Obermaier heiratete, war Paul später Alleinherrscher. Von Riedweiler aus würde Georg ihm kaum dreinreden. Heiratete der dagegen eine aus Schlatthofen, Gnanns Marie zum Beispiel, die schon mit vierzehn hinter ihm her war, dann würde er im Dorf bleiben und genau beobachten, was sein Bruder als Bauer so anstellte. Kooperierten die beiden, dann könnte Georg, dieser fast studierte Bauer, dem Bruder mit seinem Rat zwar zur Seite stehen, die letzte Entscheidung in Schlatthofen würde Paul jedoch alleine fällen. Vor allem aber würde Paul viel mehr bleiben, wenn es einmal ans Erben ging. Denn Georg erheiratete ja einen Hof, den man nun nicht mehr zu kaufen brauchte, und das kam wiederum dem Familienvermögen zugute. Das Geld blieb in Schlatthofen. Und wenn Georg selbst einen Hof hatte, zumindest Mitbesitzer war, dann würde er sich zugunsten dieses Familienvermögens mit einem erheblich kleineren Erbteil zufrieden geben.

Trotzdem willigte Tobias nicht ein.

So blieb Georg nur, seinem Vater am Ende die Pistole auf die Brust zu setzen. Ein Zufall kam ihm zu Hilfe. Georg hatte einen Brief bekommen, und den zog er hervor, als er seinem Vater erklärte, heiraten würden er und die Ruth auf jeden Fall, und zwar evangelisch, gleichgültig, ob sie danach in Riedweiler lebten oder sonst wo. Diesen Brief, sagte Georg, habe er vor ein paar Tagen von Herrn von Tacke erhalten, dem das Rittergut bei Schwerin gehöre. Er suche, schreibe von Tacke, dringend einen neuen Gutsverwalter und Georg Brenner könne mit einer sehr guten Bezahlung und allen Vollmachten sofort bei ihm anfangen. Georg reichte dem Vater von Tackes Brief. Wenn es mit dem Walcherhof nichts werde, erklärte Georg, traurig, aber, wie es schien, fest entschlossen, dann gingen Ruth und er eben dorthin.

Ich denke, meinem Urgroßvater blieb wohl nichts anderes übrig, als sich widerstrebend und grollend mit der Ketzerheirat abzufinden. Georg wurde nicht enterbt. Das Gasthaus „Grüner Baum" nahm durch die Revolution des jüngeren Sohnes keinen größeren Schaden. Die meisten der glaubensfesten, kirchentreuen Rechtgläubigen in Schlatthofen schätzten es weiterhin. Nicht nur, weil es das einzige am Ort war.

Auf dem kolorierten Hochzeitsfoto aus dem Jahr 1912 wirkt Tobias Brenner, beherrschende Gestalt, trotz des inzwischen Major gewordenen Schwagers in Paradeuniform, weniger steif als die meisten anderen Hochzeitsgäste. Recht zufrieden sieht er sogar aus. Die Fotografien von damals sind vergilbt, gewiss, doch die bezaubernde Schönheit meiner Großmutter ist auf dem Gruppenfoto eher mühsam, auf dem Schwarzweißbild, das nur meinen Großvater und sie zeigt, umso besser zu erkennen. Mein Urgroßvater scheint sich, nach allem, was ich weiß, mit dem Konvertiten Georg und der lutherischen Schwiegertochter mit den Jahren nicht nur abgefunden zu haben, sie war ihm nach und nach wohl richtig ans Herz gewachsen. Wie ich ihn mir nach den Erzählungen vorstelle – wie ich die Männer überhaupt kenne –, könnte ich mir sogar denken, dass auch Tobias Brenner schließlich ein bisschen in diese Ruth verliebt war. In allen Ehren versteht sich. Als sie ihm im Mai 1914 seinen ersten Enkel bescherte, einen Prachtsbuben, war er überglücklich. Ihm zu Ehren wurde das Neugeborene auf den Namen Tobias getauft, ein Name, den in der Reihe seiner Vorfahren oft der erstgeborene Sohn bekommen hatte. Er selbst und Ida waren bewusst davon abgewichen. Man musste der Tradition ja nicht immer eisern verhaftet bleiben. Der Name Brenner würde auf jeden Fall weiterleben, auch wenn es nun eine andere Linie war, die Georg in Riedweiler gegründet hatte. Eine evangelische bedauerlicherweise, aber auch die evangelischen Brenners würden ihren Weg machen. Da war Tobias sich ganz sicher. Noch war Georgs Reich viel kleiner als das, aus dem er stammte. Nur ein Sechstel so groß. Aber es war jetzt schon ein Musterhof. So klein würde der gewiss nicht bleiben.

Die dorfübergreifende, zeitgemäße Kooperation, womöglich in einer entsprechenden Wirtschaftsform, wurde allerdings nie Wirklichkeit. Daran war nicht nur der Krieg schuld.

2

Schon als Bub war Paul fest entschlossen, ein Kriegsheld zu werden. Am besten als Husar. Bei seinem Onkel Karl, dem Direktor – nicht beim Ulanenrittmeister Kürschner –, gab es zwei riesige Bände über die Befreiungskriege, zusammen fast 1500 Seiten dick und so schwer, dass der Siebenjährige sie gar nicht halten konnte. Herrliche, großformatige, heroische Gemälde in prächtigen Farben fand Paul in diesen Büchern. Ganz besonders fesselte ihn ein Bild von 1813. „Brandenburgische Husaren durchbrechen die französischen Karrees", buchstabierte er. – Was ist denn auch das, Onkel? Karrees? – Unerschrockene, Hurraaaahhh brüllende Reiter schwangen die Säbel oder reckten sie voran, um sie auf welsche Schädel niederzuschmettern, in welsche Leiber zu rammen, ungeachtet der ihnen entgegenstarrenden Gewehrmündungen und Bajonette. Selbst den prächtig galoppierenden oder sich siegesgewiss bäumenden Pferden hatte der Schlachtenmaler einen heldenhaft kämpferischen Ausdruck verliehen. Auch sie waren sich ihrer patriotischen Pflicht bewusst. Auf Blut und brüllende, stöhnende, winselnde Verwundete, auf sich im Todeskampf wälzende Pferde hatte er verzichtet. Lediglich zwei Franzosen sanken gerade nieder, wie sie es verdienten. Die Husaren begannen ihr Werk ja erst. Paul konnte sich an dem Bild nicht sattsehen. Donnerwetter! Bei so was müsste man dabei sein! Immer wieder verlangte er bei Besuchen in Ravensburg nach dem gewichtigen Band. Wenn er das Bild lange genug betrachtet hatte, konnte er nicht sitzen bleiben. Aufspringen musste er und herumgaloppieren und tun, als schwinge er einen Säbel.

Des Lesens inzwischen durchaus kundig, saß er mit roten Backen über einem Buch, das ihm sein anderer Onkel, der Rittmeister, geschenkt hatte. Von der größten Reiterschlacht des Siebzigerkriegs bei Mars la Tour las Paul, von 5000 Kavalleristen auf beiden Seiten, die sich ineinander verkeilt hatten, von der ungeheuren Bravour der zahlenmäßig unterlegenen und doch siegreichen deutschen Reiterei. Die kriegerische Ader seines Neffen mit

Genugtuung wahrnehmend, hatte ihm der Onkel zwei weitere Bücher über den Siebzigerkrieg geschenkt. „Ritt ins Franzosenland" hieß das eher dünne Bändchen, „Wie wir unser eisern Kreuz erwarben" das weitaus dickere. Auch dort zeugten Bilder von den Taten der Helden. Im Vorwort hatte ein Freiherr von Dincklage, Generalmajor a. D., geschrieben: *„Ist es nicht ein patriotisches Werk, den Söhnen von den Thaten der Väter zu berichten, der Männer, auf die noch spätere Geschlechter mit Stolz zurückblicken werden? Muß das Beispiel der Alten nicht begeisternd auf die Jungen wirken, wenn auch an sie die Ehrenpflicht herantreten sollte, für Vaterland und Kaiserhaus die Waffen zu erheben?"*

Oh ja, diese Sätze verstand Paul. Nie würde er sie vergessen. Jawohl! Auch er würde die Waffen erheben, wenn es so weit war. Das stand unumstößlich fest.

Weil im Buch über die Träger des Eisernen Kreuzes auch Ulanen sich ausgezeichnet hatten und wegen der herrlichen Aufmachung des Onkels in Uniform, beschloss Paul, doch lieber Ulan statt Husar zu werden. Boten Ulanen nicht ein noch großartigeres, ein vornehmeres Bild als die eng geschnürten Husaren?

Ulanen hatten ihre blitzende Lanze, ihre Tschapka, diesen viereckigen Helmaufsatz mit dem Schweif, und die Ulanka mit ihren zwei Reihen von Knöpfen, in der Taille schmal und dann breit zu den Schultern führend. Außerdem hörte der zwölfjährige Paul einmal, wie am Stammtisch der Sohn vom Schlossbauern, der bei den Kürassieren gedient hatte, bei einem Streit mit Käsbauers Erwin lospolterte, die Husaren seien eh bloß gottsallmächtige Hallodris. Die beiden waren in einem Streit über die edelste Waffengattung geraten. Dabei war es bei Käsbauers Erwin, dem Hungerleider, dessen Vater beim Viehjuden Eßlinger einen Haufen Schulden hatte, doch nur der Neid, weil er bei der Artillerie hatte dienen müssen. Nicht einmal bei der bespannten, sondern bloß zu Fuß bei der Festungsartillerie. Da hatte er natürlich Schlossbauers Kürassiere wenigstens dadurch herabsetzen müssen, dass er die Husaren pries.

Als die Brüder ein Pony bekamen, band Paul sich einen Holzsäbel um, bewaffnete sich mit einer Bohnenstange, an der ein schwarz-weiß-rotes Fähnchen hing, und vernichtete im Galopp, kühn Hurra brüllend, auf der Wiese hinterm Heuschuppen die Feinde des Deutschen Reiches bataillonsweise.

Paul kam jedoch nicht zu den Ulanen, als er sein Jahr abdiente. Unter die Dragoner in Ludwigsburg steckte man ihn. An Einjährig-Freiwilligen war bei den Ulanen gerade kein Bedarf. Da nützte auch der Onkel nichts. Dass es sich um das 1. Württembergische Dragoner-Regiment Königin Olga handelte, war für Paul ein schwacher Trost. Hätte er, Paul Brenner, mit seinem hübschen, frischen Gesicht, groß wie sein Vater, aber schlank und trotzdem stark, nicht einen Bilderbuch-Ulanen abgegeben? Erst nach und nach und mit einiger Mühe konnte er sich zur Ansicht durchringen, dass ein Dragoner, auch wenn er ursprünglich nur ein Infanterist war, den man auf ein Pferd gesetzt hatte, und deshalb lange nicht so fein war wie ein Husar, ein Ulan oder ein Kürassier, immerhin weit mehr darstellte als die stoppelhopsenden Grenadiere oder Jäger.

Von heroischen Kavallerieattacken war während seiner Dienstzeit allerdings keine Rede mehr. Infanteriedienst und Exerzieren, dass die Gelenke knackten, waren erst einmal angesagt, Schinderei, Schikanen, Stubendienst, Zeugwäsche, Hofreinigen, Latrinenkübelleeren, Pferdestriegeln, Stallwache, miserables Essen, endlose Appelle auf dem Kasernenhof und wochenlange Ausgangssperre, bis die Rekruten endlich so weit waren, dass man sie in die Stadt lassen konnte. Lediglich beim Reitunterricht konnte Paul sich hervortun. Einmal nur, am Sedanstag, als das Regiment in voller Pracht, unter den Klängen eines mitreißenden Reitermarsches, vor dem Königspaar in Stuttgart paradieren durfte, überlief Paul eine Gänsehaut, und er konnte sich nicht dagegen wehren, dass ihm Tränen in die Augen traten. Jawohl, auch er war Teil eines großartigen, überwältigenden Ganzen. Einmalig in der Welt. Endlich durfte er das wieder spüren. Heldenhaft würde er für König, Kaiser und Vaterland fallen, wenn es ihm einmal beschieden sein sollte. Vergessen war der schikanöse Drill in den Wochen vor der Parade.

Nach seinem Jahr bei den Dragonern entließ man Paul Brenner als Fahnenjunker. Falls er Reserveübungen und Manöver erfolgreich mitmachte, konnte er dereinst vielleicht als Offiziers-Stellvertreter in den Kampf ziehen. Das war doch was!

Kaum beendet, begann der Militärdienst sich zu vergolden. Heldentaten allerdings konnte es nur im Krieg geben. Da war Paul sich ganz sicher. Doch der Krieg wollte und wollte nicht kommen.

Endlich!

Am 1. August, um 17 Uhr, hatte der Friedenskaiser Wilhelm II. die Mobilmachung befohlen. Um 19 Uhr wurde den Russen der Krieg erklärt. Am 3. August den Franzosen. Am 4. August hatte sich auch noch das hinterhältige England eingeschaltet, dieses perfide Albion. Es war so weit!

In den Tagen vorher hatten künftige Helden noch befürchten müssen, das fieberhafte Theater der Diplomaten könne den lang ersehnten Waffengang verhindern. Zwischen Österreich-Ungarn und Serbien, zwischen Österreich-Ungarn und Russland, zwischen Deutschland und Frankreich, zwischen Deutschland und Russland, zwischen

England und Deutschland waren sie hin-und hergehetzt, diese Diplomaten. Zum Glück vergeblich.

So schnell wie möglich machte Paul sich auf den Weg zu seinem Regiment. Inständig hoffte er, im Osten eingesetzt zu werden. Die Kosaken sollten schon in Ostpreußen stehen, hieß es. Aber die herrliche deutsche Kavallerie und die tapfere Infanterie und die bespannte Artillerie, die großartig in vollem Galopp mit ihren Haubitzen auffahren und in kürzester Zeit feuern konnte, würden sie schon Mores lehren und im Handumdrehen in ihre gottverdammten Steppen zurückjagen. Hatte Paul nicht bei den Manövern miterlebt, wie großartig deutsche Truppen zu agieren verstanden? Wie da eins ins andere griff, wie perfekt das alles klappte? Kein Land der Welt machte ihnen das nach.

Die Zugfahrt über Ulm und Stuttgart nach Ludwigsburg mit all den Kameraden, die wie er zu ihren Standorten eilten, war eine einzige Jubelreise. Begeisterung! Begeisterung! Begeisterung! Im Zug. Auf den Bahnstationen. Entlang der Strecke. Dabei war ja noch keiner in Uniform.

Was machte es schon, dass die Mutter beim Abschied bitterlich geweint und der Vater ein ganz ernstes Gesicht gemacht hatte, als er ihm lange schweigend die Hand drückte. Der Vater wusste, was man Gott, Kaiser und Vaterland schuldete. Der hatte selbst nie das Glück gehabt, im Feld zu stehen. Anno siebzig war er noch zu jung für den Krieg, und jetzt war er zu alt. Zum ersten Mal kam der Vater Paul tatsächlich alt vor. Dass sich Grau in Haar und Bart mischte, war nicht der Grund. Dreiundfünfzig war der Vater. Noch kein Alter eigentlich. Doch irgendetwas in den Zügen, in der Haltung dieses großen, starken, Respekt gebietenden Mannes schien plötzlich zu fehlen. Dabei war doch auch er immer ein wirklicher Patriot gewesen. Hatte der Vater Angst um die Zukunft der Brenners?

Es gab Größeres als Wirtshäuser und Bauernhöfe.

Auch die Mutter hätte wissen müssen, dass ein deutscher Mann gar nicht anders handeln konnte als ihr Paul. Stolz hätte sie auf ihn sein müssen, eine Heldenmutter. Stattdessen sagte sie unter Tränen: „Wer bloß halbwegs vernünftig ist und an seine Familie denkt und im Beruf was kann, der meldet sich nicht gleich in den ersten Tagen. Der wartet, bis er eingezogen wird. Das ist immer noch früh genug. Du bist doch kein unreifer Gymnasiast, der vom Leben keine Ahnung hat und von der Schulbank weg in den Krieg rennt."

Was sollte es? Mütter waren nun einmal ängstlich. Besonders seine. Schon immer. Das hatte er ihr oft übel genommen. Manche Mütter weinten eben, wenn die Söhne ins Feld zogen. Das gehörte wohl dazu. Und vor dem Winter war man ja schon wieder daheim. Der Kaiser hatte es in Berlin seinen ausziehenden Truppen doch selbst gesagt: „Bevor die Blätter fallen, seid ihr wieder zu Hause."

Der Fahnenjunker der Reserve im Rang eines Unteroffiziers, Paul Brenner, durfte die Russen nicht in ihre gottverdammten Steppen zurückjagen. Er rückte auch nicht mit den aktiven Truppen an die Westfront aus. Ungediente Kriegsfreiwillige hatte er auszubilden. Prall vor Begeisterung strömten sie in die Garnisonen, wo der Platz für sie nicht ausreichte. In Baracken, Schuppen, Turnhallen, in angemieteten Wirtshaussälen lagen sie dicht bei dicht auf den Strohsäcken. Bei den Dragonern wurde kurz darauf nur noch aufgenommen, wer sein eigenes Pferd stellen konnte. Tage dauerte es allein, bis alle eingekleidet waren, die schwärmerischen Rekruten, die anfangs nicht minder kampfeslüsternen Reservisten. Direkt lächerlich sahen viele aus in dem Zeug, das sie von den Kammerbullen bekamen. Von der Pracht jenes Sedanstages war ohnehin nichts geblieben. Eintönigem Feldgrau waren die prächtigen Uniformen gewichen. Die herrlichen Pickelhauben hatten Überzüge. Es gefiel Paul auch gar nicht, dass die infanteristische Ausbildung bei den Dragonern jetzt viel mehr Raum einnahm als zu seiner Zeit. Misstrauisch machte es ihn.

Verbittert schrieb Paul nach Hause. Draußen feierten die Kameraden Sieg um Sieg. – Hurra! Lüttich unser! Reims unser! Antwerpen unser! Hurra … ra … ra! Die Russen bei Tannenberg vernichtet, bei den masurischen Seen aufs Haupt geschlagen, dass ihnen Hören und Sehen verging! Hurra … ra … ra!

Tannenberg schmerzte besonders. Nach allem, was man hörte und las, hatten der Befehlshaber der 8. Armee, der General Hindenburg, und sein Generalstabschef Ludendorff, von zwei riesigen russischen Armeen bedroht, aus einer eigentlich aussichtslosen Lage heraus, den bis dahin größten Sieg der Kriegsgeschichte errungen. Jawohl, sowohl die Njemen- als auch die Narewarmee der Russen waren allein schon stärker gewesen als die gesamte 8. Armee. Aber die Genialität der beiden großartigen deutschen Feldherrn und die Tapferkeit ihrer Soldaten, eine Tapferkeit, wie es sie auf der ganzen Welt nur bei den Deutschen gab, hatten daraus eine Umfassungsschlacht gemacht, einen vollständigen, einen grandiosen Sieg, wie ihn die Welt bis dahin noch nicht gesehen hatte. Vier Tage lang hatte man gekämpft. Der General Samsonow von der Narewarmee habe sich erschossen, hieß es. Und fast 100 000 Russen habe man gefangen genommen. Und mehr als 350 Geschütze hätten die Russen dabei verloren, die doch immer so stolz waren auf ihre Artillerie. Eine ganze Kavalleriedivision hatte auf deutscher Seite dabei eine wichtige Rolle gespielt. Doch er, Paul Brenner, hatte in Ludwigsburg Kriegsfreiwillige ausgebildet.

Bei jedem Sieg läuteten die Glocken. Aber nicht für ihn, den ledigen, kampfesmutigen, den Tod nicht fürchtenden

Paul, den man in der Heimat festhielt, während man verheiratete Männer, die vielleicht gar nicht an die Front wollten, vor den Feind schickte. Die Rekruten mochte schinden, wer wollte. Gerade einen wie ihn brauchte man doch ganz vorn. Immer, wenn wieder eine Schwadron an die Front abgehen sollte, meldete er sich. Doch jedes Mal waren andere an der Reihe. Schließlich setzte er ein schriftliches Gesuch auf und wurde vom Oberst fürchterlich angepfiffen. „Jeder hat dort zu stehen, wo man ihn am dringendsten braucht"! brüllte der Allgewaltige. „Hinten und vorn fehlt es an Ausbildern, und da wagen Sie, mir mit Ihrem lächerlichen Gesuch zu kommen! Ja, Himmeldonnerwetter gibt's denn keine Disziplin mehr im deutschen Heer, dass die Insubordination schon bei den Unteroffizieren einreißt!"

Wie alle hatte Paul sich für ein Lied begeistert, das kurz nach Kriegsbeginn in der Kaserne schnell die Runde machte. Nicht nur Pauls Begeisterung gab es wieder. Traf es nicht haargenau die Stimmung der ganzen Nation, eines Volkes im Aufbruch? Klärte es nicht ganz eindeutig die Frage, wer schuld war an diesem Krieg?

> *Es war, dass in der Welt Getrieb*
> *man 1914 schrieb,*
> *da sollte Deutschland untergehn,*
> *so schwur man an der Seine.*
> *Gib acht Franzos,*
> *Reserve kommt*
> *und klopft dir auf die Hos.*
>
> *Nach Russland fuhr der Poincaré*
> *Viel tausend Frank im Portmoneh.*
> *In Petrograd beim Nikolaus,*
> *da heckten sie es aus.*
> *Gib acht Franzos…*

Nach England sandt' er Botschaft hin,
die sollten mit zu Felde ziehn.
Er wiegelt auf das Belgierpack,
den Japs und den Slowak.
Gib acht Franzos...

Den treuen Freund Franz Ferdinand
traf feigen Meuchelmörders Hand.
Da ward in Eil mobilisiert
und gleich ins Feld marschiert.
Gib acht Franzos...

Der Kaiser Wilhelm aber sprach:
„Nun ist's genug der Schand und Schmach!
Wohlauf mein Volk ins Feld, ins Feld!
Und streite als ein Held!
Gib acht Franzos...

Da regt sich's rings im deutschen Land,
und Jung und Alt von Zorn entbrannt,
greift zum Gewehr und eilt zum Heer,
hellauf vom Fels zum Meer.
Gib acht Franzos...

Der Bauer grad am Kornfeld stand;
er legt die Sense aus der Hand
und spricht: „Mein Treu, jetzt gibt's frisch, frei
'ne andre Mäherei."
Gib acht Franzos...

Der Schlosser schmeißt die Feile hin
und spricht mit stillvergnügtem Sinn:
„Hallo, jetzt wird mal unverweilt
auf andre Art gefeilt."
Gib acht Franzos...

Der Gerber wirft die Haut ins Eck,
den Franzmann will er gerben keck,
und auch der Schuster wird geholt,
dass der die Bursch' versohlt.
Gib acht Franzos...

Und selbst der kleine Schneider frisch
springt nieder von dem Schneidertisch
und schwingt die Elle und die Scher',
als ob's ein Säbel wär.
Gib acht Franzos...

Doch ist der große Krieg erst aus,
Viktoria, dann geht's nach Haus!
Dann singen unsre Truppen all
das Lied mit lautem Schall.
Gib acht Franzos...

Und juckt mal wieder wen das Fell,
sagt's nur, dann sind wir gleich zur Stell'
und klopfen euch mit derben Streich
den Hintern windelweich.
Gib acht Franzos...

Gedichtet habe es, ging die Rede, ein 34-jähriger Leutnant der Reserve aus der Landwehr. Im Zivilleben sei er evangelischer Pfarrer. Paul hatte sich den Text eigens aufgeschrieben und ihn gleich in seinem zweiten Brief nach Hause geschickt. Inzwischen kam er ihm, dem in der Heimat Festgehaltenen, wie blanker Hohn vor.

Die ersten Blätter fielen, als man Paul endlich gestattete, ins Kriegsgeschehen einzugreifen. An den Straßen zum Bahnhof drängten sich die Menschen nicht mehr so dicht wie damals im August. Sie zeigten auch bei Weitem nicht die ungeheure Begeisterung von ehedem. Es lag nicht nur am Herbst, dass man an den Helmen, den Tornistern, den Gewehrläufen keine Blumensträußchen mehr trug. Lediglich die Kapelle marschierte voraus wie zu Beginn des Krieges. An den Waggons des Ersatztransports, der sich von Stuttgart aus in Bewegung setzte und aus Dragonern, Grenadieren und einer Batterie Feldhaubitzen bestand, war auch keine Kreideaufschrift mehr zu sehen, die besagte, dass hier ein kostenloser Ausflug nach Paris stattfinde. Irgendein Unentwegter hatte hingeschmiert: „Jeder Schuss ein Russ, jeder Tritt ein Brit, jeder Stoß ein Franzos." Doch das war nichts Besonderes mehr. Das konnte man auf Postkarten lesen.

Nach Nordfrankreich gehe es, hieß es, nach Arras oder Lille. Direkt ins Gefecht.

Endlich!

Während die Offiziere in Abteilen der 1. und 2. Klasse reisten, mit Gasglühlicht, Waschgelegenheit und Schlafpolstern, fuhr die Mannschaft, in Holzklasse und Güterwagen gepfercht, dem Feind entgegen. Selbst die Offiziers-Stellvertreter fuhren komfortabel. Paul war noch nicht so weit.

Durch Belgien fuhr der Zug, durch Verviers, Lüttich, Löwen, Brüssel. Das Belgierpack, vor allem die Wallonen, schien samt und sonders in ohnmächtiger Wut mit den Zähnen zu knirschen. Schlechte Verlierer, denen nur höhnische, obszöne Gesten blieben. Ganz Fanatische machten die Bewegung des Halsabschneidens. Am liebsten hätte Paul auf sie geschossen. Das durfte man aber nicht. Selbst schuld, diese verdammten Belgier! Warum hatten sie sich auch als mickeriges, neutrales Land dem deutschen Durchmarsch widersetzt?

Direkt ins Gefecht?

Von wegen.

Das war kein Fahren. Das war vor allem Stehen. Auf Bahnhöfen, wo der Zug von anderen Transporten passiert wurde. Manchmal auf freier Strecke, ohne dass irgendjemand wusste warum. Einmal benötigte man in der Nähe der französischen Grenze für zehn Kilometer geschlagene acht Stunden. Nach drei Tagen war man endlich im Land des Erbfeindes. Auf der ersten Station hätte man neue Verpflegung fassen sollen. Doch die war irrtümlicherweise an ein kurz vorher durchfahrendes Bataillon sächsischer Grenadiere ausgegeben worden.

Verpflegung gab es auch auf den anderen Stationen kaum. Auf eigene Faust bei den stundenlangen Aufenthalten Kommandos zum Requirieren auszuschicken, wagte der Transportkommandant nicht. Es hätte wohl auch nichts gebracht. Die auf den Bahnhöfen Dienst tuenden Kameraden erzählten, die französische Zivilbevölkerung hätte selbst nichts und bettle ihrerseits die deutschen Truppen um Brot an.

Paul hätte sich auch gerne mal wieder gewaschen. Daran war gleich gar nicht zu denken. Die Zugtoiletten waren unbenutzbar, die Bahnhoflatrinen eine Katastrophe.

Erst am vierten Tag konnte man auf einem trostlosen französischen Bahnhof ausreichend Verpflegung fassen. Die war eigentlich, wie sich später herausstellte, für einen in die Heimat fahrenden Lazarettzug bestimmt.

Am Abend kam man neben einem solchen Lazarettzug zu stehen. Die Soldaten des Ersatztransports, die gerade dabei waren, „Die Wacht am Rhein" anzustimmen, um der Zivilbevölkerung des Erbfeindes ungebrochenen deutschen Kampfesmut zu beweisen, wurden eigenartig still. Der Gesang wollte nicht in Gang kommen.

Am fünften Tag – Paul hatte das Gefühl, ziellos kreuz und quer durch Belgien und Nordfrankreich gereist zu sein

– schien der Transport doch tatsächlich seinen Bestimmungsort erreicht zu haben. Paul konnte Artilleriefeuer ausmachen. Entfernt noch, aber immerhin.

Ausladen! Verpflegung fassen! Schnell! Schnell! Abmarsch zur Front, die in der Ferne wummerte.

Aber nicht die Dragoner.

Ein Zug Dragoner? Was wollten die eigentlich hier?

Kein Mensch schien zu wissen, warum sie ausgerechnet auf diesem Bahnhof gelandet waren. Ein anderer als der Leutnant Enderle, ein rollenhaariger Dickschädel aus Laichingen auf der Alb, hätte es vielleicht gar nicht gewagt, sich bis zum Generalkommando durchzukämpfen, um schließlich zu erfahren, dass man ihr Bataillon in die Vogesen verlegt hatte. Vor einer Woche schon.

Irgendwann fand sich ein Zug Richtung Südosten, in dem man auch noch die zweiunddreißig Pferde und die dazugehörenden Reiter transportieren konnte. Irgendwann gelang es, den Etappenhengsten in den Magazinen wenigstens ein Minimum an Pferdefutter und tatsächlich sogar etwas Mannschaftsverpflegung zu entlocken. Irgendwann fuhr man auch tatsächlich ab. Sieben Tage, nachdem man Ludwigsburg verlassen hatte, landete man beim Bataillonsstab in den Vogesen.

„In Friedenszeiten hätte eine Bahnreise von Stuttgart nach Straßburg ein paar Stunden gedauert", sagte ein Gefreiter, der von Beruf Bahnschaffner war.

Zum ersten Mal kamen Paul Zweifel, ob es wirklich so einfach werde, die Welt am deutschen Wesen genesen zu lassen.

Der Krieg, der mit so herrlichen Siegesmeldungen und Glockengeläut begonnen hatte, trat im Herbstschlamm mehr und mehr auf der Stelle. Er bedurfte keines geschlossenen Kavallerieregimentes mehr, nicht einmal eines Bataillons. Meldereiter gab es noch oder Reiterpatrouillen. Nur noch Geschichte waren die Kavallerieattacken. Wenn Paul ehrlich war, dann wusste er das doch schon seit Jahren. Seit es Maschinengewehre gab und schnell feuernde Feldgeschütze war die große Zeit der Kavallerie vorbei. Kanonenfutter für die Schützengräben fehlte stattdessen. Und die Pferde, die brauchte man immer seltener zum Reiten. Zum Transport der Artilleriemunition waren sie notwendig. Diese Munition, so hörte man, war anfangs in Löchern mit Holz- und Rasenabdeckung gestapelt worden, worauf bei einem Treffer die ganze Batterie in die Luft flog.

Doch Paul hatte Glück. Der Zug des Leutnants Enderle wurde nicht als eine Art berittener Polizei im Hinterland eingesetzt, wie viele andere Dragoner, oder der Infanterie angegliedert. Der Krieg hatte sich in den Vogesen noch nicht festgefressen wie im Norden. Noch war in den Generalstabskarten die Front nicht zur präzisen Linie erstarrt. So gerieten hier nicht nur Divisionen mit Artillerieunterstützung aneinander, sondern auch Stoßtrupps und Patrouillen. Patrouillen zu Fuß und zu Pferd.

Am 10. November schrieb Paul an seine Eltern:

„Lieber Vater, liebe Mutter!

Jetzt habe ich also auch meine Feuertaufe hinter mir. Macht Euch keine Sorgen. Ich bin nicht verwundet. Es war ein großer Angriff mit viel Artillerie auf beiden Seiten. Die Franzmänner sind zurückgetrieben worden. Unser Zug hat den Auftrag gehabt, den Wald auf der linken Flanke hinterher durchzukämmen, ob da noch Rothosen drinstecken. Zuerst haben wir keine entdeckt, aber dann sind wir in ein Tal mit Wiesen und einem Bauernhaus gekommen. Und schon ging's los. Den Kameraden neben mir hat's mit einem Armdurchschuss erwischt, bevor wir von den Pferden runter waren, ein anderer war auf der Stelle tot. Wir sind sofort zurück und in Deckung, aber die haben uns sauber im Visier gehabt. Mit ihren Karabinern und einem Maschinengewehr. Man hat bloß die Nasenspitze vom Boden heben oder hinter einem Baum vorstrecken müssen, schon ist's wieder losgegangen. Um uns rum hat's bloß so geklackt, wenn die Schüsse in die Bäume gegangen sind. Erst haben wir gar nicht rausgefunden, wo die in dem Haus stecken. Die haben nicht bloß aus den Fenstern geschossen. Am Schluss bin ich draufgekommen und habe das auch dem Leutnant Enderle zugerufen, dass sie ein paar Dachplatten ein kleines Stück angehoben haben. Da drunter haben ein paar von ihnen rausgeschossen. Auf die Entfernung war das aber nicht genau zu sehen. Ich habe mir schließlich doch eine Stelle merken können und habe ganz genau gezielt. Ihr wisst ja, wie ich schieße. Hinterher haben wir entdeckt, dass ich dabei zwei von denen sauber abgeknipst habe.

Aber zuerst haben die uns am Waldrand lang festgenagelt. Irgendwann ist uns ein Zug bayerischer Jäger zu Hilfe gekommen. Gemeinsam haben wir sie am Ende in die Zange genommen. Und da sind sie abgehauen. Bei uns hat's drei Verwundete gegeben und den einen Gefallenen. Bei den tapferen Jägern sind leider gleich vier gefallen. Mich hat der Leutnant Enderle hinterher gelobt.

Es grüßt Euch
Euer Paul

Vier Tage, nachdem Paul den Brief mit der Feldpost abgeschickt hatte, erhielt eine von ihm geführte Patrouille einen Treffer durch ein französisches Feldgeschütz. Während dem Mann hinter Paul das Gesicht in blutigen Brei verwandelte wurde, aus dem es noch minutenlang schrie, wurden Pauls Pferd beide Vorderbeine zerschmettert. Vornüber geschleudert, schlug er mit dem Kopf und der linken Schulter hart auf und blieb liegen. Im Feldlazarett stellten die Ärzte neben einer Fraktur des Schulterdachs eine Gehirnerschütterung fest.

Paul konnte auch nach Lazarett, schmerzhaften Bewegungsübungen und Genesungsurlaub den linken Arm nur noch eingeschränkt nutzen. Die Reparaturversuche der Militärärzte waren von mäßigem Erfolg. Abgesehen von dem bisschen Heimaturlaub und einer Unterbrechung, deren es bedurfte, um einen Tripper belgischer Herkunft auszukurieren, diente Paul Brenner bis kurz vor dem Waffenstillstand in der Nähe von Löwen dem Deutschen Kaiserreich in einem Proviantdepot. An der Front schien man eines lädierten Kämpfers nicht mehr zu bedürfen, trotz seiner Bemühungen, abermals dorthin versetzt zu werden. Zwar erhielt er das Verwundetenabzeichen, das „Eiserne Kreuz" konnte er dagegen getrost vergessen. Nur schwer fand er sich mit dem Schicksal des verhinderten Helden ab, trotz der Möglichkeiten, die so ein Proviantdepot bot, saß er doch an einer jener einträglichen Quellen, durch die ursprünglich und eigentlich die kämpfende Truppe versorgt werden sollte. Erst als er zur rechten Hand eines überforderten Hauptmanns der Reserve wurde, im Zivilleben Oberlehrer, der für Beschaffung und Buchführung zuständig war, rang er sich zur Erkenntnis durch, dass niemand davon irgendwelchen Nutzen habe, wenn er nur zusehe, wie andere sich bedenkenlos bedienten. Da er viel Geschick im Auftreiben der vor allem nach 1916 immer rarer, immer katastrophaler werdenden Nahrungsmittel bewies und seine Vorgesetzten stets mitbedachte, wenn er selbst Nahrhaftes von zu Hause erhielt, schlugen sie ihn zu Beförderungen vor. So kehrte er im November 1918 als Feldwebel nach Schlatthofen zurück, im Felde unbesiegt. Den Gedanken an eine Offizierslaufbahn hatte er schon bald nach seiner Verwundung aufgegeben. Früher als die Kameraden aus den Schützengräben kam er heim. Während an der Front Anfang November noch gekämpft wurde, war um ihn herum schon alles in heilloser Auflösung. Mit Versorgungs- und Lazarettzügen machte sich die Etappe Richtung Heimat davon. Die nach dem Waffenstillstand von der Front Zurückkehrenden durften marschieren. Verwundete, die noch in den Lazaretten lagen, überließ man ihrem Schicksal. Mit dem, was die Mannschaft des Depots in aller Eile noch in den Zug schleppen konnte, ließen sich, wie sich rasch erwies, allerbeste Geschäfte machen.

Die Dolchstoßlegende des in der Obersten Heeresleitung versagenden Herrn Ludendorff machte der unbesiegte Feldwebel Brenner sich zu eigen. Hatte doch sogar der Reichspräsident Ebert, dieser verdammte rote Sauhund, der mit daran schuld war, dass es keinen Kaiser mehr gab, zurückkehrenden Truppen im Dezember in Berlin gesagt: „Kein Feind hat euch überwunden. Erst als die Übermacht der Gegner an Menschen und Material immer drückender wurde, haben wir den Kampf aufgegeben." Und dann hatte er noch hinzugefügt: „Erhobenen Hauptes könnt ihr zurückkehren."

3

Ein deutscher Held im Offiziersrang wäre, nach allem, was in der Garnison über ihn im Umlauf war, wohl auch ein gewisser Theodor Merz gerne geworden. Sein Vater, der Landgerichtsrat Merz, hatte ihn jedoch frühzeitig für die Jurisprudenz bestimmt. Die Intelligenz des Gymnasiasten Theodor vermochten weder Nachhilfeunterricht noch väterliche Züchtigungen wesentlich zu fördern, dennoch bestand er in seinem einundzwanzigsten Lebensjahr die Reifeprüfung. Zu seiner großen Enttäuschung konnte der angehende Held, seiner mäßigen Sehkraft und schwächlichen Konstitution wegen, nach dem Maturum als Einjährig-Freiwilliger nur bei einer Sanitätseinheit dienen. Danach wandte er sich, für seine Verhältnisse ungeheuer mutig, dem Studium der Medizin zu, gegen den erklärten Widerstand des Landgerichtsrates. Theodor hatte erkannt, dass auch die Militärärzte dem Vaterland an wichtiger Stelle dienen. Überdies kam ihnen eine ungeheure Macht zu. Auch war im Gymnasium die Naturkunde das einzige Fach gewesen, in dem seine Leistungen nie schlechter als „genügend" beurteilt wurden. So ließ er sich zu Heidelberg in die Medizinische Fakultät immatrikulieren. Auf Grund väterlicher Fürsprache wurde er in jene schlagende Verbindung aufgenommen, der auch sein Vater als Alter Herr angehörte. Stolz trug er deren Farben, sang von alter, leider verschwundener Burschenherrlichkeit, von der filia hospitalis, der keine equalis sei, vom Schwarzen Walfisch zu Askalon und beherrschte ein beschränktes Repertoire an Wirtinnenversen. Lange mit Misstrauen betrachtet, gewann er bei einem Verbindungsfest völlig unerwartet doch noch eine gewisse Anerkennung, obwohl sich bei sämtlichen Kneipereien gezeigt hatte, dass er Alkohol schlecht vertrug. Er war bei diesem Fest rasch betrunken, hielt sich jedoch mit äußerster Willenskraft aufrecht, bis sich die Tür hinter dem letzten fremden Gast geschlossen hatte. Erst dann brach er zusammen.

Um seinen Mannesmut jedermann sichtbar zu beweisen, konnte er nicht umhin, eine Mensur zu bestreiten. Sein Gegner hatte auf dem Paukboden leichtes Spiel und zog ihm nach kürzester Zeit die Klinge durch den ungeschützten Teil der Visage. Der Schmiss versöhnte selbst den wegen der Studienwahl immer noch grollenden Landgerichtsrat ein wenig.

Durch viel Fleiß bestand der Kandidat Merz im zweiten Anlauf das Examen als Mediziner. Nicht ganz ohne Wirkung blieb dabei, dass dieses Mal der Vorsitzende der Prüfungskommission der gleichen Verbindung angehörte wie Vater und Sohn Merz.

Erleichtert sah man in der Klinik den Dr. med. Theodor Merz nach dem Zweiten Examen scheiden und ins Heer eintreten. Nicht minder segensreich als in der Klinik wirkte er als Militärarzt in verschiedenen Garnisonen. Bei einem Gefreiten, der sich in heftigen Bauchschmerzen wand, diagnostizierte er starke Blähungen und verordnete eine heiße Wärmflasche auf dem Bauch, worauf der Blinddarm des Gefreiten um einiges schneller platzte. Ein andermal erklärte er die Lungentuberkulose eines frisch eingerückten Rekruten zur Bronchitis und schrieb ihn nach kurzem Revieraufenthalt wieder dienstfähig. Dass sich ein Stück Darm durch die Bruchstelle in der Bauchdecke eines dicken Grenadiers schob, war darauf zurückzuführen, dass Merz ihn als Simulanten nicht vom Reckturnen befreit hatte. Merz unternahm auch nicht das Geringste gegen einen barschen Sanitätsfeldwebel, der einem magenkranken Kanonier im Revier als Diät das Tagesmenü für die Truppe servierte, übel riechendes Sauerkraut, grünlich schillernde Kartoffeln und ein Stück ranzigen Speck.

Tauglichkeitsuntersuchungen wurden das Steckenpferd des inzwischen zum Stabsarzt Beförderten, insbesondere, seitdem der Kaiser sein Volk zu den Waffen gerufen hatte. Witterte Merz doch allenthalben Drückebergerei und Simulantentum. Da versuchten tatsächlich welche, sich aufs schändlichste dem Dienst fürs Vaterland zu entziehen! Einen ehemaligen Bergmann, dem nach einem Unfall an der rechten Hand zwei Finger fehlten, hatte er nur höchst ungern ausgemustert. „Zum Draufhauen genügen auch drei Finger", hatte er argumentiert. Berühmt wurde sein Ausspruch: „Was, der Kopf tut Ihnen fürchterlich weh, speiübel ist Ihnen und das Sehen ist immer noch gestört? Zum Fallen reicht Ihre Gesundheit allemal." Dem so aus dem Heimatlazarett wieder an die Front in Marsch gesetzten, blutjungen Leutnant war ein Balken auf den Kopf gekracht, als der Unterstand nach dem Treffer durch eine Luftmine zusammenbrach.

Aus Begeisterung für die Kavallerie, der anzugehören ihm versagt geblieben war, hielt sich der inzwischen zum Oberstabsarzt gewordene Theodor Merz ein Pferd. Wann immer sich die Möglichkeit bot, zeigte er sich bei Ausritten auf seinem Achill, einem schön gebauten Schimmel. Er hätte durchaus als Vorlage für jene Schlachtgemälde dienen können, mit denen man auch den kleinen Theodor für ein Heldenleben begeistert hatte. Von seinem ausgesprochen schlecht zu Pferde sitzenden Reiter konnte man dies weniger sagen. Dennoch ließ Merz durch einen befreundeten Maler ein Bild anfertigen, das ihn in kriegerischer Haltung hoch zu Ross zeigte, dem Beschauer heroisch ins Auge blickend. Es erhielt den Titel „Auf meinem Achill". Dieses Bild war, zur Erbauung der gesamten Garnison, vorübergehend in einer Ausstellung zu sehen und fand später seinen Platz im Dienstzimmer des Herrn Oberstabsarztes.

Weil Merz bei einem Ausritt mehreren in Begleitung zweier Kavaliere im Stadtpark lustwandelnden jüngeren Damen zu imponieren gedachte, gab er dem im Grunde seines Wesens sanftmütigen Achill die Sporen. Etwas zu heftig. Achill war derlei nicht gewohnt. Außerdem übersah der Oberstabsarzt, dass der Untergrund des Parks nach einem Regen glitschig war. So fanden sich Pferd und Reiter auf dem Boden wieder. Merz wurde für mehrere Wochen dienstunfähig. Er war mit dem linken Bein unter Achill zu liegen gekommen. Dass er wochenlang keine simulierenden Drückeberger aufspüren konnte, schmerzte ihn weit mehr als die Verletzung selbst. In der Garnison kursierte eine treffliche Karikatur von der Hand eines begabten Zeichners, ganz im Stil des Originals. Sie zeigte den liegenden Achill und seinen Reiter. „Auf meinem Merz" stand darunter.

Georg Brenner hatte der Einberufung zunächst entgehen können. Front und Heimat mussten mit Nahrungsmitteln versorgt werden. Das konnte man nicht nur den Bäuerinnen und Kriegsgefangenen überlassen. Als das menschliche Füllmaterial für Gräben und Unterstände knapp zu werden begann, konnte die Oberste Heeresleitung darauf keine Rücksicht mehr nehmen und entsann sich des Nachschubsoldaten Georg Brenner. Er wurde einberufen, als seine Frau mit dem zweiten Kind im siebten Monat war.

Soldaten, die für den Nachschub zuständig waren, gab es zu Genüge. Alle Druckposten hinter der Front waren bereits besetzt. Infanteristen fehlten an der Westfront. Hastig, doch darum nicht weniger schikanös, wurden Reservisten wie Georg in den Kasernen für die Massaker der Materialschlachten vorbereitet. Während einer Geländeübung mit vollem Marschgepäck, bei der man die Mannschaft gezwungen hatte, auf schlammigem Boden bergauf zu rennen, brach er zusammen. Das geschah zu der Zeit, als Oberstabsarzt Dr. med. Theodor Merz zu Bett lag.

Der junge Doktor Kamnitzer, der Merz vertrat, hatte die Medizin im kleinen Finger. Wäre sein Vater nicht ein kleiner Angestellter bei der Stadtverwaltung in Heidenheim gewesen, sondern ein reicher Kaufmann, ein hoher Beamter, ein Großbauer, dann hätte er eine eigene Praxis eröffnet. So blieb ihm trotz glänzender Examina zunächst nur eine Existenz als Militärarzt. Bevor er den Absprung schaffte, kam der Krieg. Da er seine Arbeit auch in Lazaretten und Krankenrevieren ernst nahm, entdeckte er nicht nur, dass Georg an ganz erheblichen Herzrhythmusstörungen litt, sondern dass auch dann ein Nebengeräusch zu hören war, wenn das Herz gleichmäßig schlug. Georg wurde als nicht kriegsdienstverwendungsfähig nach Hause geschickt.

Ruth war überglücklich. Einen Monat zuvor war das Kind zur Welt gekommen. Gegen Ende der Schwangerschaft war es ihr gar nicht gut gegangen. Besonders die Nächte seien schlimm gewesen, erfuhr der heimgekehrte Georg. Ruth hatte immer den gleichen Traum. Sie sah eine unbekannte, schwarz gekleidete, junge Frau vor einem einsamen, schiefen, morschen Holzkreuz in einer trostlosen, verwüsteten Ebene knien, auf der schwer der Nebel lastete. Ein verrosteter Helm hing auf dem Kreuz. Den ersten Buchstaben der verwaschenen Inschrift auf dem Querbalken konnte Ruth entziffern, als sie neben die Frau trat. Es war ein G. Weiter kam sie nie, bevor sie schweißgebadet und mit wild pochendem Herz aufwachte. In der Nacht vor der Geburt, die außerordentlich schwer war, hatte sie ein besonders gespenstisches Traumerlebnis. Sie stand im Morgendämmer vor dem Spiegel im Schlafzimmer, doch wer ihr da entgegenschaute, das war nicht sie selbst, das war die Unbekannte, deren todblasses, kaum auszumachendes Gesicht mit einem dünnen, schwarzen Schleier verhüllt war. Drei weiße Rosen hielt die Verschleierte in der Hand. Schreiend fuhr Ruth hoch und spürte, dass die Wehen einsetzten. Noch nie hatte sie Gott so inbrünstig gedankt, wie an jenem Tag, als sie erfuhr, dass ihr Christian trotz all dem ein ganz normales, völlig gesundes Kind war.

Im Jahr darauf brachte Ruth ihr drittes Kind zur Welt, das dreiundzwanzig Jahre später meine Mutter werden sollte. Wegen der Namen der Kinder hatte es nie Streit zwischen Georg und Ruth gegeben. Klug, wie sie war, hatte sie zugestimmt, dass der erste Sohn wie Georgs Vater heißen sollte. Christian wurde nach ihrem verstorbenen Vater genannt. Der Mädchenname Esther hatte ihr ganz einfach gefallen.

1918 steckte man Georg vorübergehend doch noch einmal in eine Uniform, aber nur, um ihn, zusammen mit Lahmen und Hinkenden, Schwerhörigen und Kurzsichtigen, mit Rheumatikern, Nierenkranken, Magenkranken, Lungenkranken, Herzkranken und noch nicht wirklich genesenen Verwundeten, Kriegsgefangene bewachen zu lassen. Zwei Monate später war der Krieg aus.

4

Dass es zweierlei ist, einen Krieg an der Front oder in der Heimat zu erleben, begriff ich erst durch den Großvater. Er hatte davon erzählt, dass er, sein Bruder Paul und der Vater mit ihren Ansichten immer wieder aneinandergeraten seien. Georg hatte Kriege stets als ein Unglück empfunden, ganz im Gegensatz zu Paul. Der Vater war anfangs eher auf Pauls Seite gewesen. Im Laufe der vier Jahre hatte sich seine Meinung ins Gegenteil verkehrt.

„So ein Krieg sollt am besten gar nimmer aufhören!" hatten viele Bauern anfangs gesagt. Auch der Gastwirt und Großbauer Brenner sprach so. Riesig war die Nachfrage nach Getreide, Heu, Stroh, Schlachtvieh, Pferden. Stattlich waren die Preise, die man erzielte. Nachdem man von seinen sechs Pferden die drei besten zum Dienst am Vaterland geholt hatte, erlahmte die Begeisterung des Tobias Brenner. Mit Mühe erreichte er, dass man ihm die übrigen ließ, und das nur dank seiner Beziehungen zur Militärintendantur. Andere hatten nicht so viel Glück. Die Käsbauers hatten als Ersatz für ihren Braunen einen alten Klepper bekommen. Der fiel eines Tages beim Pflügen um und kam nicht mehr hoch. Von da an mussten zwei magere Kühe die Pferdearbeit verrichten und auch noch zweimal am Tag Milch geben.

Doch auch den Bauern zeigte der Krieg mehr und mehr seine Fratze. Nicht nur, weil er ihnen Söhne und Knechte vom Hof holte. Kontrolliert wurde jetzt. Immer öfter, immer genauer. Ständig schnüffelte der Landjäger mit seinen Listen herum, ob auch alles brav abgeliefert werde, wie das Reich es befahl. Gleich gar nicht erwischen lassen durfte sich einer, der schwarz schlachtete. Erbost sagte am Stammtisch eines Abends der Schlossbauer, der den zweitgrößten Hof in Schlatthofen besaß: „Scheint's will der Landjäger mit aller Gewalt, dass ihn in der Dunkelheit mal die richtigen Leute abpassen und ihm recht feurig den Arsch vollhauen."

Weder der Schlossbauer noch die übrigen richtigen Leute fanden jedoch den Mut dazu.

Statt des Landjägers erschien im Herbst 1916 eines Morgens, in aller Herrgottsfrühe, bei den Brenners eine Militärpatrouille unter der Führung eines ganz jungen Fähnrichs. Der war von der eigenen Bedeutung nicht minder durchdrungen als von der Wichtigkeit seiner patriotischen Aufgabe. Unverzüglich stellte er Wachposten vor allen Ökonomiegebäuden auf. Es hätte sich ja ein schurkisches

Familienmitglied oder jemand nicht minder Schurkischer vom Gesinde hineinschleichen können, um heimtückisch beiseite zu bringen, was des Vaterlandes war. Dann ließ er das Ehepaar Brenner und alle Dienstboten, deren er habhaft werden konnte, in der großen Gaststube antreten und untersagte in barschesten Tönen, den Raum ohne seine Erlaubnis zu verlassen. Ida bellte er an, sie habe ihm umgehend sämtliche Schlüssel auszuhändigen und ihn ohne Widerrede zu begleiten. Blass vor Zorn und mit geballten Fäusten ging Tobias auf ihn zu, baute sich so dicht vor ihm auf, dass sie sich fast berührten, und brüllte von seiner Höhe herab: „Ich verbitt mir eine solche Unverschämtheit! Himmeldonnerwetter! Wo sind wir denn eigentlich?"

Der Fähnrich wich zwei zitterige Schritte zurück und fingerte an seiner Pistolentasche herum. Einer von seinen Männern nahm das Gewehr von der Schulter. Die anderen, die mit in die Gaststube gekommen waren, lauter ältere Männer, verfolgten die Ereignisse mit hämischem Interesse, als wollten sie ihren Vorgesetzten fragen: „Wie wirst du dich da herauswinden, du Milchbart?"

Da trat Ida neben ihren Mann, furchtlos, wie es schien, holte den Schlüssel zur großen Vorratskammer für die Gasthausküche, den sie immer bei sich trug, unter ihrer Schürze hervor und sagte ganz ruhig, wenn der Herr Fähnrich mitkomme, dann werde sie ihm auch alle anderen Schlüssel gerne geben. „Aber ich will schon gern wissen, warum", sagte sie. „Wir haben nichts zu verbergen."

„Wir wissen genau, was wir zu tun haben und warum!" schnauzte der Herr Fähnrich sie an.

Jeden Winkel durchstöberten die Soldaten, im Haus, im Stall, in sämtlichen Wirtschaftsgebäuden. Der Fähnrich befahl einem Gefreiten, im Schlafzimmer der Brenners unters Ehebett zu kriechen, wohl in der Hoffnung, dort

Schweine- und Rinderhälften zu entdecken. Nachdem Tobias sich beim Intendanturrat Körber beschwert hatte, kam so etwas zwar nie wieder vor, doch bis zum Landjäger, dem man inzwischen einen weiteren Wachtmeister beigesellt hatte, reichte der Einfluss eines Körber natürlich nicht. Ärgerlich, höchst ärgerlich, doch die Kontrollen waren nicht das eigentliche Problem.

Viel schlimmer war, dass es an Leuten fehlte, die zupacken konnten. Paul hatte zwar diesen Genesungsurlaub erhalten, doch der war viel zu kurz. Mit nur einem gesunden Arm war er ohnehin keine große Hilfe. Den anderen Arm hatte er zu der Zeit erst mühsam bewegen können.

„So schicken sie einem den Buben heim", hatte Ida wütend gesagt „und dabei muss man noch froh sein, und ich bin auch heilfroh und dank dem lieben Gott jeden Tag, dass ihm nicht mehr passiert ist." Dann hatte Paul wieder einrücken müssen.

Georg fuhr zwar manchmal von Riedweiler herüber, aber er hatte ja zuerst einmal zu schauen, dass auf seinem eigenen Hof alles seine Ordnung hatte.

Zwei von den drei ständigen Knechten hatte man eingezogen, darunter den Großknecht. Schließlich gelang es, Kriegsgefangene für die Arbeit auf dem Hof zu bekommen. Erst waren es Franzosen. Mit den meisten war nicht viel anzufangen. Sie verstanden nichts von der Landwirtschaft. Später bekam Tobias zwei Russen. Der Andrej, ein Petersburger, war immer nervös, hatte zwei linke Hände und Angst vor Pferden. Doch der Dimitri war ein Bauer aus Kleinrussland und sehr geschickt und brachte die Liebe zur Arbeit mit, trotz des Heimwehs. Am Ende gehörte er fast zur Familie.

Dabei mussten Tobias und Ida zugeben, dass es ihnen noch einigermaßen gut ging. Andere in Schlatthofen waren viel schlechter dran. Vor allem gegen Kriegsende. Natürlich verhungerte auch jetzt noch keiner im Dorf, aber Brot, Zucker, Kartoffeln und Fleisch gab es nur noch auf Marken. Bei den Kleinbauern, den Handwerkern, den Tagelöhnern, Leuten wie den Käsbauers zum Beispiel, ging es ganz schmal her. Einen Garten, ein Äckerchen, ein paar Stallhasen und Hühner hatte ja fast jeder. Doch wo reichte das schon hin? Der alte Wagner, der das Geschäft an Stelle seines in Rumänien kämpfenden Sohnes führte, der Sattler, der Schmied, der Schreiner, der Schuhmacher hätten genug Arbeit gehabt, aber es wurde immer schwerer, Material zu bekommen. Alles ging ans Militär. Leder war fast gar nicht mehr aufzutreiben. Deswegen sagte der Brunnenbauer, dem ein Hamsterer 14 große, ledergebundene Goethebände überlassen hatte: „Damit können wir wenigstens unsere Schuhe besohlen lassen." Für die Brunnenbauers, die sich mit dem Lesen alle ein wenig schwer taten, sicher die ideale Lösung. Kleider und Schuhe gab es kaum mehr zu kaufen.

Die Ärmeren im Dorf buken inzwischen Kartoffeln ins Brot ein, damit es weiter reichte. Nudeln aus Kleie aßen sie. Wer hatte in Schlatthofen schon essbare Rüben gekannt? Selbst wenn man sie gekannt hätte, nie im Leben hätte man so etwas hinuntergebracht. Jetzt baute man sie an. So ein Zeug hätten früher doch bestenfalls die Preußen gefressen, die sowieso nicht wussten, was gut ist. Hasenwurst, ein graues, formloses Zeug, das nach gar nichts schmeckte, wurde im *„Tagblatt"* als hilfreiche Erfindung gepriesen. Ganz mager waren die Armeleutekinder mit ihren Gesichtern wie dünnes Bier und Spucke.

Was das Geld anging, war es schon vor dem Krieg zwischen Tobias und Ida zu Meinungsverschiedenheiten gekommen. Hervorragende Rendite hatte seinerzeit die Sache mit der Bagdadbahn versprochen.

Von Konstantinopel bis Bagdad sollte der grandiose Schienenstrang einmal reichen, dieses Symbol des neuen Jahrhunderts. Tobias war von den Plänen angetan. Blöd war man, wenn man da nicht einstieg.

Warum hatte ausgerechnet Ida seine Begeisterung dämpfen müssen? Den Atlas hatte sie aufgeschlagen und stirnrunzelnd den geplanten Verlauf auf der Karte verfolgt.

„Ich wär vorsichtig", sagte Ida und schüttelte den Kopf. „Kauf Anteile, wenn es unbedingt sein muss, aber nicht zu viel davon. Hast du dir schon mal angeschaut, durch was für Gebiete sie die Bahn führen wollen? So leicht geht das nicht, mit all den Gebirgen und Wüsten und so. Und was, wenn's dort unten mal Krieg gibt?"

„Unsinn! Warum soll's dort denn Krieg geben? Das gehört doch alles zum osmanischen Reich. Und die Türken sorgen schon für Ruhe. Das kannst du mir glauben."

Tobias kaufte. Bei Weitem nicht so viel, wie er geplant hatte. Hinterher ärgerte er sich, dass er Ida nachgegeben hatte.

Bei den ersten Kriegsanleihen waren Tobias, Ida und die Söhne sich dagegen einig. Wo es doch nur Sieg auf Sieg gab, wie sollte man da seine Chance nicht nutzen? Und eine patriotische Pflicht war es vor allem. Ein guter Deutscher kaufte die Papiere.

Doch wegen der letzten Anleihe im Frühjahr 1918 kam es zu einem richtigen Streit zwischen den Brenners.

Auch wenn die offiziellen Verlautbarungen und die Meldungen im *„Tagblatt"* optimistisch klangen wie eh und je, wer nicht ganz auf den Kopf gefallen war, konnte sich seinen Teil zum Stand der Dinge denken. Doch dann kamen auf einmal wieder Siegesmeldungen. Drei deutsche Armeen, hieß es, hätten erfolgreich zwei englische angegriffen, riesige Geländegewinne erzielt und unzählige Gefangene gemacht.

Am Stammtisch tauchte der im Laufe des Krieges klapperdürr gewordene und dennoch begeistert sein Hungeropfer an der Heimatfront bringende Schulmeister, der im Klassenzimmer Frontverläufe mit farbigen Fähnchen an einer Wandkarte markierte, seinen Finger ins Bier und stellte die strategische Situation auf der Tischplatte dar.

„Hier sind die Franzosen und da, nördlich davon, die Engländer. An der Nahtstelle brechen wir jetzt durch. Wir drehen nach Norden und jagen die Engländer ins Meer!" schrie er mit vor Begeisterung zitterndem Ziegenbärtchen. Als Meer diente eine größere Bierlache. „Dann... dann stürzen wir uns auf die Franzosen, die jetzt allein dastehen, und vernichten die auch noch!"

Tobias, der dazukam, sagte, das sei noch lange kein Grund, eine solche Sauerei auf dem Tisch zu machen, und reichte dem Schulmeister einen Lappen. Giftig schielend wischte das verhinderte Mitglied der Obersten Heeresleitung die strategische Situation weg.

Ein paar Tage zuvor war ein Stabsoffizier im Dorf gewesen und hatte droben im Saal wieder einmal einen Anleihe-Vortrag gehalten. Tobias hatte schon lange keine Anleihen mehr gezeichnet. Aber jetzt sah das auf einmal alles wieder ganz anders aus. In ein paar Wochen schon konnte der Krieg gewonnen sein, wenn es weiter so voranging. Jahrelang hatte man von keiner so erfolgreichen Offensive mehr gehört. Bei den Engländern und Franzosen schon gar nicht. Aber diese „Kaiserschlacht" schien ein großartiger Erfolg zu werden. Endlich! Wer da jetzt nicht noch einmal zugriff, war ein Idiot.

Ungewöhnlich heftig wehrte Ida sich gegen den Kauf. „Da kannst du das Geld gleich auf den Misthaufen werfen!" Heftig sagte sie das und funkelte ihren Mann zornig an. „Ich denk immer noch dran, was der Otto vom Brunnenbauer erzählt hat, wie er im Urlaub da war. Von den Soldaten in den Gräben und Unterständen, die nie genug zu essen bekommen, von den ausgeleierten Geschützen und der Munition, die fehlt, und von den Amerikanern, die immer mehr werden, und von diesen Tanks. Ja, glaubst du denn, da hat sich wirklich was geändert seitdem? Im Gegenteil! Die armen Soldaten sind doch fertig, die können nicht mehr. Wenn ein Mensch stirbt, dann flackert das Leben auch noch einmal kurz vor dem Tod auf, und mit dem Krieg ist das nicht anders."

„Das will ich nicht gehört haben, was du da sagst!" Auch Tobias wurde jetzt laut. „Und wenn das jemand außer mir gehört hätt', dann könnten wir das Wirtshaus zumachen, und zwar für immer. Himmel noch mal, wir können unserem Heer doch nicht in den Rücken fallen. Grad jetzt, wo es wieder siegt, wie schon lang nimmer."

„Ja, ja, du mit deinen Siegen! Am Anfang haben auch dauernd die Glocken geläutet, weil es nur Siege gegeben hat. Und was ist draus geworden? Und wie's heißt, wollen die Türken und die Bulgaren und jetzt sogar die Österreicher schon nicht mehr richtig mitmachen. Aber du träumst vom Sieg. Und wenn du, wie's scheint, übriges Geld hast, dann steck's lieber in den Hof. Ob wir am End den Krieg gewinnen oder verlieren, zu essen brauchen die Leute immer, und was wir zu verkaufen haben, wird dann noch sehr viel mehr wert als jetzt."

„Wie kann man bloß so viel Angst haben? Wer nichts wagt, gewinnt auch nichts. Hinter den Anleihen, da steht immerhin's Deutsche Reich und der Kaiser. Wo ist da eigentlich's Risiko? He?"

„Hast du überhaupt noch übriges Geld oder willst du am End wegen deinen blöden Anleihen was verkaufen? So arg rosig stehn wir auch nimmer da."

Tobias wurde rot.

„Aha!" rief Ida bitter. „So sieht's also aus! Und was für ein Theater hast du damals beim Georg gemacht, wie der hat heiraten wollen! Da müsst man sogar Land verkaufen, hast du gesagt, dass man ihn auszahlen kann. Dabei hat er doch gar nichts gewollt. Willst du am End tatsächlich was verkaufen?"

„Quatsch", schrie Tobias, mit hochrotem Kopf.

„Mach doch, was du willst, du sturer Kerl!" Ida war den Tränen nahe. „Dabei haben wir mal ausgemacht, dass wir solche Sachen miteinander entscheiden. Weißt du das wirklich nimmer?"

Ohne ein weiteres Wort ging sie aus dem Zimmer. Auch am nächsten Tag sprach sie nur das Allernötigste mit ihrem Mann.

Tobias hatte bei der Bagdadbahn nachgegeben. Dieses Mal war er dazu nicht bereit. Jetzt erst recht nicht! Die Anleihe wurde gezeichnet. Aus Trotz kaufte er mehr, als er eigentlich vorgehabt hatte.

Ein paar Tage, nachdem ein gewisser Tobias Brenner aus Schlatthofen seine Anteile erworben hatte, kam die erfolgreichste deutsche Offensive seit dem Beginn des Stellungskrieges zum Stehen. Genauso wie ein paar Wochen später die nächste gegen den Nordabschnitt der Engländer und dann auch noch die gegen die Franzosen, obwohl die Deutschen noch einmal bis zur Marne vordrangen.

Das war's.

Jetzt waren die Alliierten dran, Franzosen, Engländer, US-Amerikaner, Kanadier, Australier ... Von Tanks unterstützt, brachen sie in die deutschen Stellungen ein und machten sehr viele Gefangene. Bis dahin hatte noch kein Rückzug der deutschen Armee so sehr einer kopflosen Flucht geglichen. „Streikbrecher!" hätten die zurückflutenden Truppen dem vorrückenden Ersatz entgegengeschrien, wurde erzählt.

Danach war Tobias Brenners Rechnung sehr einfach. Vermögen an Wertpapieren = 0,0 Reichsmark. Der Verlust, ins Prozentverhältnis zum Gesamtvermögen vor dem Krieg gesetzt ... Tobias Brenner wagte nicht, das wirklich auszurechnen. Wozu auch? Hin war hin. Nach vorne musste man schauen, auch wenn es unendlich schwer fiel.

Recht hatte Ida gehabt, hundertmal Recht.

Nicht nur die Söhne hatte der Krieg von den Höfen geholt. Die jüngeren Bauern hatten schließlich selbst einrücken müssen. Dreizehn Männer waren nicht mehr nach Schlatthofen zurückgekommen. Dreizehn erschossene, zerfetzte, zermatschte, verschüttete, erfrorene, verbrannte, erstickte, im Lazarett krepierte Brüder, Söhne, Verlobte, Ehemänner, Väter. Die ersten Gefallenen hatte man noch als Helden verehrt. Gegen Ende verfluchten die meisten im Dorf den Krieg. Unter ihnen der Wagner Merk. Sein Sohn Anton war als verstorben gemeldet worden, verstorben an der Cholera. Die Frau hatte nicht allzu lange getrauert, sich mit einem anderen Mann eingelassen und war von ihm schwanger geworden. Im Karpatenchaos, wo die Reichsdeutschen die Sache des morbiden österreichisch-ungarischen Bundesgenossen zu der ihren gemacht hatten, waren die Listen der Verstorbenen durcheinandergeraten. Anton hatte die Cholera überlebt, ungeachtet der Zustände in einer habsburgischen Lazarettbaracke, während um ihn herum die Kameraden mit schwarz verfärbten Lippen und Fingernägeln für ihre jeweiligen Kaiser verröchelten. Nur noch Haut und Knochen, war er im Dezember 18 heimgekommen. Als er den Zustand seiner Frau sah, die im achten Monat war, erhängte er sich an einem Balken in der Werkstatt.

Andere hatten überlebt. Zu beneiden waren keineswegs alle von ihnen. Schreiners Hermann hatte beide Beine verloren. Neubauers Hans hatte nur noch den linken Arm. Der Kohlenbauer war magenkrank zurückgekommen und siechte vor sich hin. Gesunde Glieder hatte der Alois vom Bergbauern noch, aber sein von einem französischen Spaten gespaltenes Gesicht hatten die Ärzte so zusammengenäht, dass er nie eine Frau bekommen würde. Auf den ersten Blick und tagsüber konnte man Brunnenbauers Otto für einen halten, der ohne den geringsten Schaden davongekommen war. Doch in vielen Nächten hörte man ihn schreien: „Sie kommen! Sie kommen!" Wenn die Mutter in die Kammer hinaufstieg und das Licht anzündete, hatte er sich im Nachthemd totenblass in die Ecke zwischen Bett und Kleiderkasten gedrückt und stierte sie mit weit aufgerissenen Augen an, ohne sie wirklich zu sehen.

Irgendwoher tauchte plötzlich das Gerücht auf, Mangolds Adolf, der Bruder vom Sattler, sei gar nicht vermisst. Er liege ohne Arme und Beine und einem Gesicht ohne Nase, in dem der Mund nur noch ein schiefes Loch sei, in einem Heim. Dort verstecke man solche Kriegsgespenster vor der Öffentlichkeit.

Schlimm, das alles. Doch deswegen verfluchte Tobias Brenner den Krieg nicht, sondern wegen des brutalen Schlages, der ihn selbst getroffen hatte. Ohne den Krieg wäre es nicht passiert. Davon war er felsenfest überzeugt. Es ging nicht um den immer noch durch seine linke Schulter behinderten Paul. Und auch nicht um den Oberstleutnant Kürschner. Was von ihm übrig geblieben war, vermoderte in Galizien. Ein unglaublicher Volltreffer hatte den weit hinter der Kampflinie liegenden Regimentsgefechtsstand in die Luft gejagt.

Im November 18 hatte Ida eine entfernte Verwandte besucht, die Nähkätter, ein altes Weiblein, das früher im Dorf auf die Stör gegangen war und bei den Brenners immer etliche Tage im Jahr Arbeit hatte. Ida hatte der Kätter eine kräftige Suppe gebracht. „Es geht ihr nicht gut", erzählte sie bedrückt, als sie heimkam. „Der Arzt sagt, die Lunge ist stark angegriffen. Und dann das hohe Fieber!"

Ein paar Tage später musste Ida sich ins Bett legen. „Lungenpest", hatte der Arzt gesagt. Später hätte er es Spanische Grippe genannt.

Tobias konnte nie begreifen, warum ausgerechnet seine Frau nicht überlebt hatte. „Sie hat doch immer genug zu essen gehabt, und kräftig war sie und kaum einmal krank, und wir haben doch alles für sie getan, als sie krank geworden ist", klagte er verbittert. „Warum grad sie? Warum bloß? Die Nähkätter hat's überlebt. Und sogar ein Knochengestell wie den Schulmeister hat der Herrgott wieder gesund werden lassen! Und sie hat sterben müssen."

Tobias war von klein auf bei Tieren und Menschen mit dem Tod in Berührung gekommen. Obwohl das Sterben für ihn, wie für alle auf dem Land, einfach zum Leben gehörte wie die Geburt, war er lange Zeit wie vor den Kopf geschlagen. Schwere Sorgen machten seine Söhne sich um ihn.

Vier Monate später musste er sich Sorgen um seinen Sohn Georg machen. Bei der Geburt ihres vierten Kindes, das sie gleich wieder mitgenommen hatte, war Ruth gestorben.

Wochenlang war es Georg, als spiele sich das Leben ganz unwirklich hinter einer Glaswand ab. Hatte er diese von Anfang an immer nur glückliche Ehe geträumt? Mechanisch verrichtete er seine Arbeit, mechanisch kümmerte er sich, zusammen mit seiner Schwiegermutter, um die Kinder. Er hörte wohl, was sie sagten, der Vater, Paul, die Schwiegermutter, der Pfarrer, die Freunde der Familie in Riedweiler, doch was er hörte, schien schnell wieder zu verwehen. Erst als der kleine Christian krank wurde, fand er langsam wieder zurück ins wirkliche Leben.

Dass der Tod meiner Großmutter alles verändert hat, dass sich dieser viel zu frühe Tod bis auf die übernächste Generation ausgewirkt hat, auf mich zum Beispiel, davon bin ich überzeugt. Alles wäre anders gekommen auf dem Walcherhof in Riedweiler. Natürlich ist es schwach, bei den Eltern die Schuld für die eigene Biografie zu suchen und die Ursachenforschung auch noch auf die Großeltern auszudehnen. Nicht nur für sein Gesicht ist man spätestens ab dreißig verantwortlich, sondern für sein Leben schlechthin. Und dennoch scheint etwas wie ein Fluch auf den Brenners zu liegen. Ausgerechnet diejenigen, die alles in die richtigen Bahnen hätten lenken können, sind viel zu früh gestorben. Nicht nur Ruth.

Katharina

1

Dass mein Großonkel leichtes Spiel bei den Frauen hatte, sie geradezu hinter ihm her waren, konnte sogar ich mir vorstellen, als ich in das Alter kam, in dem man sich über so etwas Gedanken macht. Groß war Paul, breitschultrig, dunkelblond, mit kühn dreinblickenden, grauen Augen. Ein gut aussehender Mann. Selbst als er älter wurde, stellte er noch etwas dar. Ich war zwar bei seinem Tod erst neun, doch als ich Jahre später zum ersten Mal einen Film mit John Wayne sah, fühlte ich mich ein wenig an meinen Großonkel erinnert. Allerdings hatte Paul Brenner auch mit sechzig noch weit mehr Haare als der Schauspieler.

Wie sehr äußere Eindrücke täuschen können! Wenn er doch nur ein John-Wayne-Typ gewesen wäre, was die Behandlung von Frauen anging!

Man muss sich neben dem Äußeren natürlich auch noch vorstellen, dass Paul seinerzeit eine Partie war, nach der sich die unverheirateten Frauen die Finger leckten. Baumwirtin wären viele gerne geworden. Doch auch nach dem Krieg dachte er so wenig daran, sich zu binden, wie vor 1914.

Urplötzlich aber konnte es ihm mit dem Heiraten nicht schnell genug gehen. Viel zu schnell, nach Ansicht seines Vaters, der erst vor einem Jahr eine zwar lutherische, aber schöne, besonders liebe und tüchtige Schwiegertochter verloren hatte.

„Die Ruth haben wir doch grad erst beerdigt", sagte er zu Paul. „Da kannst du doch weiß Gott wenigstens noch ein bissle warten. Denk doch auch an den Georg. Und die Mutter ist auch noch keine zwei Jahre tot. Jahrelang hast du vom Heiraten nichts wissen wollen, und jetzt pressiert's dir auf einmal. Oder musst du heiraten?"

Da sei nichts unterwegs, beteuerte Paul. Und gerade die Mutter hätte sich doch am meisten darüber gefreut, dass er endlich heiraten wolle.

Eine aparte Erscheinung war die Frau, die Paul dem Vater vorgestellt hatte, zweifellos. Pechschwarze Haare hatte sie, aber blaue Augen. Ungewöhnlich wirkte so was. Dabei war nach Tobias Brenners Meinung das Aussehen nicht das Entscheidende. Bei einer zukünftigen Baumwirtin kam's auf anderes an. Aber warum sollte sein Sohn so ein Äußeres nicht mitnehmen? Als willkommene Zugabe war das durchaus in Ordnung. Lebhaft und munter war diese Katharina Eiberle. Und ganz schön charmant. Donnerwetter! Das würde sie als Wirtin gebrauchen können, falls es tatsächlich mal so weit sein sollte. Die Zeiten hatten sich geändert. Oberflächlicher war alles geworden nach dem Krieg. Aufgeblasen und doch kleiner. Unruhiger, hektischer und dabei schäbiger. Aber viel freier, was den Umgang zwischen Männern und Frauen anging. Nicht mehr bloß in der Stadt. Da war auch in einem Dorfwirtshaus Charme angesagt. Dass diese Katharina auch noch vom Fach war, gefiel dem potenziellen Schwiegervater besonders. Ihre Eltern, katholische Zugezogene aus dem Unterland, hatten 1910 den heruntergekommenen „Adler" in Tannzell erst gepachtet, später gekauft und rasch hochgebracht. Mit vierzehn habe Katharina schon mitgearbeitet, und zwar eifrig, war zu erfahren.

Kochen konnte sie jedenfalls. Der Rehrücken, den sie Paul und Tobias Brenner vorgesetzt hatte, als sie gemeinsam zum ersten offiziellen Besuch hinüber nach Tannzell gefahren waren, also, der war von allererster Güte. Schmackhafter bereitete man den im „Grünen Baum" auch nicht zu. Selbst Ida wäre er seinerzeit nicht besser gelungen.

Der „Adler" war eine ernsthafte Konkurrenz für die „Krone" geworden, dieses Traditionsgasthaus, das die Familie Schiele seit fast ebenso vielen Generationen bewirtschaftete wie die Brenners in Schlatthofen den „Grünen Baum". Allzu ruhig, allzu bedächtig wirtschafteten die Schieles. Vor dem Krieg, im Krieg und vor allem hinterher. Die Eiberles waren da weit reger, findiger, schienen Entwicklungen vorherzuahnen. Es wurde gemunkelt, Eiberle sei bei einem Verwandten eingestiegen, der in Stuttgart ein Tanzlokal eröffnet hatte. Ziemlich dick sei er daran beteiligt. Und vor allem ungeheuer gewinnbringend. Wie Pilze schossen in großen Städten solche Lokale jetzt aus dem Boden.

Die Katharina würde also ganz schön was von daheim mitkriegen. Willkommen war das. Darüber brauchte man nicht zu diskutieren. Alles in allem sprach wirklich nichts gegen sie, obwohl sie von der Landwirtschaft nicht viel Ahnung hatte. „Genau wie die Ida seinerzeit", musste Tobias Brenner sich eingestehen. Eine Bäuerin war diese Katharina nicht. Noch nicht. Dass Paul eine Frau wie Ida finden würde, die beides war, Wirtin und eine Art fürsorgliche Gutsherrin zugleich, die sich nie scheute, auf dem Hof selbst Hand anzulegen, wenn es notwendig war, das würde wohl eine Illusion bleiben.

„Ein bissle arg klein ist sie ja schon, dem Paul seine Zukünftige", sagte Tobias bei einem Besuch drüben in Riedweiler zu Georg. „Der Paul mit seinen 1,90. Und sie ist grad so ein bissle über 1,60. Aber eine entzückende Figur hat sie. Alles was recht ist. Im Dorf meinen ein paar Leute auch, elf Jahre Unterschied, das sei fast zu viel. Aber ich sag: In dem Alter, da geht dafür 's Kinderkriegen noch wie's Brezelbacken."

Nein, gegen Katharina Eiberle war nicht viel einzuwenden. Da musste Tobias Brenner seinem Paul zustimmen. Gescheit war sie nämlich, wenn auch auf eine andere Art als die verstorbene Ida. Rasch anpackend war Katharinas Verstand, vielleicht ein bisschen sprunghaft. Aber nicht aggressiv, wie Tobias schien. Denn reden konnte sie. Oh ja!

Wie auch immer, der Vater hatte ohnehin nicht den Eindruck, dass er den Sohn noch von der Heirat abbringen könne. Der schien nicht minder heftig verliebt als Georg acht Jahre zuvor. Zum ersten Mal eigentlich, soweit Tobias das beurteilen konnte. Direkt leidenschaftlich. Es war ja auch Zeit, höchste Zeit, dass Paul doch noch solid wurde und endlich eine Frau ins Haus kam. Warum hätte man ihn also an dieser Ehe hindern sollen? Zumal Tobias Brenner zu Ohren gekommen war, die Katharina Eiberle sei eine der Wenigen gewesen, vielleicht sogar die Erste, die seinen erfolgverwöhnten Sohn zunächst einmal abgewiesen und ihm auch später durchaus nicht gleich alles gestattet habe. Das Geld, das einer besitze, sei für sie nicht das Entscheidende, habe sie Paul anscheinend erklärt. Wenn sie einmal einen Mann heirate, dann deswegen, weil sie ihn liebe, und aus keinem anderen Grund.

Lediglich eine Kleinigkeit störte, wirklich nur eine Kleinigkeit. Die künftige Schwiegertochter bestand auf „Katharina". Üblich war das nicht. Ganz und gar nicht. So wurde man getauft, aber so hieß man nicht. In dieser Gegend jedenfalls nicht. Energisch wehrte sie sich, wenn jemand sie „Käthe" nannte oder gar „Kätter". Aber das war auch das einzige Ungewöhnliche. Sonst war sie, wie's aussah, eigentlich genau die Richtige für seinen Sohn.

Weil Tobias Brenner daran denken musste, wie sehr seine Ida sich gewünscht hatte, dass Paul endlich in feste Hände käme, stimmte er schließlich doch zu, dass die Hochzeit schon ein Jahr nach Ruths Tod sein sollte. Im September, nach der Ernte.

Wenn ich versuche, mich in meinen Urgroßvater hineinzuversetzen, dann stelle ich mir vor, wie er in Gedanken die Hochzeiten seiner Söhne vergleicht, während er links neben Paul im Saal des „Adler" zu Tannzell residiert. Der Brautvater hat darauf bestanden, die Hochzeit dort auszurichten. Anscheinend soll dem reichen Gegenschwieger überzeugend vor Augen geführt werden, dass man bei den Eiberles nicht auf den Pfennig zu schauen brauche und auch nicht auf die Mark, obwohl die lange nicht mehr so viel wert war wie in der Friedenszeit.

„Nur zu, wenn die Eiberles das mit aller Gewalt wollen!" wird Tobias Brenner wohl schließlich gedacht haben.

Dass es meinem Urgroßvater am Tag der Hochzeit schartig in die Seele schneidet und er mit den Tränen kämpft, wenn er an die beiden Frauen denkt, die nicht mehr dabei sind, braucht nicht ausgemalt zu werden. Auch sein Schwager fehlt ja, der Ulanenoberstleutnant, Blickfang auf den Fotografien aus einer besseren Zeit, die niemals wiederkehren würde. Immer wieder schaut der Vater auch zu Georg hinüber. Auch dem ist deutlich anzusehen, was er fühlt.

Tobias Brenner entdeckt, denke ich mir, noch andere Unterschiede, Grundsätzliches, das die beiden Hochzeiten unterscheidet. Eine Gemeinsamkeit gibt es allerdings. Auch damals hat man nicht im „Grünen Baum" gefeiert, sondern in der „Sonne" in Riedweiler, weil es viel zu umständlich geworden wäre, nach dieser kargen evangelischen Trauung die ganze Gesellschaft zu Hochzeitsessen und Tanz nach Schlatthofen hinüberzukarren. Das haben Ida und er nicht so leicht weggesteckt, damals.

Natürlich ist das hier alles viel großartiger, weil die Lutherischen sowieso nicht zu feiern verstehen. Schließlich hat man auf Ruths Verwandtschaft Rücksicht nehmen müssen, und so ist alles viel schlichter und ruhiger ausgefallen, als es sich gehört hätte, wenn ein Brenner heiratet.

Jawohl, großartiger ist es hier. Eigentlich zu großspurig. Eine von vier Schimmeln gezogene Hochzeitskutsche, darauf wären weder Georg noch Ruth gekommen, selbst wenn man sie katholisch getraut hätte und in Schlatthofen. Was das Brautkleid gekostet hat und das, was Paul trägt, kann Tobias bestenfalls erahnen. Wie beide aussehen, das könnte direkt ein Bild aus einer dieser Modezeitschriften sein, die jetzt überall auftauchen, Katharina entzückend, Paul blendend, mit Frack, Hemdbrust und weißem Querbinder.

Dagegen haben Georg und Ruth fast bieder ausgesehen. Bieder und solid hatte die gesamte Hochzeit gewirkt. Dabei ist es, Lutherische hin oder her, am Abend doch noch richtig lustig gewesen, als die Musik gekommen ist und man getanzt hat. Dass viele von Ruths Verwandten in ihren altbackenen Gewändern finster und rechtschaffen auf das sündhafte Treiben geblickt und sich verabschiedet haben, sobald es mit einigem Anstand möglich gewesen ist, wen hat das schon gestört?

Modisch gekleidet sind dieses Mal die Verwandten der Braut, die größtenteils aus dem Unterland kommen und sich hineinstürzen ins Gewühl, vor allem, wenn die neuen Tänze gespielt werden, die nur die Jungen beherrschen. Modisch sind sie gekleidet, die meisten teuer. Die Gesichter, so kommt es dem Vater des Bräutigams vor, wirken dagegen billig. Schrill ist das Auftreten der meisten. Doch dafür darf man Katharina nicht verantwortlich machen. Nein, die ist anders. Und dass sie mit ihren einundzwanzig Jahren richtig mittut bei dem modernen Zeug, das kann man ihr nicht verübeln.

Paul macht ebenfalls eifrig mit. Anscheinend hat sie ihm diese neuen Tänze beigebracht. Ein schönes Paar, dem man gerne zusieht, gleichgültig, ob getanzt wird, wie man es gewohnt ist, oder neumodisch. Eine hervorragende Tänzerin ist diese Katharina. Der Walzer des Bräutigamvaters mit der Schwiegertochter? Genuss pur. So hat noch keine Frau mit ihm getanzt. Auf den Paul kann man fast eifersüchtig werden. Das Tanzen liegt ihr wohl im Blut. Auch mit der Brautmutter ist gut tanzen. Die ist zwar auch nicht viel größer als die Tochter, immer noch schlank für ihr Alter und doch üppig an den richtigen Stellen. Es missfällt Tobias Brenner keineswegs, wenn ihre Schenkel ihn umschmeicheln und ihre Brüste ihm entgegenkommen. Diese Anni ist eine Frau, die einem Mann trotz ihrer 44 Jahre immer noch gehörig einheizen kann. Ob es wirklich der Gebhard Eiberle ist, der im „Adler" das Sagen hat, fragt sich Tobias Brenner nach diesem Tanz.

Großartiger ist alles bei dieser Hochzeit und kümmerlicher zugleich. Etlichen Hochzeitsgästen sieht man an, dass der Krieg erst zwei Jahre vorüber ist. Ausgehungert wirkt der eine oder andere. Manches ehemals respektable Feiertagsgewand ist inzwischen recht schäbig geworden. Selbst der eine oder andere Frack sieht verdächtig nach umgearbeitetem, eingefärbtem Soldatenmantel aus. Nicht jeder hat genug Geld und die richtigen Beziehungen, um sich neu einzukleiden. Auch was auf den Tisch kommt, können viele sich nicht mehr leisten, und deshalb langen sie gieriger zu und besaufen sich schneller, als es früher der Brauch war.

Katharina und ihre Aussteuer – alles von bester Qualität – hielten Einzug im „Grünen Baum". Ihr Schwiegervater zog ins Ausdinghaus, wie sein Vater und seine Mutter vor ihm. Auch im Gasthaus hätte es genug Platz für ihn gegeben, zwei geräumige Zimmer, zum Beispiel, für ihn allein, die Paul und Katharina ihm angeboten hatten.

„Jung und Alt unterm gleichen Dach, das tut auf Dauer nicht gut." Davon ließ er sich nicht abbringen. Drüben war er sein eigener Herr, und die Jungen konnten hier geschirren, wie es ihnen gefiel. Und weil das Ausdinghaus zwischen der riesigen Scheune und dem Rossstall lag, sah man von dort viel besser, was auf dem Hof vor sich ging.

„Alles ist damals noch so gewesen, wie es hat sein sollen", sagte mein Großvater. „Die geborene Wirtin, hat es geheißen, wenn man von der Katharina geredet hat. Und sie haben oft von ihr geredet, nicht bloß in Schlatthofen."

Schon ihr zuliebe kamen die Leute ins Wirtshaus. Sofern sie es sich leisten konnten. Vielen ging es immer noch schlecht. Aus Neugier kam man anfangs, dann, weil einem die Wirtin immer besser gefiel. Sie verstand es einfach mit den Leuten. Noch besser sogar, meinten viele, als die verstorbene Baumwirtin. Fleißig war Katharina als Wirtin, da gab's nichts zu beanstanden, weder von Paul noch von seinem Vater. Nicht das Geringste. Dass ihr dabei keine Zeit für die Landwirtschaft blieb, also, dafür musste man doch einfach Verständnis haben. Oder?

Noch hatte Tobias Brenner zwei starke Arme, noch fühlte er sich nicht wirklich als Altbauer, obwohl er an Paul übergeben hatte. Schließlich war's an der Zeit gewesen. Auch Paul konnte wieder richtig zulangen, es sei denn, das Wetter schlug gerade um. Dann schmerzte die Schulter. Knechte und Mägde zu bekommen war kein Problem. Im Gegenteil. Viele waren in diesen Jahren froh, wenn sie eine Stelle fanden, wo man wenigstens satt zu essen hatte und ein bisschen was verdienen konnte. Alles war wirklich so, wie es sein sollte.

Nur die Mitgift ließ auf sich warten.

Er sei momentan nicht flüssig, erklärte Eiberle gestenreich. Das Geld stecke im Stuttgarter Tanzlokal-Projekt seines Schwagers. Dort sei man gerade dabei zu vergrößern. Eine echte Goldgrube sei das. Man müsse ja blöd sein, wenn man da nicht investiere. Das leuchte doch wohl jedem ein, der nicht ganz auf den Kopf gefallen sei. – „Dumme Hunde werden nie fett, Tobias!" – Eine bessere Rendite für sein Geld könne er nirgends kriegen, und das komme schließlich doch der Katharina als einzigem Kind einmal zugute. Aber ausgemacht sei ausgemacht, und so werde es auch kommen. Daran ändere sich nichts. Nur, wie gesagt, momentan eben ...

„Am Anfang hat sich deswegen noch niemand wirklich Sorgen gemacht", erzählte der Großvater. „Selbstverständlich hat sich mein Vater vor der Hochzeit über die Eiberles erkundigt. Vor allem grad auch bei seinem Freund Bochtler von der Genossenschaftsbank in Tannzell. Natürlich hat der ihm nicht direkt Auskunft geben dürfen und hat vom Bankgeheimnis geredet. Ist ja klar. Aber was mein Vater erfahren hat, das ist sehr beruhigend gewesen."

„Tobias", hatte Bochtler anscheinend gesagt, „Tobias, so viel darf ich dir sagen, die Adlerwirts, also, die stehen blendend da. Da fehlt's an gar nichts. Eine bessere Partie könnt dein Paul gar nicht machen." So habe es ihm sein Vater jedenfalls erzählt, hinterher, wie alles aufgekommen sei, fügte der Großvater hinzu.

Dass alles aufkam, war der Grund dafür, dass aus meinem Urgroßvater, Tobias Brenner, ein Vorbestrafter wurde.

Die Auseinandersetzung zwischen Vater und Sohn kann man sich ausmalen. Tobias hatte erfahren, dass Eiberle, mit Hilfe seiner Tochter Katharina, Paul um ein ziemlich großes, ein riesiges Darlehen angegangen war: „Nur kurzfristig, Paul! Ein Überbrückungskredit sozusagen. In einem momentanen Engpass lediglich. Zu zehn Prozent Verzinsung! Also, wenn das kein Angebot ist. Als Sicherheit ist immerhin der „Adler" da, und der ist ja, wie jeder weiß und bestätigen kann, das Vielfache wert."

Anscheinend überlegte Paul tatsächlich, wie er das Geld beschaffen könne. Sollte er eventuell nicht doch Land verkaufen, weil er ohnehin endlich mal im großen Stil investieren und modernisieren wollte? Eine solche Verzinsung, wie Eiberle sie ihm anbot, dürfe er sich doch nicht entgehen lassen, argumentierte er. Was zahle die Bank denn schon, wenn man Geld bei ihr anlege? Sofern einer zurzeit überhaupt Bares habe. Und wie sicher seien die Banken und vor allem das Geld denn noch?

Bereute Tobias Brenner bereits, dass er übergeben hatte? Wenn Paul zum Beispiel Äcker, Wiesen oder ein Stück Wald verkaufen wollte, um an Geld zu gelangen, ohne Schulden zu machen, dann konnte der Vater das nicht mehr verhindern.

Vermutlich sind die Fetzen geflogen, als Tobias und sein Sohn wegen des Kredits aneinandergerieten und wegen der Frage, wer denn nun eigentlich das Sagen im „Grünen Baum" habe. Am Ende schien Paul wohl doch zur Vernunft gekommen zu sein. Er hatte zugestimmt, dass die Eiberles zuerst einmal ihre finanzielle Situation ohne Wenn und Aber offen legen müssten. Erst dann würde man weitersehen. Das brachte die Lawine ins Rollen. Doch Tobias konnte den Verdacht nicht loswerden, dass da schon eine ganze Menge Geld geflossen war, auch wenn Paul das heftig bestritt.

Jetzt kam's auf, dass die Eiberles bis zum Hals in Schulden steckten. Gleich mehrere Hypotheken lagen auf dem

„Adler". Forderungen standen an, von Handwerkern, Lieferanten, der Brauerei und drei verschiedenen Banken, unter ihnen die Genossenschaftsbank in Tannzell. Nicht nur die Eiberles hatten auf Sanierung gehofft, wenn Katharina bei den Brenners einheiratete.

Der Altbauer Tobias Brenner schäumte vor Wut. Trotzdem habe er, so gab er in der Gerichtsverhandlung wegen gefährlicher Köperverletzung an, die Bank in Tannzell lediglich mit dem festen Vorsatz betreten, deren Leiter, Adolf Bochtler, die Freundschaft aufzukündigen, nachdem er ihm seinen Abscheu deutlich kundgetan habe. Ohne ein Blatt vor den Mund zu nehmen, habe er diesem Lumpen sagen wollen, was er von ihm halte. Nur das habe er vorgehabt. Und sonst gar nichts. Doch statt Einsicht zu zeigen und sich wenigstens zu entschuldigen, habe Bochtler im Laufe des immer hitziger werdenden Gesprächs völlig unerwartet und mit zunehmender Lautstärke begonnen, ihn kreischend zu beschimpfen. Dabei seien unter anderem Worte gefallen wie „den Hals nicht vollkriegen", „selber schuld" und „grad recht geschehen". Daraufhin sei er, Tobias Brenner, selbst auch sehr laut geworden, habe Bochtler, der fortfuhr ihn zu beschimpfen, mit der rechten Hand vorn am Hemd gepackt, dieses mit einem Griff zusammengedreht, ihn zu sich her- und hochgezogen und ihm gedroht, wenn er nicht auf der Stelle sein Maul halte, könne er was erleben. Der fast einen Kopf kleinere und eher schmächtige Bochtler habe ihn daraufhin geohrfeigt. Er habe zurückgeschlagen, etwas heftig, wie er zugeben müsse.

Wie die Verhandlung weiter ergab, schleppte der Angeklagte den durch den Schlag leicht Benommenen zu dessen Schreibtisch, legte ihn bäuchlings über denselben, drückte seinen Oberkörper mit der linken Hand nieder, ergriff mit der Rechten ein auf dem Schreibtisch liegendes, 40 Zentimeter langes, stabiles, vierkantiges Lineal und versetzte dem Kläger nach Annahme des Gerichtes an die zwanzig Schläge aufs Gesäß, bevor weitere Beschäftigte der Bank dem Gezüchtigten auf dessen Schmerzensschreie hin zu Hilfe kamen. Obwohl über die Anzahl der Schläge, selbst auf Grund der durch den Tanzeller Arzt Dr. Wild festgestellten Hämatome, keine völlige Gewissheit erzielt werden konnte, warf der Staatsanwalt Tobias Brenner deren Anzahl ebenso erschwerend vor wie die Verwendung des Lineals und forderte deshalb eine Haftstrafe. Er werde sich jedoch, unter den obwaltenden Umständen des Falles, einer Entscheidung des Gerichtes nicht widersetzen, diese zur Bewährung auszusetzen. Hätte der Angeklagte, so führte er aus, es beim Zurückschlagen belassen oder zumindest die Schläge aufs Gesäß mit der Hand und in angemessener Anzahl ausgeführt, so dass man die Tathandlung als allerdings stark überzogene, sofortige Erwiderung einer Beleidigung betrachten könne, dann wäre es denkbar, mildernde Umstände einzuräumen und es bestünde seitens des Deutschen Reiches kein erhebliches Interesse an einer intensiveren Strafverfolgung wegen leichter Körperverletzung nach § 223 Reichsstrafgesetzbuch. Unter diesen von ihm rein hypothetisch angeführten Umständen hätte man eine Geldstrafe als angemessen erachten können. Da jedoch die Verhandlung ergeben habe, dass es sich um gefährliche Körperverletzung im Sinne des § 223a RStGB handle, komme eine vergleichsweise milde Strafe nicht mehr in Betracht. Es gehe nicht an, das vermeintliche Recht selbst in die Hand zu nehmen. Dies sei Sache der Gerichte sowie der ausführenden Organe des Staates. Er selbst stehe zwar einer Einführung der Prügelstrafe für gewisse verantwortungslose Elemente im Deutschen Reich eher aufgeschlossen gegenüber, doch müsse diese ausschließlich von Staats wegen verabreicht werden. Neben der Verwendung einer Waffe, beziehungsweise eines entsprechenden, einer Waffe gleichzustellenden Werkzeuges, führte der Staatsanwalt weiter aus, komme, als weiteres Merkmal der gefährlichen Körperverletzung, die hinterlistige Art des von rückwärts erfolgten Angriffes auf den Körper des Gezüchtigten hinzu, zumal sich der Angeklagte außerdem die offensichtlich noch andauernde Benommenheit des Misshandelten zunutze gemacht habe. Im Streit des Staatsanwaltes mit dem Verteidiger des Angeklagten Brenner, ob das dem Gericht vorliegende Lineal als Waffe im Sinne des § 223a RStGB zu werten sei und es sich demzufolge lediglich um einfache Körperverletzung nach § 223 RStGB oder tatsächlich um gefährliche nach § 223a handle, deren Verfolgung von Staats wegen automatisch erfolgen müsse, schloss sich der Vorsitzende den Ausführungen des Verteidigers an, das Lineal sei durch dessen relativ geringe Dicke von lediglich 10 Millimetern nicht als Waffe, etwa einem Messer oder Knüppel vergleichbar, im Sinne des § 223a, anzusehen. Es sei also bei der Tat demzufolge tatsächlich von einfacher und nicht von gefährlicher Körperverletzung auszugehen. Er beließ es angesichts der Motive des Täters, seines verständlichen Erregungszustandes, der zuvor ergangenen Beleidigungen nebst der vom Kläger erhaltenen Ohrfeige und der bisherigen Unbescholtenheit des Angeklagten bei einer nicht allzu hohen Geldstrafe. Dessen ungeachtet habe dieser fortan als vorbestraft zu gelten.

„Das sei es ihm wert gewesen, hat mein Vater hinterher behauptet", erinnerte sich der Großvater. „Ich hör's noch, wie wenn's heut wär. Aber eigentlich, hat er dann noch gesagt, eigentlich habe es den Falschen getroffen. Eine gewisse andere Person hätte eine noch viel saftigere Tracht Prügel verdient."

Den Eiberles blieb nichts übrig, als den „Adler" mit Verlust zu verkaufen. Wenig später verschwanden sie zu Katharinas Kummer aus der Gegend und zogen ins Remstal.

Nichts war's mit der Mitgift. Das hätte man schließlich noch einigermaßen verschmerzen können. Viel schlimmer war für Tobias Brenner, dass er seiner Schwiegertochter nicht mehr traute. Konnte Paul mit so einer Frau wirklich glücklich sein? Bei all dem, was sich abgespielt hatte? Er schien es tatsächlich zu sein. Eisern hielt der Vater sich deshalb zurück, wenn es um die Ehe der beiden ging. Dass viele Männer Paul um seine junge, hübsche, charmante, süße Frau beneideten, die zur Wirtin geradezu geboren schien, war ihm bekannt. Er wusste aber auch, dass gemunkelt wurde, wenn zunächst auch nur andeutungsweise, der Baumwirt habe daheim vielleicht doch nicht wirklich das Sagen. „Im Paul seinem Fall tät auch ich mir das vielleicht sogar gefallen lassen", erklärten manche Männer augenzwinkernd. Auch darüber verlor Tobias nie ein Wort, obwohl er wusste, dass die beiden in einer Sache sehr verschieden dachten. Er war keiner, der an Türen und Fenstern lauschte, trotzdem wurde er ungewollt Zuhörer eines Gespräches zum Thema Kinder. Und das auch nur, weil es dabei ziemlich laut zuging. Paul hätte gern viele Kinder gehabt. Das wusste der Vater. Katharina genügten zwei durchaus. Ob Paul denn in ein paar Jahren eine dickbäuchige Matrone mit Hängebusen, schlaffen Schenkeln und breitem Hintern wolle, fragte sie. Doch sicher nicht! Oder etwa doch? Und ob er schon vergessen habe, schluchzte sie, wie miserabel es ihr jedes Mal ergangen sei.

Das erste Kind war schon ein Jahr nach der Hochzeit zur Welt gekommen. Es hatte den Namen seines Großvaters mütterlicherseits erhalten. Sehr zum Ärger des Großvaters väterlicherseits. Gebhard glich mit seinen dunklen Haaren und den blauen Augen der Mutter. Zwei Jahre danach wurde Anni geboren. Sie sei eine typische Brenner, behaupteten die Leute. Vergeblich hatte Tobias gehofft, wenigstens sie werde einen brennerschen Vornamen erhalten.

Mehr als zwei Kinder könne Katharina einfach nicht bekommen, war einige Zeit später zu erfahren: Beide Schwangerschaften problematisch! Die Geburten keineswegs wie's Brezelbacken, reine Qual mit wochenlangen Nachwirkungen! Ob sie eine dritte Schwangerschaft und Geburt überhaupt überstehen würde? Immer müsse sie an Pauls Schwägerin Ruth denken ...

2

Dass es mit der dorfübergreifenden Kooperation der Brennerbrüder nichts wurde, dass sie sich regelrecht entzweiten, darf man ganz gewiss nicht nur den Frauen zuschieben!

Sicher fürchtete Tabea, die Georg zwei Jahre nach Ruths Tod geheiratet hatte, eine wie diese Katharina könnte auch ihm den Kopf verdrehen. Dieses Weibsbild, dieses Mensch, verkörperte doch alles, was eine wahre Christin zu verabscheuen hatte, die sich streng an Gottes Gebote hielt und sich treu zu ihrem Heiland bekannte. Vor allem aber: Erzählte man sich nicht überall, der Baumwirtin in Schlatthofen sitze der Geldbeutel allzu locker? Ausgerechnet so eine, die versucht hatte, ihrem Mann die Tausender aus der Tasche zu ziehen, damit ihr Vater, der Hallodri, seine Schulden bezahlten konnte, gab Brenners Geld gedankenlos aus! Katharina dagegen mokierte sich ungeniert vor jedem, der es hören wollte, über Tabeas an Geiz grenzende

Sparsamkeit nicht weniger als über die stets aufdringlich zur Schau getragene Frömmigkeit.

Ganz sicher aber war jede der beiden Frauen felsenfest davon überzeugt, dass ausgerechnet ihr Mann zu wenig vom brennerschen Vermögen abbekommen hatte. Dass mit der Zeit auch die Männer infiziert wurden, wen wundert's? Zur ernsthaften Auseinandersetzung zwischen den bis dahin nur leicht Infizierten kam es jedoch erst im Frühjahr 1924. Der wirkliche Grund war ein gewisser Widmaier und keineswegs die Frauen allein!

Hans Widmaier stammte von einem Bauernhof auf der Ulmer Alb. Es war kein besonders großer Hof, aber man hatte sein Auskommen gehabt, weil der Boden dort droben auf der Hochebene eigentlich fruchtbar war. Vor allem Weizen und Gerste gediehen. Doch der Vater hatte getrunken. Immer mehr, immer schlimmer. Mit jedem hatte er Streit angefangen, wenn er betrunken war. Prozessiert hatte er mit den Nachbarn. Um nichts und wieder nichts. So war der Hof unter den Hammer gekommen, und Hans, der brennend gern selbst ein Bauer geworden wäre, hatte sich schon mit dreizehn Jahren verdingen müssen. Doch er hatte einen Plan. Etwas Eigenes wollte er wieder besitzen. Irgendwann einmal. Einen Hof wollte er, und wenn es auch nur ein kleiner war. Fleißig musste er sein. Fleißig und sparsam. So wurde Hans Widmaier ein besonders eifriger, besonders zuverlässiger Knecht, dem keine Arbeit zu viel war, dazu sparsam wie kein anderer. Jeden Groschen, den er erübrigen konnte, trug er auf die Bank. Dann kam der Krieg. Zum Unteroffizier brachte es Hans Widmaier. Auch das Töten besorgte er eifrig und zuverlässig, selbst dann, wenn um ihn herum alles panisch nach hinten flutete. Wenn man ihn hieß, eine Stellung zu halten, hielt er sie.

Befehl ist schließlich Befehl. Deshalb verlieh man ihm das EK I, und weil er einmal einen Durchschuss ins rechte Bein bekam, auch das Verwundetenabzeichen. Ausgerechnet, als er es zum Feldwebel hätte bringen können – und vielleicht noch weiter –, kam der Waffenstillstand. Doch ohne Krieg konnte er nicht mehr sein. Im Freikorps kämpfte er, bis man ihn nach Hause schickte, weil das Reich nur noch 100 000 Soldaten haben durfte.

Was blieb einem Hans Widmaier anderes übrig, als sich wieder auf einem Hof zu verdingen. Außer Kämpfen und Knechtsarbeit hatte er ja nichts gelernt. So landete er schließlich auf dem Walcherhof in Riedweiler. Widmaier war gern dort, nicht nur, weil sein Bauer ihn ordentlich bezahlte. Mit ihm verstand er sich gut, mit der Bäuerin weniger. Besonders gefiel Hans jedoch die Bärbel. Die Magd war zwar vier Jahre älter als er, nicht hübsch, aber stark, mit prächtigen Armen, Brüsten, Hüften und Schenkeln, wie es sich für ein rechtes Weib gehörte. Eine richtige Schafferin war sie und dazu eine ganz Solide, die auch ein Sparbuch besaß und ganz selten etwas von ihrem Lohn ausgab. Seit vier Jahren war sie schon bei den Brenners. Misstrauisch beobachtete die Bäuerin, was sich da entspann. Die beiden wussten, dass sie vorsichtig sein mussten. Unzucht beim Gesinde duldete die Bäuerin nicht, weil sie eine Fromme war. Das hatte Hans Widmaier rasch begriffen.

Was die Landwirtschaft betraf, da waren Hans und sein Bauer stets einer Meinung. Doch mehr und mehr zeigte sich, dass sie über den Krieg und die Politik sehr unterschiedliche Ansichten hatten. So kamen sie einmal, eher zufällig, auf den Versailler Vertrag zu sprechen. Hans machte meist nur wenige Worte. Doch jetzt redete er sich zu Georgs Erstaunen geradezu in Rage. Es sprudelte nur so aus ihm heraus. Den Vertrag, also, den hätte man damals anno '19 nie und nimmer unterzeichnen dürfen, behauptete er heftig.

„Was wär denn passiert, wenn die Feiglinge ihn nicht unterschrieben hätten?" fragte er höhnisch. „Es ist noch lang nicht gesagt, dass es wirklich noch einmal Krieg gegeben hätt. Glaubt Ihr denn, Bauer, die Franzosen, die Engländer, die Amerikaner hätten wirklich Lust gehabt, schon wieder anzufangen? Die haben doch auch schon abgerüstet und die Leut haben überall genug gehabt vom Krieg. Und selbst wenn's wieder losgegangen wär, wir haben noch 400 000 Mann unter Waffen gehabt. Jawohl, das hab ich gelesen! Lauter Freiwillige. Die haben gewusst, was Kämpfen ist. Sofort wär ich noch mal mitgegangen. So ganz schnell wären wir nicht zu besiegen gewesen. Nie!"

„Woher weißt du denn das alles, Hans?"

„Ich weiß es eben. Man muss bloß die richtigen Sachen lesen."

„Das lässt sich jetzt leicht sagen, Hans: Nicht unterzeichnen! Das Land wär besetzt worden."

„Und grad wenn's so gewesen wär? Ja, glauben Sie vielleicht, die hätten uns ewig besetzt? Denen hätten wir's schon gezeigt. Wenn's nach mir gegangen wär, ich hätt die Regierung, die Schwätzer, die elenden, damals am liebsten in die Luft gesprengt. Wisst Ihr warum, Bauer? Ich hab erfahren, dass das Ultimatum wegen dem Vertrag genau an dem Tag abgelaufen ist, wo wir vom Freikorps für die Engländer Riga erobert haben. Und die Roten, die haben wir dort zum Teufel gejagt. Jawohl! Der 22. Juni '19 ist das gewesen! Und dann so was. Alles für die Katz! Nein, nein, so leicht wären die nicht mit uns fertig geworden! Aber alles grad für die Katz! Dafür hat man die Haut hingehalten."

„Ich weiß nicht recht", sagte Georg mit dem Versuch, seinen politisierenden Knecht zu besänftigen. Noch nie hatte er ihn eine so lange Rede halten hören. „Wer weiß, wie's ausgegangen wär? Hinterher ist's leicht schlauer sein."

Wenn er den Hans Widmaier so hörte, fiel Georg der Schlatthofener Schulmeister ein, der größte Stratege drüben, der während des Kriegs in der Gaststube den Frontsoldaten auf Urlaub bewiesen hatte, dass ihnen der Überblick über das große Ganze fehle, wenn sie von unglaublichen Verlusten geredet hatten, von ausgeleierten Geschützen und nicht vorhandener Munition und dass sie schon lange fast nichts mehr zu fressen hätten. Damals war Georg ab und zu hinübergefahren nach Schlatthofen, um auszuhelfen, weil Paul nicht da war. Auch nach dem Krieg war Georg noch ein paar Mal drüben gewesen. Einmal kam er dazu, als der Schulmeister mit hochrotem Kopf am Stammtisch schrie: „Wir waren grad dabei, den Krieg zu gewinnen! Und da kommt das rote Gesindel daher, die Novemberverbrecher, und fällt uns in den Rücken und jagt den Kaiser davon und winselt um einen Waffenstillstand! Da sind ich und der Ludendorff einer Meinung. Umlegen hätt man sie sollen! Aufhängen! Auf der Stell! Aber nein, man lässt sie regieren. Die Roten und das schwarze Pack, das bloß tut, was Rom will!"

Der Hofbauer aus Beringen, der mit am Stammtisch saß, hatte zwar der Form halber gegen „das schwarze Pack" protestiert, weil er streng katholisch war, aber selbst er hatte halbherzig zugeben müssen, dass der Schulmeister mit dem Zentrum im Grunde vielleicht schon ein bisschen Recht habe und mit den Roten auf jeden Fall.

Georg hatte jedoch nicht den Eindruck, dass die unterschiedlichen Meinungen in Sachen Krieg das Verhältnis zwischen ihm und seinem Knecht trüben könnten. Die Arbeit und der Lohn waren eine Sache. Die Politik eine andere.

„Bauer", hatte nämlich im August 1923 Hans Widmaier vertrauensvoll zu Georg Brenner gesagt, als der Lohn ausgezahlt wurde, „mir fällt's nicht leicht, aber ich brauch einfach einen neuen Sonntagskittel. In dem alten kann ich allmählich nimmer rumlaufen, so, wie der aussieht. Mit Flicken und Stopfen ist da nix mehr zu machen, sagt die Bärbel. Wenn ich wart, bis ich das Geld beieinander hab, ist der Kittel zehnmal so teuer, wenn's bloß reicht."

Der Lohn der Knechte und Mägde wurde jetzt in ganz kurzen Abständen ausgezahlt. Nicht mehr nur als Vorschuss, und der Rest an Martini wie früher einmal. Anders wäre es gar nicht möglich gewesen. Das Geld hatte schon bald nach dem Krieg an Wert verloren, doch jetzt ging es immer schneller. Rasend schnell.

„Die Bärbel", fuhr Hans fort, „hat sich in der Stadt eine Bluse kaufen wollen, weil sie die auch dringend gebraucht hat, und da hat sie den ganzen Lohn mitgenommen. Dreitausend Mark! Und die sind fast voll drauf gegangen, dass sie die Bluse überhaupt hat kaufen können. Und das ist im Mai gewesen! Und jetzt ist das Geld schon gleich gar nix mehr wert."

Georg überlegte kurz.

„Jetzt gehst du zu Schneiders August und fragst, wie viel ein Kittel kostet."

„Eine Million", sagte Hans, als er zurückkam.

Georg gab ihm die Million als Vorschuss. Hans trug sie umgehend zum Schneider. Am Sonntag darauf ließ er sich bereits im neuen Kittel bewundern. Für den hätte er jetzt schon zwei Millionen zahlen müssen.

Den Lohn ließ Hans bei Georg stehen, bis er die Schulden abgearbeitet hatte. Hätte er sein Geld am Monatsende bekommen, dann hätte er sich gerade noch eine Zigarette dafür kaufen können. Doch Hans Widmaier rauchte ohnehin nicht. Auch ein Bier gönnte er sich selten. Ab und zu am Sonntag. Auch im Krieg hatte er von seinem kärglichen Sold nie etwas für Tabak ausgegeben, kaum etwas für Alkohol und für schlechte Weiber schon gleich gar nicht. Seinen Tabak hatte er gegen Essen getauscht, damit er bei Kräften war, wenn's zum Kampf kam.

Im November 1923 bekam Hans Widmaier für eine Billion noch eine Mark. Rentenmark hieß das jetzt.

Im nächsten Frühjahr hätten Hans und Bärbel heiraten wollen. Sie wusste von seinem Plan und hatte ihm beigepflichtet: Ja, auf dem Walcherhof sei es nicht schlecht. Aber wenn man für sich selbst schaffe, dann sei das halt doch ganz was anderes. Sogar dann, wenn man so ein kleines Bauernwerk bloß nebenher umtreiben könne und für den Anfang sein Geld bei den Holzmachern oder der Gemeinde oder in der Fabrik verdiene.

Und jetzt?

„Jetzt können wir unsere Sparbücher verfeuern oder gleich ins Scheißhaus hinunterschmeißen!" sagte Hans erbittert zu Georg. „Die Schwarz-Rot-Senf-Republik ist daran schuld!" brach es aus ihm heraus. „Die Scheißrepublik, die Judenrepublik, wo den Schandvertrag von Versailles zugelassen hat!"

Erregt nahm er kein Blatt mehr vor den Mund, als er Georg erklärte, warum das alles gekommen sei.

„Grad recht ist's allen geschehen, die man umgebracht hat!" stieß er hervor. „Damals die Luxemburg und den Liebknecht und danach den Erzberger. Der hat's genauso verdient gehabt. Der hat doch damals den Waffenstillstand unterschrieben. Und später hat er noch gesagt, man müsst den Schandvertrag unterschreiben, weil man nicht anders könnt. So einen haben sie zum Finanzminister gemacht, damit mein Geld noch schneller verreckt. Jetzt haben wir den Scheißdreck! Der andre, der Rathenau, der Jud, war doch auch selber schuld, dass sie ihn umgelegt haben. Einen Orden hätten die dafür kriegen müssen. Der Drecksack hat seine Pfoten doch auch in Versailles mit drin gehabt. Zum Außenminister haben sie ihn sogar gemacht, damit er den Franzosen und den Engländern und wer weiß wem sonst noch unser Geld milliardenweis hat hinten hineinschieben können."

„Ich find's auch schlimm, was in Deutschland passiert ist und immer noch passiert. Mein Geld ist genauso verreckt wie deins. Aber dass einer glaubt, dass man Mördern einen Orden geben sollt, das will ich auf meinem Hof nicht mehr hören! Ein für alle Mal!" Zum ersten Mal war Georg heftig geworden.

Hans Widmaier schwieg krampfhaft. Brüsk drehte er sich um und ging an seine Arbeit.

Vielleicht hätte Georg im darauffolgenden Frühjahr nicht ausgerechnet ihn nach Schlatthofen mitnehmen sollen, als sie das Jungrind an Paul verkauften. Doch für den Transport musste man zu zweit sein. Dass man hinterher beim Bier zusammensaß, gehörte dazu. Nach einiger Zeit setzte sich auch Katharina mit an den Tisch. Hans Widmaier konnte kein Auge von ihr lassen. Eine Bärbel schien es nicht mehr zu geben. Wie sollte ausgerechnet er von Katharina nicht gefesselt sein? Nur flüchtig hatte er sie bisher gesehen und nie ein Wort mit ihr gewechselt. Doch das Gespräch wandte sich nicht der schönen Baumwirtin zu. An die Politik gerieten sie. Gleich nach dem aktuellen Dorfklatsch.

„Im Herbst, die in München drüben, das waren die Einzigen, wo was getan haben", erklärte der verhinderte Krieger Hans. „Recht hat er gehabt, der Hüttner oder Hitler oder wie er heißt, damals, mit seinem Marsch zu der Feldherrnhalle. Der und der Ludendorff, die hätten wieder Ordnung im Reich gemacht. Das sag ich euch."

„Hitler", sagte Paul, „Hitler. Da ist was dran, Hans. So kann's jedenfalls nicht weitergehen."

„Gott sei Dank, ist's bei uns ruhiger zugegangen wie in Berlin und in Bayern drüben seit dem Krieg", sagte Georg. „Was hat denn das alles gebracht nach '18, dass Deutsche auf Deutsche schießen? Was wir brauchen, ist endlich mal Ruhe, dass man vielleicht doch wieder was aufbauen kann."

„Vielleicht! Vielleicht! Da kann ich mir nichts dafür kaufen." Verächtlich winkte Paul ab. „Es wird doch alles immer bloß schlechter in der Scheißrepublik."

Hans nickte zustimmend und prostete Paul zu. Auch Katharina hob ihr Glas. Ihren Mann sah sie dabei nicht an, sondern Hans Widmaier. Dann war der Krieg dran. Wieder einmal. Unausweichlich, wenn ein Held und einer, der vielleicht auch ein Held geworden wäre, beieinander saßen. Georg musste ins Hintertreffen geraten. Sein Knecht dagegen geriet richtig in Feuer. In Katharinas Bewunderung schien er sich direkt zu aalen.

„Warum bringt sie ihn eigentlich dazu, dass er so viel von sich erzählt?" dachte Georg. „Sonst will doch immer nur sie im Mittelpunkt stehen. Dass der Hans und der Paul ein Herz und eine Seele sind, wenn's um den Krieg und die Politik geht, das kann man schon eher verstehen. Aber sie?"

Georg ließ die beiden Veteranen und Katharina ein Weilchen allein und ging hinüber zu seinem Vater ins Ausdinghaus. Danach mussten Hans und er auch schon wieder aufbrechen. Auf dem Heimweg war Hans schweigsam. Wo war er mit seinen Gedanken?

Auffällig war, dass er, der auch sonntags kaum einmal ins Dorf ging, sich am darauffolgenden Sonntag Georgs Fahrrad auslieh und erst kurz vor der Stallarbeit zurückkam.

Eine Woche später kündigte Hans Widmaier den Dienst auf. Ausgerechnet, als man ihn bei der Feldbestellung ganz dringend gebraucht hätte. Georg konnte es nicht fassen. Das ging doch nicht! Ein Knecht konnte doch nicht von heute auf morgen seine Siebensachen packen und sich einfach davonmachen, als habe es den Handschlag nie gegeben!

Jawohl, mit Handschlag hatten sie das Arbeitsverhältnis besiegelt. Ja, galt denn so etwas auf einmal nicht mehr?

Und jetzt das!

Warum er ging, wohin er ging, sagte Hans Widmaier nicht. Hatte er wirklich geglaubt, er könne verheimlichen, was schon zwei Tage später in Riedweiler die Runde machte? Nämlich, dass er drüben in Schlatthofen beim Bruder des Walcherbauern angefangen habe.

Jetzt erst begriff Georg. Dass Paul Anfang März einen neu eingestellten Knecht verprügelt und hinausgeworfen hatte, wusste er bereits, seit er zusammen mit Widmaier nach Schlatthofen gefahren war.

Anscheinend hatte Paul sich angeschickt, mit dem wenige Tage zuvor gekauften Motorrad wegzufahren. Noch im Dorf war der Motor abgestorben. Was auch immer Paul anstellte, er brachte ihn nicht mehr in Gang. Weil sich bereits die ersten Zuschauer versammelten, anfangs verhohlen schadenfroh, dann immer offener, schob er das Motorrad wütend zurück in den Hof. Er legte durchaus keinen Wert auf ironische Vorschläge zur Behebung des Problems. Vermutlich war es nur eine Kleinigkeit, die er daheim rasch beheben konnte, weil er dort das nötige Werkzeug hatte. Doch dazu kam er nicht. Kaum angekommen, hörte er Katharina im oberen Stockwerk um Hilfe rufen. Er stürmte hinauf. Der Neue bedrängte seine Dienstherrin vor dem Schlafzimmer der Brenners auf eine ebenso plumpe wie ungeschickte Weise, indem er sie mit aller Gewalt zu küssen versuchte, sie mit dem linken Arm an sich pressend, während seine Rechte gleichzeitig ihren Rock hochriss.

So viel Befriedigung die verabreichten Prügel Paul verschafften, das Problem war, dass ausgerechnet jetzt im Frühjahr eine volle Arbeitskraft auf dem Hof fehlte. Den Vater konnte man nicht belasten, dem ging es nicht gut, und die Arbeit drängte.

Doch dass Paul sich auf eine so perfide Weise ausgerechnet bei seinem Bruder Ersatz besorgt hatte, das war unfassbar. Warum gerade bei ihm? Georg kochte vor Wut.

Ja, wo gab's denn so was? Wo war man denn? Eine Arbeitskraft fehlt, und da nimmt man einfach dem Bruder den Knecht weg? Was für ein hinterfotziger Plan, den Paul und Katharina sich da ausgedacht hatten! Ein abgekartetes Spiel war das. Und er selbst hatte ihnen den Hans Widmaier auf dem silbernen Teller serviert.

Der Vater habe mit Paul einen riesigen Krach begonnen, als er erfuhr, was sich da abgespielt hatte, hörte Georg. Was nutzte das schon?

Und dass Georg hinüberfuhr, Paul zur Rede stellte und am Schluss anbrüllte, vor dem Haus, auf dem Hof, so dass es jeder hören konnte, das war im Grunde genauso sinnlos gewesen.

„Das ist doch das Allerletzte!" hatte Georg schließlich geschrien, völlig außer sich, er, der Ruhige, Freundliche. „Dass du dich nicht schämst! Da spannt man dem eigenen Bruder einfach den Knecht aus. Honig habt ihr ihm ums Maul geschmiert mit eurer Scheißpolitik und eurem Scheißkrieg. Du und dein Weib. Die hat ihm schöne Augen machen müssen und sich drehen und wenden müssen, damit er alles an ihr zu sehen kriegt, dass ihm 's Wasser im

Maul zusammengelaufen ist. Und der Idiot fällt genauso drauf rein, wie du auf sie reingefallen bist!"

Der Vater hatte dazwischen gehen müssen, sonst hätten sie sich am Ende geprügelt. Vor allen Leuten. Auch wenn der Vater seit einem Unfall im Winter nicht mehr der Riese an urwüchsiger Kraft war, der es wenige Monate zuvor noch mit jedem seiner Söhne hätte aufnehmen können, der Respekt vor ihm war geblieben. Nur deswegen ließen sie voneinander ab.

Angst kannte Tobias Brenner nicht. Trotzdem: Warum hatte er in jener Winternacht nicht auf Paul oder einen von den Knechten gewartet, als er erkannte, was im Rossstall los war? War es Mut? Leichtsinn? Oder war alles nur eine unselige Verkettung sinnloser Zufälle?

Tobias war aufgewacht, weil der Hund wild bellte. Das Ausdinghaus lag nahe beim Stall, und so hatte er wahrscheinlich als Erster das Wiehern und Poltern gehört, ein Poltern, als werde der Stall zerlegt. Wahrscheinlich war irgendwelches Raubzeug hineingeraten. Das kam in diesem Winter doch ganz unverfroren aus dem Wald bis ins Dorf.

Der Neue war es, den Paul vor ein paar Wochen auf dem Kalten Markt in Ellwangen gekauft hatte, ein Rappe wie aus dem Bilderbuch, aber immer ein wenig nervös, ungebärdig sogar. Paul behauptete, das sei kein Problem, den Gaul, den kriege er schon hin. Der sei zwar noch jung, aber das werde noch ein ausgezeichnetes Springpferd. Auch wenn Paul ein exzellenter Reiter war, jetzt widersprach Tobias Brenner. Er hatte geschwiegen, als der Sohn begann, an Turnieren teilzunehmen. Er hielt selbst dann noch an sich, als Paul glaubte, er brauche deswegen ein zweites Reitpferd. Doch nach dem Kauf musste er seine Bedenken dann doch loswerden. „Mir kommt der Gaul einfach überzüchtet vor", sagte er. „Der bleibt nervös. Und ich weiß nicht, so ein Wallach ist doch kein wilder Hengst. Aber grad so führt er sich auf. Da stimmt doch was nicht bei dem. Und überhaupt hätt ich doch nie ausgerechnet auf dem Kalten Markt ein Pferd gekauft, das ein Turnierpferd werden soll."

„Das werden wir ja sehen, wer Recht behält, Vater."

Der Vater blieb skeptisch. Begeistert von dem Kauf war dagegen Katharina. Obwohl sie behauptete, auf ein Pferd bekomme man sie nie hinauf, im Leben nicht, fand sie es großartig, dass Paul Reitturniere bestritt, und das mit Erfolg. Und an dem Rappen, sagte sie, könne sie sich nicht satt sehen. Ganz dicht an ihn heran wagte sie sich allerdings nicht. Sie protestierte auch heftig, als Paul sich den kleinen Gebhard heraufreichen ließ, ihn vor sich setzte und ein paar Runden im Hof ritt, um zu zeigen, dass der Neue wirklich ungefährlich war. „Lammfromm, wenn man ihn richtig behandelt."

Vorsichtig öffnete Tobias Brenner die Stalltüre. Der Schwarze war aus der halbhohen Box ausgebrochen.

Ja, Heilandsack! Wie hatte das passieren können? Wahrscheinlich wieder der Jungknecht! Der Schlamper! War das denn so ein Hexenwerk, ein Pferd anzubinden und eine Box richtig zuzumachen? Den Kerl konnte man doch nichts heißen, ohne ihm dauernd auf die Finger zu sehen. Dem war doch bloß wichtig, dass er möglichst schnell Feierabend hatte. Die neue Generation! Hatte er es nicht schon immer gesagt, dass Paul da viel zu nachsichtig sei?

Der Wallach führte sich auf, als hätte ihn eine Bremse an einer empfindlichen Stelle gestochen. Wenn das so weiterging, würde er auch die anderen Pferde noch vollends verrückt machen. Ganz unruhig waren sie schon.

„Hoooh!", rief Tobias. „Ruhig, Schwarzer! Hoooh!"

Wenn man langsam und gelassen und lange genug auf sie einsprach, beruhigten die Pferde sich. Meistens. Auch dieses Mal schien es zu wirken. Was auch immer in den Stall eingedrungen war, es war wohl wieder verschwunden. Aber der Schwarze bewegte sich immer noch aufgeregt hin und her. Ganz langsam näherte Tobias sich ihm. Als er versuchte, das Pferd vorsichtig zu berühren, indem er immer weiter beruhigend auf es einsprach, wich es seiner Hand nervös aus.

Ja, verdammt noch mal! Sollte er die ganze Nacht hier warten. Der Gaul musste in eine andere, unbeschädigte Box, am besten in die leerstehende ganz hinten, und angebunden werden.

„Hoooh", sagte Tobias wieder. „Hoooh! Ruhig! Ganz ruhig!" Erneut bewegte er die linke Hand auf den Kopf des Tieres zu, und dieses Mal ließ es sich berühren. Das war geschafft. Am besten war es wohl, den Rappen mit nach draußen auf den Hof zu nehmen und ihn dort auf und ab zu führen, bis er sich endgültig beruhig hatte, und ihn erst dann wieder zurückzubringen. Tobias konnte die vom Halsgurt herunterhängende Kette fassen. Seine Linke lag auf den Nüstern. Vorsichtig setzte er den ersten Schritt Richtung Türe. Der Wallach folgte. Doch dann machte er plötzlich einen Satz nach vorn und gleich danach eine ruckartige, heftige Bewegung zur Seite. Tobias Brenner wurde gegen die Stallwand gedrückt. Etwas knackte in seinem Brustkorb. Den Schmerz spürte er nicht sofort. Er konnte das Pferd sogar festhalten. In diesem Moment kam Paul dazu.

Zwei Rippen seien gebrochen, stellten die Ärzte im Krankenhaus fest. Keine Verletzung zum Tode, die Lunge sei offensichtlich nicht wirklich geschädigt, sagten sie. Aber schmerzhaft und lästig werde es in den nächsten Wochen, auch durch den Bluterguss. Beim Atmen, beim Husten, beim Lachen, vor allem aber auch beim Liegen. Allzu viel könne man da nicht machen und er müsse eben Geduld haben und sich schonen, wenn man ihn nach Hause entlasse, erklärte man dem Altbauern und Gastwirt Tobias Brenner. Das brauche halt seine Zeit.

Auch wenn es schwer fiel, Tobias gehorchte. Er zwang sich zur Geduld. Er schonte sich tatsächlich. Er hielt sich mehr in der Wirtschaft auf als auf dem Hof. Dort ging er nur umher und sah nach dem Rechten, ohne selbst anzupacken. Schließlich gestatteten die Ärzte ihm, mit leichter Arbeit zu beginnen. Der Heilungsprozess sei schneller vonstattengegangen als erwartet, sagten sie.

„Tu langsam, Vater", sagte Paul. „Wir sind genug Leut. Auch ohne dich."

Auch wenn er übergeben habe, zum alten Eisen gehöre er deswegen noch lange nicht, brummte der Vater, und bis zum Sommer sei er wieder ganz der Alte. Rippen hätten auch schon andere gebrochen und er werde bald wieder hinlangen bei der Arbeit wie eh und je.

Ganz so kam's dann doch nicht. Wenn er etwas heben wollte, spürte Tobias Brenner, dass er nicht mehr die Kraft besaß wie vor dem Unfall. Leicht ließ sich damit nicht leben. Wenn einer zu seiner Zeit der stärkste Mann in Schlatthofen gewesen ist und selbst jenseits der Sechzig noch jemand, mit dem keiner von den Jungen sich gern auf einen Kampf eingelassen hätte, dann kann er sich mit diesem ungewohnten Zustand natürlich nicht so einfach abfinden. Aber was blieb ihm vorerst denn übrig? Es würde auch wieder anders kommen. Da war Tobias Brenner sich sicher. Doch er wünschte sich, er hätte noch seine alte Kraft besessen, als es im Frühjahr zu dem hässlichen Streit zwischen seinen Söhnen kam.

Es gab aber auch Erfreuliches. Mit dem Hof, dem Wirtshaus ging es nach der Inflation wieder aufwärts. Langsam zwar, aber immerhin. Auch bei vielen anderen Bauern schien das Schlimmste vorbei zu sein. Wie man hörte, würden sich wohl in ganz Deutschland die Dinge wieder zum Besseren kehren. Auch wenn Katharina keine weiteren Kinder wollte, es würde weitergehen bei den Brenners. Der Stammhalter und seine Schwester waren da. In die kleine Anni mit ihren blonden Locken war der Großvater ganz vernarrt.

Bis zum Herbst hatte der alte Baumwirt dann doch wieder viel von seiner Kraft zurückgewonnen und langte auf dem Hof fast wieder hin wie eh und je.

Im Dezember spürte er plötzlich einen Schmerz in der rechten Brustseite. Der verging rasch wieder. Tobias maß ihm weiter keine Bedeutung bei. So was gab's nach einem Bruch halt, wenn's Wetter umschlug.

Der Schmerz kam im neuen Jahr wieder, legte sich aber nach ein paar Tagen. Vielleicht sei es doch nur am Wetter gelegen, an der Kälte vor allem, beruhigte Tobias die Seinen. Eine Zeitlang spürte er ihn tatsächlich nicht mehr. Doch dann traten die Schmerzen von Neuem auf, verschwanden und kamen wieder. Immer häufiger. Das Atmen tat jetzt manchmal weh. Dann fast immer. Tobias ging zum Doktor in Tannzell. Der schickte ihn ins Krankenhaus. Nur zur Vorsicht, wie er beruhigend versicherte. Die Ärzte untersuchten, röntgten und machten bedenkliche Gesichter. Zu einem Sanatorium rieten sie, in Löwenstein, im Schwarzwald, am besten in Davos.

Auf 1600 Metern Höhe, in der Bergluft, ging es Tobias Brenner gleich besser. Drei Wochen lang. Dann verschlimmerte sich sein Zustand rapide. Er telefonierte mit Paul. Der gehorchte, mietete ein Auto samt Fahrer und holte seinen Vater nach Hause. Der wollte daheim sterben. Es gab doch noch so viel zu regeln, bevor er gehen musste.

Schlimm war es für die Söhne, wie der Vater sich dem Tod entgegenquälte. Schließlich begann er zu fiebern. Dann verlor er das Bewusstsein, und doch schien er manches von dem mitzubekommen, was um ihn herum vorging. Wenn man ihn ansprach, seine fieberheiße Hand hielt, reagierte er. Plötzlich war es, als habe etwas ihn noch einmal aus dem qualvollen Verenden herausgerissen. Weit offen standen seine Augen. Ganz klar schien er zu sein. Paul und Georg sollten sich zu ihm hinunterbeugen, deutete er an.

„Haltet zusammen Buben ... haltet's Sach zusammen", flüsterte er, um das letzte bisschen Atem kämpfend.

Mühsam konnte der Riss übertüncht werden, als Tobias Brenner starb, der Riss zwischen Brüdern, die einmal von neuartiger Kooperation geredet hatten. Vielleicht hätte Georg mit sich reden lassen, wenn es diesen Streit nicht gegeben hätte und die Erinnerung daran bei ihm nicht gar so frisch gewesen wäre. Doch wie die Dinge lagen, bestand er darauf, dass er nach dem Tod des Vaters erhielt, was ihm als Erbteil zustand. Als er heiratete, waren er, seine Eltern und Paul vor dem Notar übereingekommen, dass er einmal ein Viertel des gesamten Vermögens erhalten sollte. Allerdings in Geldwert. Das Gasthaus, der Hof, alle Sachwerte schlechthin, sollten in einer Hand bleiben. So hatte man es seit Generationen gehalten. Davon wollte auch er nicht abweichen. Wahrscheinlich hätte Georg das Geld sogar als niedrig verzinstes Darlehen im Anwesen gelassen, bis sein Bruder ihn nach und nach und ohne allzu große Probleme auszahlen konnte. Der Vater hatte es schon vor Jahren vorgeschlagen, und Georg hatte sich nicht abgeneigt gezeigt. Zu einem Vertrag zwischen den Brüdern war es allerdings nicht gekommen. Jetzt war an einen solchen Vertrag gleich gar nicht mehr zu denken. Georg ließ sich nicht erweichen, weder durch Klagen noch durch Drohungen.

„Ich verlang ja bloß, was mir sowieso zusteht. Oder?"

Vielleicht, ganz vielleicht, hätte er sich doch noch zu einem Kompromiss herbeigelassen, wenn man nicht gerade zu diesem Zeitpunkt den Hof des Kleinbauern Landthaler in Riedweiler zertrümmert hätte. Und die Landthalers waren Georgs nächste Nachbarn. So kam es, dass Georg dazukaufte und Paul verkaufen musste. So weh es Paul getan haben mag, seine Frau habe der Verkauf nicht arg geschmerzt, wurde erzählt, schließlich sei trotz allem viel Bares übrig geblieben.

Nach der Widmaiergeschichte, der Auseinandersetzung im Hof vor vielen Zeugen und dem Erbstreit wollten die Brüder über viele Jahre hinweg möglichst wenig miteinander zu tun haben. Wer kann's ihnen verdenken? Daran hatten die Worte des sterbenden Vaters nichts ändern können.

Nach allem, was ich gehört habe, war es nicht so, dass man sich völlig mied, kein Wort mehr miteinander sprach, die übliche unerbittliche Feindschaft über Generationen zelebrierte und bewahrte. Doch die Kontakte waren dürftig. Ein paar Hochzeiten in der Verwandtschaft, vielleicht mal eine Kommunion oder Konfirmation, der eine oder andere runde Geburtstag und Beerdigungen, das war's dann auch schon. Anlässe, bei denen man schlecht wegbleiben konnte. Eine lästige Pflicht, wenn die andere Seite auch eingeladen war, weshalb man in so einem Fall nie länger blieb, als es der Anstand gebot. Besonders dann, wenn man unversehens auf die Familie des Bruders traf, weil man nicht damit gerechnet hatte, dass auch sie da sein würde.

Hans Widmaier, mit dem alles begonnen hatte, blieb übrigens nicht allzu lange bei Paul Brenner. Jemand habe ihm in München Arbeit verschafft, behauptete er. Mehr war nicht aus ihm herauszubekommen.

„Hast du dir das auch wirklich gut überlegt, Hans?" Ein letztes Mal versuchte Paul ihn umzustimmen. „Ich kenn dich doch. Du bist keiner für die Stadt. Einer wie du gehört auf einen Hof. Du kennst dich mit jeder Arbeit aus. Du könntest sogar selbst einen Hof leiten. Wir sind doch mit dir immer wirklich zufrieden gewesen. Du bist fleißig und man hat sich auf dich verlassen können. Und außerdem hätt ich dir jetzt deinen Lohn schon zum dritten Mal aufgebessert."

„Es ist ja nicht so, dass ich nicht gern bei euch geschafft hab, Bauer. Und verstanden haben wir uns immer gut. Besser tät ich's auch bei einem andern nicht finden. Da gibt's nix. Deswegen geh ich nicht weg." Hans Widmaier bekam einen harten Zug um den Mund. „Aber ich hab einmal einen Plan gehabt." Er lachte bitter. „Und dann verreckt einem das ganze Geld, wegen den Lumpen droben in Berlin, und man kann seiner Lebtag wieder bloß als Knecht schaffen. Aber es gibt Leut, die, wenn mal an der Macht sind, da kann auch unsereins zu einem Hof kommen. Auch wenn's vielleicht nicht in Deutschland ist. Nix für ungut, Bauer. Aber mein Weg geht woanders hin."

Auch Katharina mühte sich, ihn zum Bleiben zu bewegen. Hinauf in die Wohnung bat sie ihn. Danach schien ihm der Abschied richtig schwer zu fallen. Doch es war eine Entschlossenheit in ihm, an der er einfach nicht mehr rütteln ließ. Von niemandem!

„Vielleicht komm ich wieder. Irgendwann vielleicht. Aber nicht als Knecht!" sagte er, als er ging.

Die Brenners rätselten, ob Widmaiers Weggang und die Arbeit, die ihm angeblich jemand verschafft habe, etwas mit der Partei dieses seinerzeit so bewunderten Hüttner oder Hitler zu tun hatte. Im Jahr zuvor war ihr Knecht dort eingetreten.

3

Es geschah ja nichts Weltbewegendes, wenn Katharina, die inzwischen ihren dreißigsten Geburtstag groß gefeiert hatte, hin und wieder zum Einkaufen in die Stadt fuhr und Dinge nach Hause brachte, die nicht wirklich nötig gewesen wären, wenn sie als Wirtin bei bestimmten Anlässen viel mehr Freibier ausgab, als ihr Mann für gut hielt, oder zu ihren Geburtstagen nicht nur die Verwandtschaft einlud, sondern jede Menge anderer Leute. Schließlich war man bei den Brenners noch nie kleinlich gewesen.

Dass man ein Auto kaufte, einen Wanderer, war ja keineswegs nur auf Katharinas Drängen hin geschehen. Paul hatte selbst schon länger damit geliebäugelt. Ein Motorrad, das hatte nämlich inzwischen auch sein Bruder. Ein Motorrad zu besitzen war nichts Besonderes mehr. Der Wanderer, das erste Auto in Schlatthofen, dazu ein Mittelklassewagen, war da schon was anderes. Einerseits war man im Dorf ein bisschen neidisch auf die Brenners, andererseits auch stolz, weil es jetzt auch in Schlatthofen einen Autobesitzer gab. Dass Paul jedoch seiner Frau erlaubte, das Autofahren ebenfalls zu erlernen, das fanden die meisten Männer im Dorf nun allerdings überhaupt nicht richtig: „Ja, wo kommen wir denn da hin, wenn sogar die Weiber damit anfangen? Wo das ja kaum einer von uns kann! Alles, was Recht ist! Und wozu braucht ausgerechnet sie überhaupt ein Auto? Ich, wenn der Baumwirt wär, also das hätt's bei mir nicht gegeben, das Autofahren! Meiner Lebtag nicht!"

Auch wenn immer öfter die Rede davon war, dass eine wie die Katharina einem Ehemann leicht Hörner aufsetzen könne, gab es keinen in der Gegend, der ihr in dieser Hinsicht irgendetwas nachweisen konnte. Wirklich keinen. Trotzdem keimte im Laufe der Jahre das Gerücht, es gehe vielleicht doch nicht immer ganz mit rechten Dingen zu, wenn sie mit dem Auto zum Doktor nach Tannzell fahre, nach Ulm, nach Ravensburg, um Verwandte zu besuchen. Dass sie diese Besuche auch gleich nutzte, um gehörig einzukaufen, war ohnehin jedem klar. Paul sei ja ein Verwandtschaftsmuffel, begründete Katharina diese Besuche, aber gerade solche Kontakte müsse man einfach pflegen. Man wisse doch nie, wozu man sie noch brauche. Sein Vater habe noch so gehandelt. Einmal war sie sogar über Nacht weg, als sie zu ihren Eltern ins Remstal fuhr.

„Ich will ja nix gesagt haben", erzählte eines Tages Neubauers Alfons, der als Vertreter für Versicherungen viel herumkam, dem Kirchenbauer unterm Siegel der Verschwiegenheit. „Und direkt beschwören kann ich's nicht, aber wenn mich nicht alles täuscht, dann hab ich sie, wie ich auch grad in Ravensburg gewesen bin, hinterm Marktplatz mit einem Mann gesehen. Der hat den Arm um sie gelegt gehabt und sie den Arm um ihn. Wie ein Liebespaar. Und das war keiner von den Brenners, wo manchmal nach Schlatthofen kommen."

Was Neubauers Alfons nicht beschwören konnte, wurde so lange weiter verschwiegen, bis es wohl oder übel auch Paul zu Ohren kam. Lange kämpfte er mit sich, bevor er erste Andeutungen wagte. Katharina lachte darüber, fröhlich, unbeschwert, liebenswert, eine Frau mit reinem Gewissen.

Nein! Eine, die etwas zu verbergen hatte, reagierte völlig anders. Da war Paul ganz sicher. Mit Frauen kannte er sich schließlich aus.

Doch die Gerüchte wucherten, wurden dichter, ballten sich, gaben Anlass zu konkretem Verdacht. Paul konnte schließlich nicht mehr umhin, Katharina zur Rede zu stellen. Das Ende vom Lied war, dass er sie um Verzeihung bat. Die wurde ihm gewährt. Nach angemessener Frist, versteht sich, und auf eine Art, dass er sich fast wünschte, er könne sie wieder einmal verdächtigen. Dass schöne Frauen und die Männer dieser schönen Frauen eben immer Neider hatten, die sich das Maul zerrissen, leuchtete Paul ein. Da hatte Katharina absolut recht. Besonders solche Leute rissen doch ihr Maul am weitesten auf, die selbst nie richtig zum Zuge kamen oder sich wohl oder übel mit dem Notstand begnügen mussten, den ihnen der heilige Stand der Ehe fürs Bett beschert hatte. Ausgerechnet die! Nein, es gab keinen Grund, an Katharina zu zweifeln.

Wirklich sorgenfrei war Paul dennoch nicht. Bei seiner Frau hatte sich im Laufe der Zeit mehr und mehr ein Hang zum Großtun und zur Verschwendung entwickelt. Mit dem Geld war sie schon immer großzügig gewesen. Dagegen hatte er ja auch nichts. Das gönnte er ihr. Doch wirklich verschwenderisch war sie früher eigentlich nie. Sicher, im Reich ging es seit '33 ständig bergauf. Die Bauern waren als Reichsnährstand wieder etwas wert und bei den Brenners lief es auf dem Hof und im Wirtshaus bestens. Aber musste sie deswegen gleich mit dem Geld so um sich schmeißen?

Immer häufiger kaufte sie jetzt etwas, weil es ihr „halt grad so gut gefallen" hatte. Ob es hinterher dafür wirklich Verwendung gab, danach schien sie gar nicht zu fragen. Was sollte zum Beispiel eine weitere, „entzückende" Stehlampe im Wohnzimmer? Wozu brauchte sie ein paar Schuhe, wie sie die Damen in der Stadt bestenfalls anzogen, wenn sie ins Theater gingen? Wann und wo wollte sie die anziehen? In der Gaststube etwa? Und wenn irgendeine andere Frau im Dorf mit einem so schamlos kurzen Rock heimgekommen wäre, wie ihn nur ganz verdorbene Weiber in der Großstadt trugen, der dazu hin ein Vermögen gekostet hatte, ja, dann hätte jeder rechte Schlatthofener Ehemann sie sich gegriffen, eben dieses Röckchen mit Genuss gehoben und ihr Anstand beigebracht. Aber gehörig! Jedenfalls waren alle rechten Ehemänner davon überzeugt, dass sie so gehandelt hätten. Doch Paul brachte so etwas einfach nicht übers Herz.

Die Frauen der rechten Ehemänner erregten sich nicht nur über den Rock. Wozu brauchte so eine denn ständig eine neue Frisur? Eine anständige Frau bestellte höchstens vor einem Fest Schneiders Philippine ins Haus, die einem für ein paar Groschen das Haar richtete. Bei einem ganz großen Anlass fuhr man zum Friseur Vetter nach Tannzell. Und überhaupt, man trug ja sowieso fast immer ein Kopftuch. Nur Huren saßen dauernd beim Friseur. Aber die Baumwirtin war ja eine aus Tannzell, wo sich schon die Großväter so neumodisch gegeben hatten, als sie die Eisenbahn bekamen. Richtige Großkotze waren die Tannzeller, ohne Sitte und Moral. Das wusste man im ganzen Oberamt. Und außerdem war Katharinas Familie auch noch aus dem Unterland gekommen. Das war sowieso ein ganz anderer Schlag. Nicht grad der allerbeste.

Eines Tages entdeckte Katharina in einer ihrer zahlreichen Zeitschriften ein altdeutsches Wirtshausinterieur. Großartig! Altertümlich und doch ganz im Stil der neuen Zeit, der Zeit des Aufbruchs und der Rückkehr zu alter Größe im Reich. Da stand für sie fest: Das große Nebenzimmer musste unbedingt so eingerichtet werden. Lange setzte Paul sich dieses Mal zur Wehr, bevor er unterlag. Die alten Wandbänke riss man ebenso heraus wie die bis zu den Fensterbänken reichende, braune Holztäfelung. Die Tische, die Stühle wurden hinausgeworfen. Und weil man schon dabei war, anderes Geschirr brauchte man ebenfalls, solches aus Zinn zum Beispiel, für die neuen Wandborde. Ein Vermögen kostete das alles. Da fiel das bisschen Umsatzeinbuße während des Umbaus kaum mehr ins Gewicht. Doch das war es Katharina wert. Wahrscheinlich sah sie es ganz konkret vor sich, wie sich jetzt auch reiche Städter in diesem so großartig umgestalteten Raum drängten, sonntags oder am Samstagabend. Und sie sah wohl auch sich selbst vor dieser Gästeschar repräsentieren, von bewunderten Blicken verfolgt, die schöne Baumwirtin in Schlatthofen. Nach Schlatthofen zu gelangen war jetzt ja auch gar kein so großes Problem mehr. Immer mehr Leute waren motorisiert oder hatten doch wenigsten ein Fahrrad. Wie der Führer für vieles sorgte, hatte er auch dafür gesorgt, dass es jetzt eine brauchbare Busverbindung nach Schlatthofen gab.

Natürlich kann man von heute aus nicht nachvollziehen, was die Leute in den Dreißigerjahren als schön empfunden haben. Trotzdem wage ich zu behaupten, was man Katharina da als „altdeutsch" angedreht hatte, war auch damals schon schlichtweg billiger Kitsch für teures Geld.

So viel er wisse, erzählte der Großvater, hätten zwar eine Zeitlang manche Städter tatsächlich sonntags einen Ausflug nach Schlatthofen gemacht. Vor allem renommiersüchtige Ladenschwengel oder junge Angestellte und Beamte der unteren Gehaltsklassen, die ihren Mädchen imponieren wollten. Dann aber auch niedrige Nazichargen. Katharina war in die Partei eingetreten, nachdem man Hitler zum Reichskanzler gemacht hatte. Manchmal hatte es auch droben im Saal Tanz gegeben, um noch mehr Auswärtige anzulocken. Die erlesene Gästeschar, von der

Katharina geträumt hatte, blieb allerdings aus. Irgendwann kam der „Grüne Baum" auch bei den Ausflüglern wieder aus der Mode, gutes, dabei preiswertes Essen und Tanz hin oder her. Die „altdeutschen" Stühle und Bänke scheuerten wieder ehrbare Bauernärsche in groben Stoffen, Ellbogen in geflickten Ärmeln oder in kotbraunem Uniformstoff stützten sich auf „altdeutsche" Tischplatten.

Von dem teuren Geschirr auf den Borden und in den Schränken war übrigens nach dem Krieg fast nichts mehr zu finden. Das hänge aber keineswegs bloß mit dem Krieg und den Franzosen zusammen, erklärte meine Mutter immer aufgebracht, wenn die Rede auf die Frau ihres Onkels kam. Manches hätten Gäste gestohlen, anderes das Gesinde. Ein besonders wertvolles, vielteiliges Service für besondere Anlässe sei auch immer häufiger für die alltägliche Arbeit in Küche und Gaststuben verwendet worden und dabei kaputt gegangen. Manche Dinge habe die Wirtin auch aus Prahlsucht verschenkt. Diese Angeberei und das Verlangen, aus fadenscheinigen Anlässen Feste zu feiern, seien umso schlimmer geworden, je älter Katharina wurde.

Nun, meine Mutter ist Partei, da muss man vielleicht doch das eine oder andere ein wenig relativieren.

Ich bin mir trotzdem sicher, dass Paul, der Leutselige, der Rechner, der Geschäftstüchtige, den die Eltern für den besseren Wirt gehalten hatten, der Verschwendung Einhalt zu gebieten suchte. Sehr gut kann ich mir vorstellen, dass er ganz genau wusste, was er daheim sagen würde, damit alles wieder in geordnete Bahnen kam. Draußen auf dem Feld, wohin sich Katharina nie verirrte, dürfte er im Geiste sehr mutige Reden gehalten haben: „Einmal muss doch Schluss sein. Herrgott noch mal! Soll denn alles kaputtgehen, nur weil du die gefeierte, freigebige

Wirtin spielen willst? Ich bin ja bisher auch nicht kleinlich gewesen und hab gewiss nicht auf die Mark geschaut. Aber was zu weit geht, das geht einfach zu weit. Musst du denn den Männern noch den Kopf verdrehen, bloß damit sie dich bewundern? Du bist keine Dame aus der Stadt. Eine Bauernwirtin bist du! Heilandsack! Das Sach hast du genauso zusammenzuhalten wie ich. Aber du machst alles bloß hin. Hab ich vielleicht einen Geldscheißer? Wir können doch nicht dauernd Land verkaufen! Aber jetzt, jetzt zieh ich andere Saiten auf. Entweder ist Schluss mit dem Geldhinausschmeißen, auf der Stell und für immer, oder du kannst zum Teufel gehen! Genau! Verschwinden kannst du, wenn dir das nicht passt!"

So kühn war der Großbauer und Gastwirt Paul Brenner aber sicher nur, wenn er fern von seinem Weib war. Ich könnte mir sogar denken, dass er sich in der Phantasie dazu verstiegen hat, ihr endlich den immer noch entzückenden Hintern vollzuhauen, aber gleich so, dass es anhielt, um alles in einem Aufwasch zu erledigen, die Verschwendungssucht und den jetzt stetig wachsenden Argwohn, sie hintergehe ihn. Sollte es tatsächlich so gewesen sein, dann wird es wie immer wohl damit geendet haben, dass er sie um Verzeihung für Vorhaltungen und Verdächtigungen bat.

Wären Gebhard und Anni erst Mitte der 30er-Jahre zur Welt gekommen, dann hätte Paul tatsächlich rätseln dürfen, ob er auch ihr biologischer Vater sei. Zur Zeit der Zeugung hatte es noch keinen Grund gegeben, an Katharinas ehelicher Treue zu zweifeln. Was vorher nur Verdacht war, wurde nach 1935 zur Gewissheit. Katharina betrog ihn mit einem Mann, der sehr mächtig geworden war. Zu mächtig für den Baumwirt in Schlatthofen.

4

Paul Brenner hatte sich damit abgefunden, dass seine Frau nur zwei Kinder haben wollte. Haben konnte! Allzu schwer war es ihm letztlich dann doch nicht gefallen. Ein Hofnachfolger war auf jeden Fall schon mal da. Was auch immer man gegen Katharina sagen mochte, eine Rabenmutter war sie nicht. Beide Brenners waren stolz auf ihre hübschen, gesunden Kinder, die prächtig gediehen. Anni war der Liebling des Vaters, Katharina dagegen war in ihren Sohn geradezu vernarrt.

Als die Frauen aus dem Dorf und die Verwandten die Wöchnerin besucht hatten, um das Neugeborene zu besichtigen, wie es der Anstand gebot und die Neugier erforderte, hatten sie widerstrebend feststellen müssen, dass Katharina Brenner tatsächlich ein Kind wie aus dem Bilderbuch zur Welt gebracht hatte. Da waren die bei solchen Anlass üblichen, heuchlerischen Komplimente völlig überflüssig gewesen.

Der kleine Gebhard war nicht einfach nur derjenige, der einmal alles übernehmen würde. Er war viel mehr als das, weil er zu ganz großen Hoffnungen berechtigte. „Er ist ein besonderes Kind und seinem Alter weit voraus", pflegte Katharina bedeutungsvoll zu verkünden, wann immer die Rede auf ihren Gebhard kam. Er hatte außergewöhnlich früh begonnen zu sprechen. In einem Alter, in dem andere Kinder es mühsam schafften, Wörter zu formen, bildete er Dreiwortsätze, auch wenn er die Wörter noch nicht richtig aussprechen konnte. Gebhard war bereits ein Mann, als Katharina bei Familientreffen immer noch derartige Sätze ausgrub. „Beter mist Dall", habe Gebhard gesagt, berichtete sie, wobei sie nie zu erklären vergaß, dass dieser Peter damals Knecht und Gebhard gerade anderthalb Jahre alt gewesen sei. Gerade anderthalb! Das müsse man sich mal vorstellen! „Baba fahr Acker" wurde ebenfalls zu einem jener berühmten, der ganzen Verwandtschaft sattsam bekannten Aussprüche.

Mit fünf Jahren besaß Gebhard einen größeren Wortschatz als mancher Erwachsene im Dorf. Sein Lieblingsspielplatz war eine Ecke in der großen Gaststube. Die Ohren spitzend, merkte er sich, was der Vater, die Mutter oder die Männer am Stammtisch von sich gaben, und verblüffte jedermann, wenn er mit Redewendungen daherkam, wie „Ich will mal so sagen" oder „Das stimmt, da kannst du jeden fragen". Und dass ein fünfjähriger Dorfbub das Wort „Sicherlich" benützte, also, das war ja nun weiß Gott nichts Alltägliches. Im Gegenteil, etwas ganz Außergewöhnliches sei das, stellte seine Mutter begeistert fest, und der Vater schmunzelte zufrieden. Hatte dieser mit fünf Jahren zum ersten Mal einem Gast ein Glas Bier gebracht, so tat der Sohn es ihm im gleichen Alter nach, krönte diese Leistung jedoch noch mit den Worten: „Wohl bekomm's, Bergbauer", was ihm den Beifall der ganzen Gaststube einbrachte und die Mutter, die dabei saß, vor Entzücken fast außer sich geraten ließ. Beifall wurde ihm wichtig, dem kleinen Gebhard. Rasch hatte er begriffen, wofür man ihn einheimsen konnte. Im Gegensatz zu seinem Vater kassierte er jedoch nicht ab. Sich zu merken, was ein Bier, ein Viertel Wein, ein Wasser kostete, erschien ihm trotz seines ausgezeichneten Gedächtnisses weniger erstrebenswert, als Applaus bringende Aussprüche der Erwachsenen zu speichern.

In der Schule gehörte Gebhard von Anfang an zu den Besten. Noch bessere Noten hatte allerdings jedes Jahr der Sohn des Schuhmachers. Im Lesen und Aufsatzschreiben war Gebhard diesem Herbert Wespel ebenbürtig. Im

Rechnen war der ihm voraus. Gebhard rechnete zwar ebenso schnell wie der Schustersohn, doch dessen Ergebnisse waren ausnahmslos richtig.

Ob nun Bester, Zweit- oder Drittbester in der Schule, Gebhard war von Beginn an der Anführer der Gleichaltrigen. Dabei war er nicht der Stärkste. Aber keiner konnte so überzeugend reden wie er. Keiner hatte bessere Ideen bei den Spielen der Buben, keiner war kreativer, wenn es galt, Mitschülern und Erwachsenen Streiche zu spielen. Keiner besaß mehr Taschengeld. Selbst wenn der Besitz der Brenners längst nicht mehr so groß war wie vor dem Krieg, die Baumwirts hatten immer noch den größten Hof in Schlatthofen. Das waren schon Sachen, die zählten.

Dass im Laufe der Zeit nicht nur Schusters Herbert bessere Noten bekam als Gebhard, lag nicht nur am Rechnen. Auch in Gebhards Diktate schlichen sich immer häufiger Fehler ein. Unnötige Fehler, wie der Lehrer Beck Katharina Brenner erklärte. Und Gebhards Schrift sei, ehrlich gesagt, ein Graus, im Schönschreiben könne er ihm beim besten Willen gerade noch eine Vier geben.

„Der Gebhard könnte leicht der Beste sein", sagte Beck, als Katharina wieder einmal im Schulhaus erschien, um sich Intelligenz und Begabung ihres Sohnes bestätigen zu lassen und vorzufühlen, wie der Lehrer denn in Gebhards Fall zu einem Übergang aufs Gymnasium stehe. Wie der Zufall bisweilen so spielt, fand dieser Besuch kurz nach einem Schlachtfest im Hause Brenner statt.

„Er lernt ja ausgesprochen leicht und braucht sich eigentlich überhaupt keine Mühe geben", erklärte Beck. „Wenn er bloß nicht immer so schnell fertig sein wollte. Manchmal ist er schon recht leichtsinnig und mit seinen Gedanken wer weiß wo. In der letzten Rechenarbeit hat es ihm deswegen grad noch zu einem Dreier gereicht, was ja durchaus keine schlechte Note ist. Und Diktate könnt er durchaus fehlerfrei schreiben."

Was man da denn am besten tun könne, fragte Katharina besorgt. Es sei doch schade. Da habe man so ein gescheites Kind, aber andere seien eben noch besser in der Schule, vor allem im Rechnen, und das sei für den Gebhard doch einmal besonders wichtig.

„Also so, dass Sie sich Sorgen machen müssen, so ist es dann auch wieder nicht, Frau Brenner. Der Gebhard gehört immer noch zur Spitze. Wenn ich lauter solche hätt, könnt ich wohl zufrieden sein", sagte der junge Lehrer Beck, dem zum Erstaunen des Dorfes die Schüler gehorchten, obwohl er ganz selten schlug. „Und warum soll er im nächsten Jahr nicht die Aufnahmeprüfung fürs Gymnasium machen? Ich hab da keine Bedenken. Aber wenn Sie mich schon so direkt fragen, was man tun sollte, und wenn ich Sie wäre und der Gebhard bringt wieder einmal eine Rechenarbeit oder ein Diktat heim, wo er vor lauter Leichtsinn und bloß damit er schnell fertig ist, eine Menge Fehler hineingeschludert hat, dann würde ich ihm einfach mal in aller Freundschaft ein paar hintendrauf geben. Ich bin kein Freund von Schlägen, das wissen Sie. Aber so was kann bei einem leichtsinnigen Bürschchen manchmal Wunder wirken."

Gebhard wurde von seiner Mutter nicht übers Knie gelegt. Nie hätte sie das übers Herz gebracht. Zwar glaubte auch sie, dass Prügel bei Kindern ab und zu unumgänglich seien, doch wenn ihr Mann Gebhard die Hosen stramm zog, was nicht oft vorkam, warf sie ihm hinterher mit Tränen in den Augen vor: „Also, so fest brauchst du ihn auch nicht hauen!"

Paul vertrat die Ansicht: „Hau bloß, wenn es unbedingt sein muss, aber dann richtig. Dann ist's nur selten nötig."

Ihre Tochter nahm Katharina sich dagegen ein paar Mal selbst vor. Sie war überzeugt, der Vater lasse sich von Anni viel zu sehr um den Finger wickeln und ihr alles durchgehen. Da musste einfach ein Riegel vorgeschoben werden.

Einmal hätte Katharina ihren Gebhard dennoch fast verhauen. Drunten in der Küche. Schon hatte sie drohend einen Hocker zurechtgerückt, schon kramte sie in der Schublade nach einem geeigneten Kochlöffel, während sie ihren Sohn anschrie wie noch nie. Ausgerechnet in diesem Moment kam Paul dazu. Und nun, in Umkehrung aller bisherigen Erziehungsarbeit, verhinderte ausgerechnet er das Unglaubliche. Deshalb erlebte er seine Frau an diesem Nachmittag aufgebracht wie selten zuvor. Dabei schwelte der Konflikt zwischen Sohn und Eltern schon seit Wochen. Gebhard weigerte sich, die Aufnahmeprüfung fürs Gymnasium zu machen. Katharina hatte es nicht fassen können, dass ausgerechnet ihr Gebhard, ihr begabter, gescheiter Gebhard sich hartnäckig widersetzte, wann immer die Rede auf diese Aufnahmeprüfung kam.

Aber das von heute, also, das schlage dem Fass doch nun wirklich den Boden aus, schleuderte sie ihrem Mann entgegen. Ja, wo in aller Welt gab's denn so was? Dieser undankbare Bengel! Rotzfrech habe er geschrien, es falle ihm überhaupt nicht ein, ins Gymnasium zu gehen. Hier bleibe er. Hier in der Schule. Da gefalle es ihm. Da gehöre er hin. Da seien alle seine Freunde, und er denke gar nicht dran, in der Stadt in die Schule zu gehen, wo er keine Sau kenne. Da könnten sie sich auf den Kopf stellen.

Jawohl, genauso habe er es gesagt. Wie ein Alter. Mit großer Geste auch noch! Es sei ja nicht das erste Mal, dass er bocke. Wie oft habe man es im Guten versucht, mit ihm darüber zu reden. Aber nein! Stur wie ein Maulesel!

„Ja, wie stehn wir denn da, wenn der Rotzlöffel nicht geht, und der Bub vom Schuhmacher, der Hungerleider, kommt ins Konvikt und wird später Priester?" schrie Katharina Paul an, der sich zwischen sie und Gebhard geschoben hatte. „Vor der ganzen Verwandtschaft müssen wir uns schämen, vor ganz Schlatthofen! Wo doch alle wissen, wie hochintelligent der Gebhard ist. Und jetzt das! – Wenn du ein Dummkopf wärst wie die meisten hier, dann tät ich ja gar nichts sagen", fuhr sie wieder auf Gebhard los. „Aber so? Andere täten sich die Finger lecken, wenn sie aufs Gymnasium könnten und solche Eltern hätten wie du! Aber jetzt zieh ich andere Saiten auf! – Und du stehst dabei und machst dein Maul nicht auf!" bekam auch Paul sein Fett ab.

Auch für Paul Brenner war es selbstverständlich, dass sein Sohn nach der vierten Klasse nicht in der Dorfschule blieb. So war es bei ihm, so war es schon bei seinem Vater gewesen. Dass der ausgezeichnete Lehrer Beck nicht mehr da war, kam dazu. Irgendwo am See sei er Konrektor geworden, erzählte man im Dorf. Für ihn war ein älterer Schulmeister gekommen, ein gewisser Hippler.

„Der sieht ja aus wie der Lehrer Lämpel bei Wilhelm Busch", sagte Paul, als er ihn zum ersten Mal zu Gesicht bekam. „Mehr kann einer gar nicht nach Schulmeister aussehen."

Im Dorf hatte man das Tun des kaum schlagenden Lehrers Beck lange mit Misstrauen beäugt. Bei einem rechten Lehrer gab es Tatzen für Mädchen und Buben gleichermaßen und, wie es sich gehörte, für die Buben bei größeren Vergehen den Arsch voll. So gehörte es sich, wenn aus den Kindern was Rechtes werden sollte, und so war es immer gewesen. Gern und anerkennend erzählten in den Dörfern die Erwachsenen von den unterschiedlichen Züchtigungsmethoden ehemaliger Schulmeister und davon, wer sein Handwerk besonders gut verstanden habe.

In Riedweiler zum Beispiel vergaß man dabei nie, das Fräulein Metzger zu erwähnen, die einzige Lehrerin, die man bis zum 2. Weltkrieg jemals hatte, wenn auch nur für ein Jahr. Drall sei die gewesen und groß wie ein Mann. Sie hievte, wurde erzählt, selbst die größten Buben mühelos über ihren Schenkel und benutzte einen Haselnussstecken. Bis, ja bis Riedbauers Jakob sie dabei in den Arsch biss. Die habe vielleicht geschrien, die Metzger, erinnerten sich die Erzähler genüsslich. Den Jakob habe sie losgelassen. Der sei wie der Blitz aus dem Schulhaus gesaust. Von da an habe die Metzger das Lehrerpult benutzt, das der Jakob, wie sich das nach dem Biss gehörte, gleich am nächsten Tag einweihen durfte.

Prügel, das war schon in Ordnung. Da war man sich weit und breit einig. Doch was der neue Schulmeister mit den Kindern anstellte, das brachte allmählich auch hartgesottene Schlatthofener auf. Selbst jene Eltern, die gnadenlos Stecken, Riemen, Teppichklopfer, Kochlöffel oder Farrenschwanz benutzten.

Um sich von Beginn an Respekt zu verschaffen, hatte sich der Neue gleich am ersten Tag mit Sattlers Max den größten Lausbuben herausgriffen. Er legte ihn gekonnt über die vorderste Bank, zog ihm die Hose richtig straff und verabreichte ihm eine gesalzene Tracht Prügel.

„So ist's recht", hatte es damals bei Schülern und Eltern geheißen. „Dem Max hat's bloß gut getan. Das ist schon längst mal fällig gewesen."

Doch inzwischen hatte sich die Dorfmeinung ins krasse Gegenteil verkehrt. „Ein richtiger Sadist", sagte Paul Brenner, als sich herumsprach, was in der Schule vor sich ging. Er wunderte sich auch keineswegs, als das Gerücht auftauchte, Hippler sei früher mal strafversetzt worden. – Also so weit war man jetzt schon, dass Schlatthofen eine Schule für Strafversetzte war. Da hörte sich doch alles auf!

Dieser Hippler verschonte fast keinen. Schon bei kleinsten Verstößen gegen das, was er für Schulzucht hielt, waren fünfundzwanzig mit dem Meerrohr auf den stramm gespannten Hosenboden Standardmaß. Mehr war jederzeit möglich. Nur ausnahmsweise blieb er darunter. Manche Buben, die an ihren schrillen Schreien zu ersticken schienen, bekamen Kreislaufstörungen. Die Mädchen kamen mit geschwollenen Fingern von den vielen Tatzen heim.

Man hätte ja gar nichts gesagt, wenn so etwas ein- oder zweimal im Monat vorgekommen wäre wie früher auch.

„Aber fast jeden Tag? Das ist zu viel! Alles was Recht ist!"

Ganz abgesehen von Familientradition und Begabung, allein schon, weil er ihm einen Hippler ersparen wollte, hätte Paul seinen Sohn aufs Gymnasium geschickt. Bisher hatte Gebhard Glück gehabt. Er war mit Tatzen davongekommen.

Paul jagte Gebhard aus der Küche. Was er zu sagen hatte, ging seinen Sohn nichts an. Bemüht sachlich versuchte er, der wütend fauchenden Katharina zu erklären, dass Gebhard letztlich scheitern müsse, wenn man ihn gegen seinen Willen ins Gymnasium zwinge. Womöglich mit Schlägen! Was, wenn sich bei Gebhard danach erst recht der Trotz rege? Oder, noch schlimmer, wenn er zum Schein nachgebe und es bewusst darauf anlege, gleich im ersten Jahr durchzufallen? – „Hab ich es euch nicht gleich gesagt? Aber ihr habt mich ja gezwungen! – Und groß wär die Schande in so einem Fall erst recht, gab Paul zu bedenken. „Vielleicht nimmt der Bub doch noch Vernunft an, wenn wir ihn ein weiteres Jahr in Schlatthofen lassen. Dann kann er die Aufnahmeprüfung nach der fünften Klasse machen.

Wahrscheinlich kriegt er bis dahin so viel vom Hippler ab, dass ihm jede andere Schule hundertmal lieber ist als die hier in Schlatthofen."

„Das soll er mal probieren, der Hippler!" fuhr Katharina hoch.

Als Paul auch noch anführte, vielleicht sei Gebhard, genau wie Pauls Bruder Georg, der womöglich sogar studiert hätte, einfach kein Mensch für die Stadt und nur hier glücklich, lachte Katharina verächtlich. Doch sie legte den Kochlöffel weg.

Paul war seiner Frau gewissermaßen in den schon erhobenen Arm gefallen, und so kehrte sich nicht nur ihr Zorn gegen ihn, auch ihre Verachtung ließ sie ihn spüren. Doch Paul, oft genug Wachs in den Händen seiner süßen Katharina, blieb dieses eine Mal hart. Welcher Mittel sie sich auch bediente, er gab nicht nach. Gebhard blieb in der Dorfschule. Auch nach der fünften Klasse. Sein Vater hatte keine gute Zeit, als es endgültig feststand. Für Gebhard dagegen ließen sich die Jahre bei Hippler weit besser an als befürchtet. Selten fand er sich bäuchlings auf der von Hippler zur „Gebetbank" ernannten vordersten Schulbank wieder. Und wenn, dann konnte selbst der Wohlwollendste nicht bestreiten, dass er es verdient hatte. Da Hippler bei ihm außerdem jedes Mal vom Standardmaß absah, maß niemand diesen Hosenspannern viel Bedeutung bei. Alles blieb ja im üblichen Rahmen. Schließlich setzte es bei Gebhard, wie bei allen anderen, auch zu Hause immer wieder mal was.

„Warum wird aber grad Baumwirts Gebhard geschont?" fragten sich viele. Die Dorfintelligenz, zahlenmäßig verschwindend klein, war der Ansicht, es komme daher, dass er meistens der Beste sei, seit der Schuhmacherbub im Konvikt war. Angesichts der stattlichen Überzahl an Holzschädeln in seiner Schule könne selbst ein Hippler die wenigen Intelligenten nicht zu sehr durch Prügel verprellen. Andere erklärten, der Gebhard verstehe es eben hervorragend, dem Tyrannen nach dem Mund zu reden und immer so zu tun, als sei er der Allerbravste und nie an irgendetwas schuld, denn daherschwätzen wie ein Politiker, das verstehe er ja hervorragend. Für die meisten stand jedoch fest, dass so ein hungriger Dorfschulmeister es sich nicht leisten könne, es mit dem immer noch reichsten Bauern und einzigen Gastwirt zu verderben. „Deshalb kriegt ja auch der Mattheis vom Schlossbauer, wo den zweitgrößten Hof hat, kaum mal Hosenspanner", wurde argumentiert. „Und außerdem ist der Schlossbauer schon vor '33 in der Partei gewesen. Und die Baumwirtin, die bläst sich auch immer mehr auf in der Partei. Und beim Herrn Ortsgruppenleiter Hippler ist das ja besonders wichtig!"

Anfangs war Katharina Brenner, wie die meisten nach der Machtergreifung Eingetretenen, eine unter vielen. Berechnende Mitläufer hatte man zu Genüge. Doch erstaunlich schnell wurde sie wichtig in der NS-Frauenschaft. Ihre Bedeutung dort konnte bald niemand mehr bestreiten. Sogar im *„Tagblatt"*, das jetzt zusätzlich *„Nationalsozialistische Tageszeitung"* hieß, war lobend über sie berichtet worden, organisierte sie doch federführend die Nachbarschaftshilfe in den Familien. Bei Krankheitsfällen, Kinderbetreuung für berufstätige Mütter, Arbeitsüberhäufung, Unglücksfällen und Schicksalsschlägen sprängen die Volksgenossinnen der Frauenschaft selbstlos ein, war da zu lesen. Während Gebhards letztem Schuljahr sprach sich außerdem herum, dass die Baumwirts, vor allem aber die Wirtin, allerbeste Beziehungen zur Gauleitung hatten. Da konnte auch der Ortsgruppenleiter Hippler es nicht mehr wagen, sich gegenüber Brenners Kindern allzu viel herauszunehmen. Mit der Zeit stand für jedermann in Schlatthofen fest, dass es im Schulhaus unbestreitbar einen Zusammenhang gebe zwischen Anzahl und Heftigkeit der Schläge auf der einen sowie Hofgröße und Rolle in der Partei auf der anderen Seite.

So durchlief Gebhard die vier oberen Klassen ohne große Unbill und erhielt gute Zeugnisse, ohne sich mühen zu müssen. Hippler konnte nicht umhin, ihn vor den Eltern zu loben. Auch sie hätten nie Grund, sich über ihn zu beklagen, erwiderte Katharina Brenner. Gebhard sei zwar ein richtiger deutscher Bub wie jeder andere und das sei auch gut so, aber in der Schule sei er eben doch besser als diese anderen. Hippler habe ganz Recht, wenn er große Stücke auf ihn halte.

Durchaus nicht wie jeder andere richtige deutsche Bub verhielt der zu großen Hoffnungen berechtigende Hofnachfolger sich allerdings wenige Tage nach seiner Schulentlassung. Dafür verabreichte ihm sein Vater, ungeachtet der händeringend um Mäßigung flehenden Mutter, die denkwürdigste Tracht Prügel seines Lebens. Im reichlich naiven Glauben, keiner würde es bemerken, hatte Gebhard drei Flaschen Sekt und eine Literflasche Obstler aus der Gastwirtschaft für ein Abschlussfest besonderer Art auf die Seite gebracht und in Brenners Hütte geschafft. Mit aufwendiger Heimlichkeit hatte er die drei anderen Buben und die beiden Mädchen aus der achten Klasse dorthin eingeladen. „Wir sind jetzt ja schon fast erwachsen", erklärte Gebhard den gewesenen Mitschülern. „Das wird gefeiert!"

Die Hütte hatte einem Fabrikanten gehört, der im wilhelminischen Reichstag für die Nationalliberale Partei einen Abgeordnetensessel wärmte. Durch die Herstellung von emaillierten Nachtgeschirren mit patriotischem Design, von gleichartig verzierten Waschschüsseln sowie der zum

Füllen der Waschschüsseln in den Boudoirs kleinbürgerlicher Haushalte benötigten Krüge war er rasch sehr reich geworden. Als Abgeordneter und angesichts seiner finanziellen Verhältnisse, hielt er es irgendwann für standesgemäß, sich der Jagd zuzuwenden. Nach langem Suchen gelang es ihm, ein Revier in den Schlatthofener Wäldern zu pachten.

„Ein Wahnsinn", hatte Gebhards Großvater Tobias seinerzeit gesagt, als er davon erfuhr. „Im Unterland wohnen und bei uns jagen wollen. Aber des Menschen Wille ist sein Himmelreich."

Der Wahnsinnige wurde bei ihm vorstellig und fragte an, ob es nicht möglich sei, selbstredend gegen ein gutes Entgelt, Brenners Waldwiese zu pachten: „Sagen wir mal, auf dreißig Jahre oder so ..." Sollte man übereinkommen, begründete der Waidmann sein Ansinnen, dann gedenke er, dort eine Jagdhütte zu errichten: „Wegen der weiten Anreise und so ..."

Aus landwirtschaftlicher Sicht war die Wiese ziemlich wertlos. Man würde dort im Sommer anspruchsloses Jungvieh ein paar Wochen lang weiden lassen, wenn man sie nicht verpachtete. Tobias Brenner willigte ein. Gegen ein gutes, ein sehr gutes Entgelt.

Die Hütte wurde mit großem Aufwand errichtet. Es ging die Rede, sie diene nicht ausschließlich der Jagd auf das Wild der Schlatthofener Wälder. Die Leistungen des Nachtgeschirrfabrikanten mit der Flinte verhalfen ihm in der Gegend zu einiger Berühmtheit. Dass er einem zur Treibjagd geladenen Waidgenossen den Hund an der Leine erschoss, galt unbestritten als sein größter Erfolg. An einem schwülen Sommertag des Jahrs 1909 traf den Jäger aus später Passion im Alter von 57 Jahren, bei einem Lebendgewicht von gut zweieinhalb Zentnern, der Schlag, keine hundert Meter vom Reichstagsgebäude entfernt. Da weder seine Gemahlin noch der Sohn Interesse am Waidwerk zeigten, wurde der Pachtvertrag aufgelöst und die Hütte Tobias Brenner zu einem mehr als günstigen Preis angeboten.

Tobias' Vater hatte gejagt, er selbst nie. Was sollte er also mit einer Jagdhütte? Paul dagegen hatte nach dem Jahr bei den Dragonern angedeutet: „Jagen wie der Großvater, also, das tät mir schon auch gefallen."

Paul war ein sehr guter Schütze. Er hätte weder Jagdgenossen erlegt noch deren Hunde oder einen Treiber. So ging die Hütte für wenig Geld doch in Brennerschen Besitz über. Aber auch Paul wurde kein Jäger. Der Krieg kam dazwischen und die ersten Nachkriegsjahre. Nach der Hofübergabe wäre es an der Zeit gewesen, sich ernsthaft mit dem Gedanken an Jägerprüfung und Jagd zu befassen. Gefragt, warum er das nicht getan habe, pflegte Paul zu erklären, er habe ja begonnen – „Mit einigem Erfolg, wie ich ruhig sagen darf" –, an Reitturnieren in der Gegend teilzunehmen, und man könne schließlich nicht zwei Herren dienen, wie es in der Bibel heiße. Intimere Kenner der brennerschen Familienverhältnisse wussten indes, dass Frau Katharina es zwar durchaus liebte, Wild zu verspeisen, und auch ausgezeichnet verstand, es zuzubereiten. Das Erlegen der Tiere dagegen fand sie abscheulich. Außerdem hatte sie ihrem Mann bewiesen, dass es weit wirtschaftlicher sei, das fürs Gasthaus benötigte Wild bei jagenden Bekannten oder beim Förster zu kaufen, als ihm selbst aufzulauern. Paul, der Rechner, musste einräumen, dass sie Recht hatte.

Während Gebhards letzten Schuljahren wurde die Hütte kaum noch benutzt. Es stand nicht zu erwarten, dass irgendjemand die Feier stören würde. So war es denn auch. Die Probleme erwuchsen den torkelnden Fasterwachsenen erst nach der Heimkehr in den Schoß ihrer Familien. Noch nie waren im Dorf in sechs Häusern nahezu gleichzeitig Hinterteile so deftig und ausgiebig bearbeitet worden. Eine Kakophonie durchdringenden Wehgeschreis erfüllte die ansonsten friedliche Samstagnacht über dem Dorf.

Die Sache sprach sich auch in den Nachbardörfern herum, wurde und blieb Allgemeingut, später vor allem von denen genutzt, die schon immer gewusst hatten, wie es mit Baumwirts Gebhard einmal enden würde. Ließ sich zum Beispiel Tabea Brenner in Riedweiler zu diesem Thema vernehmen, dann hörte man unweigerlich: „Der Gebhard, wenn mein Sohn gewesen wär, dem hätt ich noch ganz anders den Arsch vollgehauen wie der Paul. Zwei Wochen hätt der bei mir hinterher nimmer sitzen können. Seiner Lebtag hätt der sich nimmer besoffen!"

Nach dieser berühmten Schulabschlussfeier gab Gebhard Brenner dem Dorfklatsch kaum noch Anlass. Nach der Schule absolvierte er eine landwirtschaftliche Lehre bei seinem Vater. Allerdings arbeitete er viel lieber im Gasthaus als auf dem Hof. Unter der Dorfjugend fiel er eigentlich nur durch seine Sprüche auf. Wie alle verehrte er als Hitlerjunge den Führer. Das ging jedoch nicht so weit, dass er, wie der Verehrte, dem Alkohol und den Zigaretten entsagt hätte, obwohl sich das für einen Hitlerjungen unbedingt gehörte. Gleichaltrige, denen die Enthaltsamkeit ebenfalls nicht erstrebenswert vorkam, bewunderten ihn, weil er mehr Alkohol vertragen konnte als alle anderen. Hitlerjungen mussten solchem Laster allerdings heimlich frönen. Die HJ-Führer durften davon nichts erfahren. Bei der Wehrertüchtigung begeisterte Gebhard sich vor allem für das Schießen, dabei war er keineswegs ein überragender Schütze. Mit weit geringerer Begeisterung leistete er seine Zeit beim Reichsarbeitsdienst ab. Am 31. Juli 1939 kam er wieder nach Hause. 32 Tage später verkündete Hitler dem deutschen Volk: „Ab 5.45 Uhr wird zurückgeschossen!"

5

Von den Nazis in der Gegend weiß ich nur das, was bei uns erzählt wurde. Bewusst hatte ich ja nicht viel mitbekommen. Aber es gab Leute, die gerne und ausführlich über jene zwölf Jahre sprachen. Auch nach mehr als 25 Jahren ließen diese Typen sich noch vernehmen. Wenn sie an den Stammtischen lange genug ausgeharrt hatten, wurde sie wieder heraufbeschworen, die Große Zeit, die eigentlich 1000 Jahre dauern sollte. Wie viel besser alles gewesen sei, schrie dann schon mal der eine oder andere, nicht mehr allzu artikuliert, weil mit den Konsonanten kämpfend. Dass der Adolf wieder her gehöre, verkündete er. Der tät's ihnen zeigen, den Lumpen in der Regierung in Bonn, die aufgehängt gehörten, alle miteinander, und den verlausten Langhaardackeln in ihren Kommunen, wo sie nix als Schweinereien miteinander machten, tät er's auch zeigen und den faulen Studenten, die von seinem, des Sprechers, Steuergeld lebten, und den Jungen überhaupt, bei denen es keine Zucht und Ordnung mehr gebe ... Dass man damals zwar kein Nazi gewesen sei, beteuerte ein anderer, aber jetzt sei man einer, so wie es im Land zugehe, und der Hitler sei gar nicht so schlecht gewesen und der Bauer noch was wert, bloß das mit den Juden, das hätt der Hitler halt nicht machen sollen. Aber sonst, sonst sei er schon recht gewesen. Die Jungen sollten ihr Maul halten, fiel ein Dritter ein, die hätten ja keine Ahnung von damals. Er wisse, was er gesehen und erlebt habe. Jedenfalls hätte er damals gleich wieder Arbeit gehabt und sich als einfacher Schreiner in einer Möbelfabrik sein Häusle zusammensparen können. Und jetzt?

Ein Bild von dem, was sich in unserer Gegend während der gepriesenen Zeit abspielte, kann ich mir durchaus machen, trotz all der goldfarbenen, vor die Erzählungen geschobenen, weichzeichnenden Filter. Doch es ist eben ein Bild in einem sehr engen, bescheidenen Rahmen. So weiß ich eben nur, was im Laufe der Zeit bei uns daheim, im Dorf oder in der Verwandtschaft zu hören war. Dass bei uns im frommen, evangelischen Riedweiler wahrscheinlich mehr Leute in der Partei und eifrigere Hitleranhänger waren als drüben in Schlatthofen zum Beispiel. Das mit den beiden blutjungen Soldaten kurz vor Schluss weiß ich, und auch, wer die fanatischsten Nazis in der Gegend waren. Das war ja kein Geheimnis. Ja, und dann kenne ich natürlich die Geschichte mit dem Hans Widmaier und seiner Karriere. Das alles wurde ja oft genug erzählt.

Es ist natürlich Quatsch, wenn man, wie's lange groß in Mode war, die ganze Generation von damals verdammt und ihr vorwirft, sie hätte das 3. Reich verhindern können, wenn sie nur gewollt hätte. Man muss da schon differenzieren. Und außerdem: Wer weiß denn, wie unsere Generation sich verhalten hätte? Wenn meine Mutter oder der Großvater beteuerten, sie seien keine Nazis gewesen und von dem, was in den Konzentrationslagern wirklich geschehen ist, hätten sie nichts gewusst, dann muss ich ihnen das glauben.

„KZ?" sagte meine Mutter, als ich, achtzehnjährig, sie vorwurfsvoll fragte. „Dass es in Dachau eins gegeben hat, das hat jeder gewusst. Schon weil der Bürgermeister Brunner als Ortsgruppenleiter denen, wo er nicht hat leiden können, immer wieder gedroht hat: ‚Dich schick ich schon noch nach Dachau!' Oberenbauers Hannes haben sie tatsächlich in ein Lager gebracht, ziemlich früh schon. Der ist aber schon als Bub schlimm gewesen und wie er groß gewesen ist, war's ganz arg. Immer wieder hat der Landjäger kommen müssen. Die meisten haben vor dem Hannes Angst gehabt. Ein stinkfauler Tagdieb ist er dazu auch gewesen. Wie der dann zurückgekommen ist, da hat er auf einmal anständig sein und schaffen können. So schlecht ist so ein Konzentrationslager vielleicht gar nicht, haben wir gedacht. Und mit den Juden, da hat man schon gehört, dass man sie weggebracht hat. Aber es hat geheißen, die werden umgesiedelt. Nach Spanien oder Nordafrika oder so. Von Auschwitz haben wir nichts gewusst. Das schwör ich!"

In unserem Haus, bei uns auf dem Hof, war niemand in der Partei, obwohl Brunner meinen Großvater ständig gedrängt hatte.

Dass der Pfarrer Bartmann Parteigenosse war, und das schon vor '33, war bekannt. Trotzdem war niemand damit einverstanden, dass er nach '45 Berufsverbot erhielt.

Es war wieder mal typisch. Die größten Schweine ließ man laufen. Kaum hatte man den politischen Dreck „entnazifiziert", schwamm er in der Adenauer-Ära, dank seines geringen spezifischen Charaktergewichts, auch schon wieder oben und gab sich demokratisch, innen nach wie vor ziemlich braun, außen meistens schwarz gefärbt. Recht weit nach oben schafften es manche in der neuen Republik. – Was für eine Chance für einen wirklichen Neuanfang, eine echte Demokratie hat man damals vergeben! – Aber einen wie den Pfarrer Bartmann ließ man die Parteizughörigkeit büßen. Erst sperrte man ihn ein, als sei er einer wie die Obernazis in der Gegend, zum Beispiel unser übereifriger Brunner. Der versteckte sich im Wald, als die Franzosen anrückten, während seine Frau als Erste im Dorf ein weißes Leintuch hinaus- und das Hitlerbild in der Guten Stube abhängte. Oder als sei Bartmann einer wie der Schlatthofener Schulmeister, dieser 150-Prozentige, der auch daran schuld war, dass man den alten Pfarrer Kunzmann verhaftete. Schutzhaft angeblich.

„Bei mir heißt das Grüß Gott und nicht Heil Hitler!" hatte Kunzmann dem Herrn Ortsgruppenleiter erklärt, als dieser ihn zum ersten Mal mit erhobenem Arm stramm gegrüßt hatte. „Grüß Gott und dabei bleibt es. Gerade auch im Religionsunterricht." Das war der Beginn des schulmeisterlichen Hasses. Kunzmann wurde, zum Ärger des Ortsgruppenleiters, nach ein paar Tagen wieder aus der Haft entlassen. Aber das Ordinariat versetzte ihn vorsichtshalber auf eine andere Pfarrstelle. Die beiden jungen Soldaten hat Hippler auf jeden Fall auf dem Gewissen. Die Schlatthofener hatten anscheinend ein ganz besonderes Glück mit ihren Schulmeistern. Erst der große Stratege des 1. Weltkriegs, mit dem Ludendorff ja grundsätzlich konform ging, und dann sein fanatischer Nach-Nachfolger.

Dem Pfarrer Bartmann konnte man seine Motive abnehmen. Er hatte sich nicht aus Berechnung der NSDAP angeschlossen, auch nicht aus dem Neid der Zukurzgekommenen, der Unfähigen, die einen Schuldigen für ihr Versagen brauchten und sich rächen wollten: „Wartet nur! Wenn wir erst mal an der Macht sind ...!"

Beim Schlatthofener Schulmeister dagegen war das so. Der war einer von diesen Missgünstigen, Rachsüchtigen, Zukurzgekommenen, voll Neid auf diejenigen, die an Gymnasien unterrichten durften. Einer von denen, die glaubten, ihre wahren Fähigkeiten würden nie genügend gewürdigt. Es hieß, er habe damit gerechnet, mindestens Kreisleiter zu werden und nicht nur Ortsgruppenleiter. So konnte er zu seinem Bedauern nur in Schlatthofen wüten und immer noch vom Endsieg faseln, als die Franzosen von

Westen und die Amerikaner von Norden her keine fünfzig Kilometer mehr entfernt waren. Es muss gesagt werden, dass die meisten in der Gegend verurteilten, was dieses Schwein ganz zum Schluss noch anrichtete.

An den Endsieg glaubten im April '45 die beiden verweinten Sechzehnjährigen aus dem Allgäu ganz sicher nicht mehr. Man hatte sie in viel zu große Uniformen gesteckt und versucht, sie per Schnellbleiche für den Kampf des allerletzten Aufgebotes vorzubereiten. Im allgemeinen Chaos der letzten, sinnlosen Kämpfe hatten sie wahrscheinlich ihren Haufen verloren, als sie blind vor Angst davonkrochen. Sie waren wohl kaum schon clever genug, um sich ganz bewusst abzusetzen. Jedenfalls wollten sie heim. Nur noch heim. So hatten sie sich bis in unsere Gegend durchgeschlagen. Reines Glück war es, dass sie weder den Feldjägern noch irgendwelchen SS-Kommandos in die Hände gefallen waren. Anstatt selbst zu kämpfen, zogen diese Kommandos es vor, die Moral der kämpfenden Truppe dadurch zu heben, dass sie gnadenlos jeden aufhängten, den sie ohne Marschbefehl aufgriffen. Vermutlich wären die zwei durchgekommen oder äußerstenfalls in Gefangenschaft geraten, wenn sie nicht in der kaum mehr benutzten Waldarbeiterhütte zwischen Riedweiler und Schlatthofen untergekrochen wären. Wie es der Teufel wollte, fuhren der alte Bergbauer aus Schlatthofen, sein Sohn und ein Nachbar in den Wald, als es noch dämmerte, ungeachtet der sich nähernden Front. Sofern man überhaupt noch von Front reden konnte. Der Altbauer hatte nahe der Gemeindegrenze Holz gestapelt, das er schnell noch abfahren wollte. Wer wusste denn schon, was demnächst passieren würde und ob man da überhaupt noch an sein eigenes Holz herankam? Und außerdem wurde auf eine ganz unverfrorene Art ständig von diesem Holz geklaut. Um mögliche Diebe zu überraschen, ließen sie das Gespann weit vor der Hütte stehen und pirschten sich vorsichtig heran.

In der Hütte regte sich doch tatsächlich etwas!

Denen würden sie's zeigen, den Holzdieben! Windelweich würden sie die schlagen, bevor sie der Landjäger drüben in Flurstetten bekam! Wahrscheinlich waren es Lutherische aus Riedweiler. Hatte man die nicht schon immer im Verdacht? Fromm sein und klauen! Das passte mal wieder zusammen. Aber jetzt würde man es genau wissen.

Warum die beiden jungen Soldaten sich in der Hütte versteckt hielten, anstatt zu schauen, dass sie Richtung Allgäu kamen, weiß niemand. Vielleicht waren sie, halbverhungert, einfach viel zu erschöpft, um weiterzumarschieren. Jedenfalls steckten sie noch in der Hütte, als die Männer ankamen. Den Holzdiebhäschern war rasch klar, wen sie da vor sich hatten und dass ausgerechnet die beiden ganz bestimmt kein Holz geklaut hatten. Doch was sollte man jetzt mit ihnen anfangen?

Der Altbauer war dafür, sie einfach laufen zu lassen und so zu tun, als hätte man sie nie gesehen. Die beiden anderen wollten doch lieber Meldung machen. Wer wusste denn schon, in was man sich hineinritt, wenn man das nicht tat? Vielleicht waren das ja gar keine Deutschen. Vielleicht waren das feindliche Spione in deutschen Uniformen, die viel älter waren, als sie aussahen, und mit dem Fallschirm abgesprungen waren. Und wenn sie Deserteure waren, was geschah mit jemand, der ihnen half? Den Ausschlag gab der Sohn, der im 14er-Krieg in Frankreich gekämpft hatte. „Ja, sind wir damals denn auch einfach davongelaufen, wenn's schlecht ausgesehen hat?" sagte er. „Wenn das jeder macht, wo kommen wir denn da hin?"

Der Nachbar nickte. Der Vater wiegte den Kopf bedenklich hin und her. „So wie's jetzt aussieht, da ist's vielleicht kein Fehler, wenn man hinterher sagen kann, man hat ... Das weiß doch jeder, dass es nimmer ..." Er verstummte erschrocken, weil die anderen ihn so seltsam ansahen.

Weil die drei besonders schlau sein, allem aus dem Weg gehen, sich in jeder Richtung alles offenhalten wollten, brachten sie die beiden vorerst einmal von hinten durch den Obstgarten in Bergbauers Anwesen und sperrten sie in den Holzschuppen. Da kam keiner so leicht heraus. Jetzt konnte man immer noch in Ruhe überlegen.

Trotz aller Vorsicht war in Schlatthofen nicht verborgen geblieben, was da vor sich gegangen war, und so sprach es sich auch bis zum Schulmeister herum. Vier Stunden später hingen die beiden 16-Jährigen an der großen Linde am Ortsausgang Richtung Riedweiler. „Ich war feige" stand auf den Pappkartons, die man ihnen um den Hals gehängt hatte. „Im Kreuz ist Heil" lautete die Inschrift am Kreuz gegenüber der Linde.

Zehn Jahre lang hatten die Brenners nichts mehr von ihrem ehemaligen Knecht gehört. Doch dann fuhr eines Sonntagnachmittags, gelenkt von einem Mann in brauner Uniform, ein großer, schwarzer Wagen in den Hof. Ein korpulenter Mann in noch prächtigerer, kragenspiegelverzierter Uniform entstieg ihm, ein richtiger „Goldfasan", der als Hans Widmaier erkannt wurde.

Bei diesem, wie er versicherte, rein privaten Besuch, stellte sich heraus, dass Widmaier einen ganz wichtigen Posten bei der Gauleitung in Stuttgart hatte, und zwar in der landwirtschaftlichen Abteilung. Nach dem, was er eher beiläufig und keineswegs großtuend über sich erzählte, als er mit der gesamten Familie Brenner droben im Wohnzimmer bei Pauls bestem Wein saß, wurde klar, dass der Gauleiter und Reichsstatthalter große Stücke auf diesen Mitarbeiter hielt.

Ja, es habe sich damals um einen Posten bei der Partei gehandelt, als ihr Knecht weggegangen sei, erfuhren Paul, Katharina, Anni und Gebhard, der Hitlerjunge. Er schien von dem Besucher fasziniert. Der hatte zum Erstaunen seiner ehemaligen Arbeitgeber in diesen zehn Jahren gelernt, flüssig, ja, fast weltmännisch zu reden, auch wenn er ab und zu die falschen Wörter gebrauchte und immer wieder aus markigem Preußendeutsch in eine Art leutseliges Honoratiorenschwäbisch verfiel. Dieser Widmaier war nicht mehr der Hans, der damals den Hof verlassen hatte. Er war jemand. Das merkte man. Trotzdem bestand er darauf, dass man weiterhin Hans zu ihm sage. Er nehme sich im Gegenzug heraus, Paul und Katharina zu sagen. Seinen Weg ganz nach oben habe er zunächst bei der SA gemacht, erzählte er. Ausgerechnet sein ehemaliger Hauptmann aus dem Freikorps sei damals ein ganz wichtiger SA-Führer geworden, und der habe sich noch sehr gut an ihn erinnert, und so sei das eben gekommen, dass er sich über die SA als einer hochgearbeitet habe, der in die Partei eingetreten sei, als noch niemand an sie glaubte. Paul Brenner wisse ja, wenn ein Hans Widmaier eine Sache anpacke, dann mache er das durchaus so, wie es sich gehöre. Dabei schone er sich überhaupt nicht. Er habe allerdings noch rechtzeitig erkannt, dass die SA nicht mehr das sei, was sie einmal war, und dass die Zukunft bei der SS liege, die damals erst in ihren Anfängen gewesen sei und so habe er sich weitgehend von der SA losgesagt. Völlig zu Recht, wie sich '34 bei diesem verdammten Röhm gezeigt habe.

Paul nickte, und Katharina sagte, sie könne sich das gut vorstellen, dass Widmaier alles perfekt mache, wenn er etwas in die Hand nehme und außerdem habe er ja schon immer gewusst, was richtig sei. So sei das bei ihm von jeher gewesen. Sie habe das schon damals an ihm bewundert. Widmaier verbeugte sich leicht in ihre Richtung, ein Mann, der gelernt hat, sich in besseren Kreisen zu bewegen. Katharina lächelte ihn an.

Und dann sagte Hans Widmaier noch: „Ja, seit '25 bin ich dabei, schon bevor ich hier aufgehört habe. Damals sind wir noch ganz wenige gewesen. Noch keine 30 000 Aber es hat sich gelohnt, wenn man an den Führer geglaubt und ihm die Treu gehalten hat."

Der Besuch schien tatsächlich rein privater Natur zu sein: „Einfach mal wieder an die alte Wirkungsstätte zurückkommen." Schließlich sei man ja ausgesprochen gern hier gewesen. Nicht zuletzt, weil man sich auch politisch gut verstanden habe. Was ihn aber gerade deswegen wundere, sagte der geschätzte Mitarbeiter des Gauleiters, er habe festgestellt, dass Paul immer noch nicht in die Partei eingetreten sei. Er kenne doch Pauls Ansichten. Sie beide seien schließlich fast immer einer Meinung gewesen. Paul solle sich ein Beispiel an seiner Frau nehmen, die in der NS-Frauenschaft eine bedeutende Rolle spiele. Oder an seinen Kindern. Er, Widmaier, hätte doch gedacht, dass Paul als begeisterter Motorrad- und Autofahrer wenigsten im NS-Kraftfahrerkorps sei, einer wirklich guten Sache, durch die man viel Positives im Reich bewirken könne, selbst dann, wenn man von der Politik einmal absehe.

Es stimmt tatsächlich. Mein Großonkel war nie in der NSDAP. Dass er vorhergesehen haben könnte, wie das Ganze enden würde, hätte ich ihm nicht abgenommen. Und ein mutiger Widerstandskämpfer war er gleich gar nicht. Ich schließe mich der Meinung meines Großvaters an, sein Bruder sei als Wirt einfach clever genug gewesen, es nicht mit dem Gros der Schlatthofener und vor allem nicht mit dem knorrigen Pfarrer Kunzmann zu verderben.

Deshalb saß er, im Gegensatz zu seiner Frau, auch fast jeden Sonntag auf der angestammten, ihnen nie streitig gemachten Bank der Brenners ganz vorne in der Kirche. Sicher nicht aus Überzeugung. Sah man von Fanatikern wie dem Schulmeister ab oder von den dorfbekannten Versagern und Nichtsnutzen, die als PGs ihr Maul nach '33 sperrangelweit aufrissen, weil sie glaubten, ihre große Zeit breche endlich an, dann spielten die Nazis in Schlatthofen tatsächlich nicht die ganz große Rolle. Natürlich war man national gesinnt, natürlich war man dem Führer dankbar für den unglaublichen Aufschwung. „Was der Hitler nicht alles geschafft hat!" hieß es auch in Schlatthofen noch lange, hieß es wohl auch bei uns auf dem Walcherhof. Trotz Führerbild in der Stube hielten viele Schlatthofener noch zur Kirche und gingen, aller Gegenpropaganda zum Trotz, jeden Sonntag in die Messe. Ein rechter Katholik konnte doch gar nicht anders, gleichgültig, wer regierte. Mit dem Herrgott legte man sich besser nicht an. Und hinterher ging man zum Frühschoppen in den „Grünen Baum". So verlor das Ehepaar Brenner, dank politischer Arbeitsteilung, weder Braun noch Schwarz als Gäste.

Das Erstaunliche war, dass Widmaier auch nach einem zweiten Besuch offensichtlich nicht weiter in Paul Brenner drang, Parteigenosse zu werden. Seine Weigerung scheint er ihm auch nicht übel genommen zu haben, er blieb vielmehr der Familie seines ehemaligen Arbeitgebers huldvoll gewogen. Solange er auf seinem komfortablen Schreibtischstuhl beim Gauleiter und Reichsstatthalter thronte, schienen ihm Katharinas Aktivitäten in der Frauenschaft als Beitrag der Familie Brenner zum Werke des Führers zu genügen.

Katharina war inzwischen keineswegs nur im Dorf tätig. Man brauchte sie auf Kreisebene, und nunmehr schien man ihrer in regelmäßigen Abständen sogar in der Gauleitung zu bedürfen. Zu Besprechungen und Beratungen mit den Führungskräften der NS-Frauenschaft im Gau, erklärte sie Paul.

Als der Gau Württemberg, im Rahmen des BDM-Werks „Glaube und Schönheit", in Lorch die „Schule für bäuerliche Berufsertüchtigung" gründete, musste sie als Beraterin besonders häufig nach Stuttgart reisen. Eine Auslese künftiger „Hüterinnen der deutschen Scholle" wurde in Lorch auf ihre wichtige Aufgabe als Frau, Mutter und Bäuerin vorbereitet. BDM-Bauernmädel zwischen 17 und 21 wurden besonders in jenen Bereichen geschult, die deutschen Frauen und Müttern zukamen. Um Kochen ging es dabei, um Nähen, Gesundheitsdienst, Säuglingspflege, Heimgestaltung und Werkarbeit, nicht zuletzt jedoch um weltanschauliche und völkische Aufgaben. So werde der Führungsnachwuchs der Jungbauernschaft herangeformt, der noch über den Gedanken an die eigene Scholle das Blühen des völkischen Lebens stelle, pries der für Landwirtschaft zuständige Widmaier die Schule bei der Eröffnungsfeier. Davon berichtet der Rundfunk, darüber schrieben die Zeitungen. Selbstredend erschien im *Tagblatt* ein riesiger Artikel, in dem besonders die Verdienste der Katharina Brenner um die neue Schule hervorgehoben wurden.

6

Der Reichsnährstand war, je länger, desto wichtiger geworden. An ihn wandte sich das *Tagblatt* in den letzten Tagen des August 1939, der jetzt „Ernting" hieß, weil man auch in der Sprache alles Fremde ausmerzen wollte. Außer den Berichten über die unglaublichen, barbarischen, geradezu bestialischen Provokationen durch die Polen fand man da einen dick eingerahmten Artikel:

„Aufforderung an die deutsche Landwirtschaft – Getreide möglichst lange lagern und trocken dreschen

Die außerordentlichen Getreidevorräte des Reiches und die Schwierigkeiten der Bergung machen es erforderlich, die Abnahme des Brotgetreides über einen größeren Zeitraum zu verteilen.

Soweit in größeren und Großbetrieben bei ausreichend vorhandenen Speicherräumen (Schüttböden) stark vom Feld gedroschen worden ist, ist es Pflicht des einzelnen landwirtschaftlichen Betriebsinhabers, möglichst große Teile des ausgedroschenen Getreides zunächst selbst zu speichern und im Interesse der geregelten Brotgetreideabnahme jeden Quadratmeter Speicherraum auszunutzen und sich dieses Getreide gegebenenfalls bezuschussen zu lassen. Von der deutschen Landwirtschaft wird erwartet, daß sie diesen Richtlinien aus eigener Haltung Rechnung trägt."

Die Ernte war in der Tat sehr reich ausgefallen. Auf dem Anwesen der Brenners in Schlatthofen trug man deshalb den Richtlinien aus eigener politischer Haltung Rechnung, auf dem Hof der Riedweilerer Brenners aus Gehorsam. An Speicherraum für ausgedroschenes Getreide fehlte es auf beiden Höfen nicht. Außerdem hatten die Schlatthofener Brenners in der Feldscheuer jede Menge noch nicht ausgedroschenes Brotgetreide in Garben gelagert. Erheiternd fanden alle Bauern dagegen den äußerst intelligenten Ratschlag der Zeitung, man solle das Obst nicht zu früh ernten, da nur ausgereiftes Obst Wohlgeschmack und Süße besitze. Nicht weniger lächerlich fand man in den Dörfern die Tipps der Zeitungsschreiber, wie Obst zu lagern sei. Worauf das alles hinzielte, war klar. Als im Reich auch noch die Bezugscheinpflicht für Lebensmittel eingeführt wurde und man seitens der Reichsführung versicherte, jeder Volksgenosse erhalte seinen gerechten Teil davon, stand für Leute wie Paul Brenner fest, dass der notwendige Waffengang mit den bekanntlich auf übelste Art kriegslüsternen Polen unmittelbar bevorstehe. Auch im Radio wurde ja ständig von polnischen Gräueltaten gegen Deutsche berichtet. Krieg mit Polen? Große Sorgen brauchte man sich deswegen ja nicht zu machen. Polen! Was war das schon?

Georg Brenner machte sich Sorgen. Berechtigte Sorgen, wie er und seine Familie leidvoll erfahren sollten. Es ging bei diesem Leid nicht um das Verschwinden meines Erzeugers nach dem Fehltritt meiner Mutter. Das hat schließlich ein gewisser Lehmann wieder ausgebügelt. Niemand weiß, was mit meinem Onkel Tobias, der den Krieg von Anfang an mitgemacht hat, auf der Krim geschehen ist. An ihn kann ich mich nicht mehr erinnern. Einmal muss ich ihn allerdings wohl gesehen haben, als er Heimaturlaub erhielt.

Fünf Jahre war der kleine Tobias alt, als seine Mutter starb. Ihr Tod muss gerade ihn besonders mitgenommen haben. Von den drei Kindern kam er am schlechtesten mit seiner Stiefmutter zurecht. Da er in der Schule von Anfang an allen weit voraus war, stand bald fest, dass er aufs Gymnasium gehen würde. Obwohl er eigentlich als Hofnachfolger feststand, hatte er nie Bauer werden wollen. Mit 15 Jahren, in der Obertertia, bestand er das Landexamen als einer der Besten und bekam eine Freistelle im Evangelisch-theologischen Seminar in Maulbronn. Er studierte aber nach dem Abitur nicht Theologie, wie seine fromme Stiefmutter gehofft hatte, sondern die alten Sprachen wie seinerzeit sein Großonkel Karl. Nach Studium und Wehrpflicht unterrichtete er nur noch kurze Zeit am Karlsgymnasium in

Stuttgart, bevor er im Sommer 1939 die schriftliche Aufforderung bekam, an einer „Wehrübung" teilzunehmen.

„Vermisst", hieß es lakonisch. „Vermisst" ist wirklich beschissen. Man weiß, dass es im Grunde „Gefallen" bedeutet, und trotzdem hofft man, der Vermisste stehe eines Tages doch noch vor der Tür. Jahrelang hofft man, auch wenn man sich solche Gedanken immer aufs Neue verbietet. So erging es auch uns. Was „ehrendes" Gedenken betrifft, da ist so ein Vermisster auch übel dran. Früher hieß es: „Gefallen fürs Vaterland". Jetzt: „Gefallen für Führer, Volk und Vaterland". Solche verlogene Formeln hat man stets akzeptiert. Aber wie würde sich das denn anhören: „Vermisst für Führer, Volk und Vaterland"? Wenn's gut ging, dann kam so ein Vermisster gerade noch auf die Gedenktafel für die Gefallenen der Gemeinde.

Kurz vor Schluss kam auch noch Christian um, ein richtig lieber und fast immer fröhlicher Onkel, der den Hof übernehmen würde. Weil er im Alter von 16 Jahren in der Scheune fünf Meter tief gestürzt war, hinkte er leicht. Bei der Arbeit hinderte ihn das nicht, aber es bewahrte ihn davor, Soldat zu werden. Trotzdem zog man ihn im Januar '45 zum Volkssturm ein. Volkssturm gegen kampferprobte Amerikaner! Diesen Wahnsinn überlebte er nicht. Fünf war ich, als die Nachricht kam. Aber ich hatte sehr wohl begriffen, dass er nie mehr zurückkommen würde, und hatte geweint wie alle.

Auch Gebhard Brenner blieb dem Reichsnährstand zunächst erhalten, obwohl er sieben Jahre jünger war als sein Vetter Christian und gesunde Glieder hatte. Im Mai 1943 konnte die deutsche Wehrmacht, ungeachtet parteipolitischer Einflussnahme, nicht umhin, auch auf ihn zurückzugreifen. Immerhin gelang es schützend über ihn gehaltenen

Händen, ihn davor zu bewahren, dass er wie der übliche Ersatz binnen weniger Wochen an der Ostfront verheizt wurde. Nachdem das Oberkommando der Wehrmacht das Vergnügen hatte, neben allen anderen Fronten, in Italien eine weitere zu errichten, bedurfte man dort seiner. Dank seiner Erfahrungen in einem Betrieb der Gastronomie war er zunächst in der Küche seines Divisionsstabs tätig und avancierte wenig später zum Kellner in Uniform für die Stabsoffiziere. Zunächst kellnerte er in Rom, dann, als die Alliierten sich immer erfolgreicher vorankämpften, weiter im Norden des italienischen Stiefels, bis die Amerikaner am 20. April, ausgerechnet zu Hitlers Geburtstag, in der Poebene durchbrachen und ein großer Teil der deutschen Truppen in wilder Flucht Richtung Alpen strömte. Im allgemeinen Chaos war der Stab, dem Gebhard bis dahin aufgewartet hatte, zu spät zurückverlegt worden. Von allen Seiten umzingelt, ergab sich auch der Obergefreite Brenner dem überlegenen Gegner.

Ich selbst habe nur wenige Erinnerungen an den Krieg und sein Ende. In Riedweiler ist ja auch nichts Aufregendes passiert, bis zwei fremdartig aussehende Panzer und mehrere Jeeps ins Dorf einrückten und ich zum ersten Mal in meinem Leben einen dunkelhäutigen Soldaten sah. Ich weiß auch noch, dass erzählt wurde, Friedrichshafen und Ulm und Stuttgart und Heilbronn seien völlig zusammengebombt worden, wobei das Münster in Ulm komischerweise stehen geblieben sei. Sogar Städtchen wie Biberach hätten die eine oder andere Bombe abbekommen, hieß es. Bei uns in der Nähe ging keine herunter. Dass nicht nur die Brüder meiner Mutter nicht mehr zurückkommen würden, begriff ich sehr wohl. Ich sehe meine schluchzende Mutter vor mir und den weinenden Großvater. Ein besonders schlimmes Bild. Heute noch kann ich mich in den Großvater hineindenken, hineinfühlen. Zu all dem Schmerz war da auch noch die Frage: Wie soll es weitergehen? Wer übernimmt jetzt den Hof? Die Esther mit ihrem ledigen Kind?

Aber sonst sind da kaum Bilder vom Krieg, von dem Panzer abgesehen, aus dessen Turm ein dunkles Gesicht herausschaute. Dass ich mich aber ausgerechnet an diesen Widmaier erinnere, das ist schon eigenartig. Hängt es damit zusammen, dass ich von ihm etwas damals schon ganz Besonderes bekam, nämlich Schokolade?

Warum mich der Großvater nach Schlatthofen mitgenommen hatte, warum er überhaupt hinübergefahren war, weiß ich nicht mehr. Doch ich kann mich noch recht genau an diesen Mann erinnern, der eine Uniform anhatte, aber eine andere als die Soldaten. Recht dick war er, und mir schien, er habe auch gar kein richtiges Soldatengesicht wie sonst die Männer in den Uniformen. Von seinem komfortablen Schreibtischstuhl in der Gauleitung muss er sich 1945 angesichts der anrückenden Amerikaner rechtzeitig genug erhoben haben, denn es ging Jahre nach dem Krieg das Gerücht, er lebe jetzt unter anderem Namen in Chile. Wie auch immer, ziemlich sicher verdanken die Schlatthofener Brenners es ausgerechnet seiner Protektion, dass es nach dem Krieg bei ihnen überhaupt weitergehen konnte.

Rosa

1

„Die Baumwirtin drüben haben sie abgeholt!" Seltsamerweise ist mir dieser Satz in Erinnerung geblieben, obwohl ich erst fünf Jahre alt war. Er wurde nicht nur mit erheblicher Lautstärke, sondern auch mit großer Genugtuung von der Frau verkündet, die ich damals für meine Oma hielt. Ich glaubte eine Zeitlang auch noch an das Märchen, dass mein Vater in russische Gefangenschaft geraten und im Lager gestorben sei. In der Schule erfuhr ich durch den Hohn der anderen Kinder sehr schnell die Wahrheit. Sie konnten Väter aufweisen, auch wenn manche dieser Väter nicht mehr aus dem Krieg zurückgekommen waren.

Lange währte die Genugtuung der vermeintlichen Oma nicht. Wenig später schon erregte sich Tabea Brenner darüber, dass „das Mensch" schon wieder daheim sei. Natürlich verstand ich ihre entrüsteten Worte noch nicht: „Da kann man sich ja denken, wie das Saumensch das wieder hingekriegt hat. Kein Wunder, wenn sich's ausgerechnet um Franzosen handelt."

Wie weit Katharina Brenner solche Mittel einsetzen musste, weiß ich nicht. Wenn ja, warum auch nicht? Ich vermute aber, sie kam auf eine andere Tour ebenso zum Ziel. Politik hin oder her, dass sie für überlastete, von Schicksalsschlägen gebeutelte Frauen durch die Nachbarschaftshilfe der NS-Frauenschaft viel Positives bewirkt hatte, ebenso wie für die Ausbildung angehender Bäuerinnen, war kaum zu widerlegen. Dafür ließen sich Zeugen finden. Auch solche, die keine Freunde der Nazis waren. Sie wird sich als gutgläubige Fehlgeleitete dargestellt haben, die später von einem gewissen Widmaier aus der Gauleitung erpresst worden sei, jedoch im Rahmen ihrer begrenzten Möglichkeiten dazu beigetragen habe, das Schlimmste zu verhindern. Man kann sich auch sehr gut vorstellen, dass sie beschwor, Widmaier habe schon in den 30er-Jahren mit KZ für ihren Mann gedroht und im Krieg mit dem sicheren Tod ihres Sohnes als Soldat, falls sie sich seinen Forderungen nicht füge. Pure Erpressung durch einen gewissenlosen Mächtigen!

Auf jeden Fall stand fest, dass die Parteigenossin Katharina Brenner schließlich als „minderbelastet" eingestuft wurde.

„Der Gebhard ist wieder daheim!" Auch der Satz ist mir in Erinnerung geblieben. Es war im Sommer 1946. Dieses Mal war es nicht Tabea, sondern mein Großvater, der es sagte. Es war ihm anzusehen, wie sehr er sich freute und dabei doch traurig war, weil er an seine eigenen Söhne dachte. Wenigstens der Neffe lebte noch. Bei all den früheren Spannungen zwischen Walcherhof und „Grünem Baum", Gebhard selbst konnte ja nichts für das Verhalten seiner Eltern seinerzeit. Und was vorgefallen war, das lag ja nun auch schon 22 Jahre zurück.

Ich habe sehr viel später begriffen, dass Georg Brenners Herz wohl immer noch am Gasthaus „Grüner Baum" und am Bauernhof in Schlatthofen hing. Trotz allem.

Die Freude in Schlatthofen war riesig. Man wusste zwar schon länger, dass Gebhard am Leben und in Gefangenschaft war, aber jetzt war er endlich wieder da, der Bub! Es würde weitergehen mit dem „Grünen Baum", mit dem Hof. Nicht nur weiter, sondern auch aufwärts, jetzt, wo sie alle wieder zusammen waren, Paul, Katharina, Gebhard und Anni. Gemeinsam konnten sie es anpacken. Und es war dringend nötig, dass es wieder voranging.

Der Wirtshausbetrieb lag darnieder. Genauso wie die gesamte Landwirtschaft in den Trümmern des gewesenen Deutschen Reiches. Es war traurig, aber wahr, alles Abstrampeln lohnte sich nicht mehr. Lohnend war nur der Schwarzhandel. Doch da kam man nie groß ins Geschäft, wenn man in Schlatthofen lebte. Nur kleine Fische bescherte letztlich der Tauschhandel mit den Hamsterern. Auf dem Hof fehlte es an allem, an Fahrzeugen, an Sprit, an Pferden, am Strom, der immer dann abgeschaltet wurde, wenn man ihn am nötigsten gebraucht hätte. Ach ja, auch den von vielen seinerzeit bewunderten Mittelklassewagen, den Wanderer, hatte man während des Krieges an die Wehrmacht abgeben müssen. Was hätte der auch schon genützt? Hätte man da einen Holzvergaser anbauen sollen?

Natürlich mussten die Brenners wieder einmal zugeben, dass es ihnen immer noch besser ging als anderen im Dorf und vor allem als den Leuten in den großen Städten. Pures Elend herrschte dort. Besonders in diesem brutalen Winter, in dem Leute regelrecht erfroren. Es gab kaum etwas zu essen und fast nichts mehr, um zu heizen. So gesehen, sagte Paul, müsse man eigentlich noch zufrieden sein. Doch es war ein mühsames, freudloses Durchwursteln. Man durfte gar nicht daran denken, wie es früher einmal war. Dass es Württemberg nicht mehr gab und Schlatthofen jetzt zu Südwürttemberg-Hohenzollern gehörte, wäre den Baumwirts ja egal gewesen. Dass aber in diesem Südwürttemberg-Hohenzollern nicht die Amerikaner, sondern die Franzosen das Sagen hatten, das war keineswegs egal. Die rächten sich jetzt. Aus ihrer Besatzungszone holten sie heraus, was nur herauszuholen war. Nicht nur in Brenners Wald gab es einen „Franzosenschlag", rücksichtslos kahlgeholzt, weil

Holz jetzt seinen Preis hatte. Dass die Besatzer angeblich im Schwarzwald noch viel schlimmer hausten, war kein Trost. Und dass man erfuhr, in der Zone, die der Iwan kassiert hatte, lebe es sich am allerschlimmsten, war auch keiner. Der einzige Vorteil war, dass es die Franzosen mit der Entnazifizierung nicht so genau genommen hatten wie die Amerikaner, die gar nicht viel weiter nördlich saßen. In Ulm zum Beispiel, wo die Walthers Probleme bekommen hatten. So war Katharina glimpflich davongekommen. Überhaupt Ulm! Dorthin zu kommen war schwierig, gerade so, als wäre die amerikanische Zone ein ganz anderes Land, in dem man in all dem Elend immer noch besser lebte als bei den Franzosen oder womöglich gar bei den Russen. Allerdings hatten sich die Walthers ebenso wie Katharinas Verwandte im Unterland beklagt, dass man ihnen die Häuser bis unters Dach mit Flüchtlingen und Heimatvertriebenen vollgestopft hatte. So was kannte man. Schon eine ganze Zeit vor Kriegsende waren Familien aus dem Saargebiet nach Schlatthofen und in die Nachbardörfer evakuiert worden. Gottseidank waren die schon bald nach dem Krieg wieder verschwunden, und die Franzosen hatten zunächst nur wenige Flüchtlinge in ihre Zone hereingelassen.

Vor allem die Mutter des Heimkehrers Gebhard hatte Verständnis dafür, dass der künftige Gastwirt und Hoferbe nach den Schrecken des Krieges und den Entbehrungen in amerikanischer Gefangenschaft zunächst einmal müßig gehen musste, um wieder zu Kräften zu gelangen.

Warum auch nicht, wenn er das brauchte?

Leute, die bereit waren, für ein paar Nahrungsmittel auf dem Hof mit anzupacken, fand man zu Genüge. Da sollte der Bub doch ruhig erst mal wieder richtig zu Kräften gelangen.

Die Währungsreform kam. Wieder einmal war das Geld verreckt: 10:1. Offiziell! Denn, wenn man es genau betrachtete, dann bekam man bei Sparguthaben und Bargeld für 100 Reichsmark vielleicht noch 6,50 von dem neuen Geld. Deutsche Mark hieß das. Natürlich fluchte man bei den Brenners darüber. Aber eher gemäßigt. An Bargeld und Sparguthaben besaß man viel weniger, als das Dorf vermutete. Aber Boden und Wald und Häuser und Tiere und landwirtschaftliche Produkte besaß man. Wer Sachkapital hatte, war gut dran. Und wer etwas gehortet hatte und jetzt verkaufte, erst recht. Denn in den Läden gab es von einem Tag auf den anderen plötzlich wieder fast alles zu kaufen. Dass Schwarzmarkt und Tauschhandel zum Erliegen kamen, traf die Baumwirts kaum. Da hatten sie ohnehin nur wenig mitmischen können. „Anders als gewisse andere Leute!" giftete Katharina.

Was den Grundbesitz betraf, davon hatten die Brenners im Dorf immer noch am meisten, auch wenn der Schlossbauer inzwischen fast so viel besaß wie sie.

„Man weiß ja, wie Schlossbauers dran gekommen sind", höhnte Katharina, ohne sich näher über dieses Wissen auszulassen. „Ich werd mir doch nicht das Maul verbrennen", sagte sie, wenn man in sie drang. Und dann deutete sie an, es kämen auch wieder andere Zeiten, wo man offen sagen könne, was man denke.

Nicht nur Gebhard war zurückgekommen, auch Schlossbauers Mattheis war schon lange wieder daheim. Zurück aus Frankreich, wo er bei einem Bauern in der Gegend von St. Remy als Kriegsgefangener hatte arbeiten müssen. Letztlich sei es ihm nicht schlecht gegangen, erzählte er. Weil er im linken Knie immer noch einen winzigen Granatsplitter hatte, humpelte er leicht, aber sonst ging es ihm gut. Man sah, dass er wieder richtig zupacken konnte. Außerdem hatte er einigermaßen Französisch gelernt. So einer hatte es natürlich leicht gehabt, sich bei der Militärverwaltung lieb Kind zu machen. Da hatten die Brenners mit ihrem Gebhard, der ein bisschen amerikanisches Englisch sprach, erheblich schlechtere Karten.

Von den Schrecken des Krieges und den Entbehrungen der Gefangenschaft hatte Gebhard sich nach zwei Jahren so weit erholt, dass er drüben in Flurstetten, anlässlich des erstmals wieder gefeierten Georgsfestes, mit Käsbauers Rosa ein Kind zeugen konnte. An den Akt selbst konnte er sich nicht mehr allzu genau erinnern. Er wusste nur noch, dass er mit dem neuen Geld sehr freigebig gewesen war und zusammen mit anderen Gästen aus Schlatthofen ziemlich viel getrunken hatte. Dann war er, die anregende meteorologische Situation nutzend, mit Rosa vom Festplatz verschwunden. Sie waren nicht das einzige Pärchen, das die linde Sommernacht genoss. Als Rosa ihm acht Wochen nach dem Fest eröffnete, er werde Vater, winkte er verächtlich ab.

„Da kann ja jede kommen!" rief Gebhard. „Woher soll ich denn wissen, dass das, wo du im Bauch hast, grad von mir ist? Ich weiß ja nicht mal, ob wir überhaupt richtig miteinander gefickt haben. So besoffen wie ich war, hab ich wahrscheinlich gar nicht mehr können. Und du hast seit damals sicher nicht bloß mich drübergelassen."

Rosa begann zu weinen, drehte sich um und ging wortlos weg. Eine schlimme Zeit hatte sie hinter sich. Ihren Fehltritt hatte sie erst dem Herrn Pfarrer gebeichtet, der ihr eine dem Vergehen angemessene Buße an Vaterunsern und „Gegrüßest seist du" auferlegt und die Absolution erteilt hatte. Die Beichte vor den Eltern trug ihr dagegen mächtige Prügel ein. Erst von der Mutter und dann vom Vater, als er nach Hause kam. Die Käsbauers gehörten zu den Frommen im Dorf.

Es war nicht einmal sie selbst, sondern ihre Mutter, die publik machte, dass ihre Rosa ein Kind von Baumwirts Gebhard erwarte. Das Dorf war gespannt, wie sich die Sache entwickeln würde. Manche vermuteten, Gebhard werde alles abstreiten und es auf einen Vaterschaftsprozess ankommen lassen. Andere deuteten an, es gebe da auch andere Möglichkeiten, die Geschichte aus der Welt zu schaffen. Die Mehrheit dagegen war bereit, darauf zu wetten, dass Gebhard, wenn es denn gar nicht anders gehe, notfalls die Alimente zahlen, aber nie im Leben eine von den Käsbauers heiraten werde.

„Da tät ich gern die Baumwirtin erleben, wenn der Gebhard daherkommt und die Rosa heiraten will. Und der Paul lässt das genauso wenig zu", war der allgemeine Tenor zum Thema.

Die Baumwirtin tobte, als der Sohn bekannte, was auf ihn zukommen würde. Eine Heirat mit einer Käsbauer? Nie und nimmer! Eine schöne Verwandtschaft würde man sich da anheiraten.

Das Dorf irrte, wenn es annahm, auch der Baumwirt werde ganz massiv sein Veto einlegen. Keiner konnte ahnen, dass Paul Brenner in Sachen Heirat nichts mehr entscheiden würde. Gerade erst 61 Jahre alt, erlag er eines Nachts einem Herzversagen. Als Katharina am Morgen aufgewacht sei, da sei ihr Mann schon kalt neben ihr gelegen, hieß es. Böse Zungen neigten zu einer leicht abgeänderten Version. Man vermutete, Paul Brenner habe sich, trotz einer heftigen, aber vermutlich unterschätzten Erkältung, zwischen den aufreizenden Schenkeln seiner im Bett immer noch anspruchsvollen Frau einfach übernommen und das sei wahrscheinlich nicht die schlechteste Art, das

Zeitliche zu segnen. Der Trauerzug vom „Grünen Baum" zum Friedhof war fast so lang wie der seines Vaters 24 Jahre zuvor.

Auf uns Brenners muss wirklich ein Fluch gelegen haben. Ruth, Ida, Tobias und Paul starben in einem Alter, in dem sie noch lange nicht an der Reihe gewesen wären. Und ich bin überzeugt, die Dinge hätten sich ganz anders entwickelt, wenn gerade sie länger gelebt hätten.

Angesichts des Trauerfalles war zunächst einmal an eine Heirat ohnehin nicht zu denken. Das kam Gebhard sehr gelegen, doch es traf seine Schwester Anni. Sie musste ihre Heiratspläne zurückstellen. Während des Tausendjährigen Reiches war sie erst begeistertes BDM-Mädel und dann Wehrmachtshelferin geworden. Im vorletzten Kriegsjahr hatte sie sich in einen gut aussehenden Unteroffizier verliebt. Der war in Zivil Kfz-Mechaniker und gehörte zu einer Fahrzeuginstandsetzungskompanie. Ihm war es gelungen, sich nach Kriegsende bis zum Bodensee durchzuschlagen, wo er daheim war. Als man wieder Briefe schicken konnte, schrieb er an Anni, sie schrieb zurück. Sie trafen sich. Erst am See, dann in Schlatthofen. Katharina Brenner war es gar nicht recht, dass ihre Tochter ausgerechnet einen Kfz-Mechaniker heiraten wollte, doch Paul hatte sich auf Annis Seite geschlagen. Der Heiratskandidat hatte beim zweiten Besuch in Schlatthofen einen Defekt am Bulldog im Handumdrehen behoben, und Paul hatte erkannt, dass dieser Werner Ehrle genial war, was Fahrzeuge und Motoren anging. Der würde ganz sicher seinen Weg machen. – So kam es später auch: Meisterprüfung. Chef des Fuhrparks beim Elektrizitätswerk. Eigene Werkstatt. VW-Vertragswerkstatt in Friedrichshafen.

Zunächst war also das Trauerjahr abzuwarten. Dass während dieses Jahres die Bundesrepublik Deutschland entstand und der Bundestag gewählt wurde, dass man eine Flagge bekam, zu der man vor der Hitlerzeit „Schwarz-Rot-Senf" gesagt hatte, bewegte viele in Schlatthofen weniger als ihre eigenen Angelegenheiten und die Ereignisse im Dorf. Erfreulich an dem Ganzen war eigentlich nur, dass die Franzosen jetzt so gut wie nichts mehr zu sagen hatten. Die Familie Brenner bewegte in diesem Jahr besonders die Frage, wie Gebhard es mit der Rosa halten solle. Anni kam die durch Sitte und Anstand gebotene Wartefrist sehr ungelegen, Gebhard und seiner Mutter durchaus nicht. Noch hatte man Zeit, eine Lösung zu finden.

Ein Vaterschaftsprozess, womöglich mit falschen Zeugen und Meineiden, erschien selbst Katharina zu riskant. Dass ihr Sohn eine wie Rosa heiratete, kam für sie trotzdem nicht in Frage. Die Käsbauers fretteten sich seit Generationen mit ihrem winzigen Bauernwerk durch. Sie hatten von jeher das Haus voller Kinder, die gleich nach der Schule Geld verdienen mussten, damit die vielen Mäuler satt wurden. Da sie alle nicht sehr hell waren, fanden sie jedoch nur schlecht bezahlte Arbeit, bei anderen Bauern, im Wald, bei der Gemeinde oder als Handlanger bei irgendwelchen Handwerkern. Der jüngste, starke, aber besonders einfältige Sohn fuhr jeden Tag mit dem Fahrrad nach Riedweiler und arbeitete beim Hungerbühl im Sägewerk. Vom Hungerbühl hieß es, er sei zwar halt auch ein Lutherischer wie fast alle dort drüben, aber sonst sei er schon recht, weil er keiner von den Frommen sei und auch denen Arbeit gebe, die sich schwertaten, eine Stelle zu finden.

Dass Anni heiratete und wegging, sobald das Trauerjahr um war, gefiel Gebhard überhaupt nicht. Jetzt fehlte nicht nur der Vater bei der Arbeit, sondern auch sie. Es gab zwar noch einen Knecht und eine Jungmagd auf dem Hof, doch selbst mit ihnen war die Arbeit kaum zu bewältigen.

Schließlich war Gebhard jetzt nicht nur Bauer, sondern auch Wirt, und das Wirtshaus wollte er schließlich nicht nur seiner Mutter überlassen. Viel zu selten fand er Zeit, sich seinen Gästen zu widmen. Bauer musste er fast nur noch sein. Außerdem wollten Knecht und Jungmagd sich Arbeit in der Stadt suchen, die Dummköpfe! Es ging zwar wieder aufwärts mit den Fabriken, aber es gab trotzdem jede Menge Arbeitslose. Und so schlecht hatten sie es bei ihm ja nicht. Oder?

Selbst Grotzki, ein fetter, kleiner, aber großmäuliger Berliner mit dicken Brillengläsern, den der Krieg nach Schlatthofen gespült hatte, fehlte als Arbeitskraft, genauer gesagt, als ein Wesen, das mitunter arbeitskraftähnliche Züge zeigte. Gegen Kost, Logis und Taschengeld hatte er sich auf dem Hof und im Wirtshaus mehr oder weniger nützlich gemacht. Die Kost hatte zu einem erheblichen Teil aus Bier bestanden. Doch er war vor einiger Zeit im Zorn geschieden. Als er im Heustock der über ihm auf der Leiter stehenden Anni einmal unters Kleid gefasst hatte, bekam er von der sonst eher Friedfertigen ein paar derart saftige Ohrfeigen, dass sein Gesicht aussah, als habe er Mumps. Die Brille mit den dicken Gläsern blieb indes unversehrt, da sie im Heu weich landete und nach einigem Suchen auch wiedergefunden wurde. Für einen wirklichen Verlust hatte man Grotzkis Weggang nicht gehalten. Damals!

Aus seiner Zwangslage heraus, dürfte Gebhard Brenner begonnen haben, darüber nachzudenken, ob er die Rosa nicht vielleicht doch heiraten solle. Vor einem derart abwegigen Gedanken zunächst panisch zurückschreckend, wird er ihn nach angemessener Zeit von neuem vorsichtig beschnuppert, verworfen und doch wieder in Erwägung gezogen haben. Als rein theoretisches Modell nur, sozusagen.

Auf den ersten Blick sprach alles gegen Rosa. Auch wenn sie nicht gerade hässlich war, schienen Gebhard die sanften, braunen Augen das Einzige an ihr zu sein, was man als halbwegs schön bezeichnen konnte. Ihr stumpfes, braunes Haar, die altbackenen Kleider, die ihr nicht standen, verbesserten den ästhetischen Eindruck keineswegs. In die Ehe würde sie so gut wie nichts mitbringen. Da gab es selbst in Schlatthofen weit bessere Partien, und seine Mutter hatte in Sachen stattliche Mitgift ihre Fühler auch schon auswärts ausgestreckt. Und würde einer wie er, der in der Schule immer zu den Besten gehört hatte und im Dorf nach Pfarrer, Bürgermeister und Lehrer zur Intelligenzschicht gezählt wurde, ein Leben mit einer von den Käsbauers aushalten? Die hatten doch durch die Bank Schwierigkeiten in der Schule gehabt. Selbst jetzt hatten fast alle von ihnen noch einige Mühe mit Schreiben und Lesen. Rosa war da zwar eher eine Ausnahme, doch für die Ehe mit einem Gebhard Brenner reichten ihre intellektuellen Fähigkeiten bei Weitem nicht.

Für einen verarmten Bauern, einen, der dazuhin auch nicht gerade mit Geistesgaben gesegnet war, wäre so eine Rosa eigentlich die ideale Bäuerin. Sie war eine Fügsame und hatte daheim gelernt, auch dank ihrer christlichen Erziehung, dass immer nur der Mann das Sagen in der Familie hat, weil die Weiber ihren Männern untertan sein müssen. Und was das Arbeiten betraf, da wäre so ein Kleinbauer oder Hilfsarbeiter mit ihr nicht schlecht dran. Groß war sie nicht, aber breit gebaut und muskulös und konnte, wenn es sein musste, auch schwere Arbeit auf dem Hof verrichten. Gebhard hatte es selbst gesehen, als er auf seinem Lanz Bulldog, dem immer noch einzigen Schlepper im Ort, bei den Käsbauers vorbeifuhr. Sie hatte einen Zentnersack mit Frucht vom Wagen auf die Schulter gehievt wie ein

Mann, um ihn hinauf auf den Dachboden zu tragen, wo die Frucht gelagert wurde. Dabei kam es allerdings nicht nur auf die Kraft an. Man musste die richtige Technik haben, den Vorteil, wie man sagte. Trotzdem war sie ein richtiges Weib. Mit ihren drallen Beinen, den breiten Hüften, den kräftigen Armen, den festen Brüsten und der glatten Haut konnte sie so einem verarmten, eher einfältigen Bauern durchaus Appetit machen. Für einen Gebhard Brenner war dies jedoch kein Grund, sie zu heiraten. Nein, nein, es sprach fast alles gegen Rosa.

Es gab allerdings auch noch eine andere Seite, die man nicht völlig außer Acht lassen durfte. Was die Mitgift anging, die konnte man vergessen. Das Gelump, das sie womöglich als kümmerliche Aussteuer im Schrank liegen hatte, konnte sie getrost dort lassen. Aber Gebhard musste auch folgende Rechnung aufmachen: Er brauchte ganz dringend weitere Arbeitskräfte. Eine neue Magd musste er demnächst auf jeden Fall einstellen. Mindestens die. So eine Magd wollte aber jeden Monat ihren Lohn, sie brauchte ihr Essen und ihre Unterkunft. Versichern musste man so jemand ja auch noch. Und das Gesinde stellte heutzutage schon ganz schön Ansprüche, pochte auf Rechte und wurde immer unzufriedener. Mit einer eigenen Frau wäre er da schon besser gestellt, besonders, wenn er die Alimente dazurechnete, die er zu zahlen hätte, falls er Rosa nicht heiratete. Gerade die Geschichte mit dem Kind würde seinen Wert auf dem Heiratsmarkt erheblich mindern. Da musste eine Kandidatin mit viel Geld schon sehr großzügig und nachsichtig sein. Fast täglich konnte ihr doch der Bankert ihres Ehemannes oder dessen Mutter über den Weg laufen. Eine sehr wacklige Basis für eine Ehe unter Reichen. Und bevor er eine mit Geld nahm, die so schiech war, dass sie alles akzeptieren musste, nur, damit sie unter die Haube kam, also, bevor er das tat, heiratete er doch lieber eine ohne Mitgift, die ohne Zweifel eine gute Bäuerin abgeben würde.

Es kam noch etwas dazu. Ihm gefiel überhaupt nicht, dass seine Mutter seit dem Tod des Vaters immer und überall das Sagen haben wollte. Da der Vater nicht daran gedacht hatte, ein Testament zu machen, gehörte alles der Mutter, ihm und der Anni gemeinsam. Die Anni musste man auszahlen, jetzt oder später, daran biss die Maus keinen Faden ab. Doch er wollte, dass die Mutter so bald wie möglich übergab. Wenn erst einmal alles ihm gehörte, war das ein ganz anderes Arbeiten. Das Übergeben war aber erst sinnvoll, wenn er verheiratet war. Es würde den Herrschaftsbereich seiner Mutter gehörig einschränken, wenn noch eine Frau ins Haus kam. Vor allem aber auf den Hof. – Und für den Hof, damit er selbst eben auch wieder Gastwirt war und nicht nur Bauer. – Und es musste eine sein, die selbst keine Herrschaftsansprüche erhob.

Trotz heftigen, mühsam gebrochenen Widerstands seiner Mutter wurde der Gebhard Brenner, Gastwirt und Hofbesitzer zu Schlatthofen, im Oktober 1950 ein Ehemann, standesamtlich und kirchlich getraut mit der Rosalia Aloysia Krattenmacher. Dass der kleine Konrad Brenner der Trauung seiner Eltern auf dem Schoß seiner Tante Anni beiwohnte, erregte kaum Anstoß, hatte es doch schon frischgebackene Ehepaare gegeben, deren Kinder, ihnen Blumen streuend, im Hochzeitszug vorangeschritten waren. Konrad hieß der Sohn deswegen, weil sein Vater zu jener Zeit der Meinung war, Adenauer sei der beste Mann, um Deutschland wieder Macht und Ansehen, den Bauern und Gastwirten aber Wohlstand zu bringen.

Das Zusammenleben der Eheleute Brenner ließ sich besser an als erwartet. Die Zuständigkeiten waren klar verteilt.

Rosa arbeitete zusammen mit Knecht und Jungmagd fleißig in der Landwirtschaft. Im Wirtshaus benötigte man sie weniger. Das betrieben vor allem ihre Schwiegermutter und ihr Mann. Sie versorgte Mann und Sohn eifrig und pflichtbewusst und machte nachts bereitwillig und durchaus nicht ungern die stämmigen Beine breit. Gebhard fand wieder viel mehr Zeit, sich den Gästen zu widmen, fühlte er sich doch weit weniger zum Landwirt als zum Gastronomen berufen. Weil er sich seinen Gästen widmen musste, fand er selbstredend sonntags morgens kaum einmal Zeit, zur Kirche zu gehen. Wer das nicht einsah, dem war wohl kaum zu helfen. Für Rosa gehörte die heilige Messe am Sonntag oder Samstagabend zu den schönsten Stunden der Woche, fand sie doch Zeit, nach all der Arbeit ein wenig zur Ruhe zu kommen.

Ein kleines Problem mit der arbeitsamen Bäuerin Rosa gab es allerdings. Sie lernte nie richtig, den Schlepper zu fahren. Gebhard versuchte, es ihr beizubringen, geduldig zunächst, dann immer ungehaltener. Sie hatte zwar diese lächerliche, rein theoretische Führerscheinprüfung geschafft, doch mit Kupplung, Gängen und Gas kam sie einfach nicht zurecht. Erstaunlicherweise konnte sie den Bulldog anwerfen. Das war nicht einfach. Man musste das mit dem abgenommenen und zum Anwerfen an anderer Stelle eingesteckten Lenkrad machen. Doch das Fahren war und blieb eine Katastrophe. Nun gut. Noch war dies nicht von allzu großer Bedeutung. Hatte Gebhard keine Zeit, den Schlepper zu fahren, dann war da ja immer noch der Knecht. Und mit den Pferden arbeitete Rosa problemlos, obwohl man bei ihr zu Hause nur Kühe als Zugtiere hatte. Wenn die Käsbauers zusätzlich ein Pferd brauchten, dann mussten sie es sich ausleihen. Gebhard konnte nur staunen, wie gut seine Frau von Anfang an mit den Gäulen zurechtkam.

Eine gewisse Unordnung hatte sich nach Paul Brenners Tod auf dem Anwesen breitgemacht. Seit Rosa im Haus war, änderte sich das. Nicht, dass sie die Initiative ergriffen hätte. Doch das Projekt „Ordnung schaffen" erschien Gebhard auf einmal nicht mehr so abschreckend, wusste er doch eine tüchtige Kraft für diese Arbeit an seiner Seite.

Der Vater hatte auch vorgehabt, einige Gebäude zu renovieren, das eine oder andere abzureißen und dafür etwas Neues hinzustellen. Dazu war es durch den Krieg und die Jahre danach, vor allem aber durch seinen plötzlichen Tod nicht mehr gekommen. Jetzt machte sich Gebhard ans Werk. „Das Dach von der großen Scheune müssen wir auf jeden Fall neu decken! Da kommen wir nicht drum rum", verkündete er Mutter und Frau seinen Entschluss. Und nachdem man auf dem Hof nur noch zwei Pferde habe, brauche man keinen Rossstall in der bisherigen Größe. Aber man werde, je länger, je mehr, Platz für Maschinen benötigen. Irgendwann würde er auch einen neuen Schlepper kaufen müssen. Der Lanz mit seinem Glühkopfmotor sei einfach nicht mehr zeitgemäß. Inzwischen gebe es recht gute Dieselmotoren für Ackerschlepper. Mit dem Modernisieren des Kuhstalls wollte Gebhard dagegen lieber noch warten. „Da müsst ich er erst noch sehen, was bei den Melkmaschinen neu auf den Markt kommt. Die Frage ist doch überhaupt, ob ich nicht mehr auf Sauen setz wie aufs Milchvieh. Wie's aussieht, ist's Schweinefleisch doch immer mehr gefragt. Da müsst ich also den Saustall vergrößern, falls ich umstell."

Planen konnte Gebhard ja schon mal. Neues zu planen machte Spaß. Die Finanzierung war das Problem. Wirtshaus und Hof warfen wieder etwas ab, da konnte Gebhard sich nicht beklagen. Doch solche Kosten, wie sie durchs

Bauen entstünden, wären nur mit einem deftigen Kredit zu finanzieren. Es sei denn, er verkaufte ...

Ums Verkaufen würde er ohnehin wohl nur schwer herumkommen. Anni wollte ausgezahlt werden. „Wir wollen bauen, der Werner und ich, und deswegen brauchen wir das Geld jetzt!" hatte sie energisch erklärt. War es da nicht tatsächlich am einfachsten, die landwirtschaftliche Fläche zu verkleinern und dafür alles intensiver zu bewirtschaften? Mit weniger Arbeitskräften mehr herauszuholen? Da gab es inzwischen doch ganz andere Möglichkeiten als vor dem Krieg. Und an Arbeitskräften fehlte es. Wer hatte denn noch Lust, in der Landwirtschaft zu arbeiten? Und überhaupt: Wenn man es richtig anpackte, dann könnte der „Grüne Baum" viel eher zu einer Goldgrube werden als der Hof, jetzt, wo die Leute allmählich wieder Geld hatten und die Städter anfingen, in den Dorfgasthäusern einzukehren. Zu Metzelsuppen zum Beispiel.

Im Jahr 1912 hatte Tobias Brenner 304 Morgen Ackerland, Wiesen und Wald besessen und ein Gesindeheer regiert. Vierzig Jahr später besaß sein Enkel 127 Morgen. Auf dem Anwesen gab es nur noch eine Stallmagd von schwachem Verstand, aber willig und arbeitsam, und den Knecht, der jedoch auf den Herbst gekündigt hatte. Der Enkel des Tobias Brenner hatte seine Schwester ausbezahlt, hatte renoviert, abgerissen und neu gebaut. Und gekauft. Aber er war schuldenfrei. Viel Arbeit hatte man in Eigenleistung erbracht. Da konnte man stolz drauf sein. Rosa hatte dabei zugepackt wie ein Mann. In dieser Hinsicht musste Gebhard sie ohne Einschränkung loben.

Ja, gut ließ sie sich an, die Ehe der Brenners. Rosa bekam ihr zweites Kind, ein Mädchen, das auf den Namen Katharina getauft, aber gegen den Widerstand ihrer Großmutter

Käthe gerufen wurde. Nachdem schon ein Stammhalter und Hoferbe da war, ging das mit dem Mädchen völlig in Ordnung. Da brauchte Gebhard Rosa keinen Vorwurf zu machen. Zufriedenheit herrschte im Hause Brenner, obwohl Rosa durch Schwangerschaft und Geburt als vollwertige Arbeitskraft für einige Zeit ausfiel. Zum Glück war Käthe wenigstens im Januar auf die Welt gekommen.

In diesem Winter verkehrte auch ein gewisser Thierer aus Tannzell immer häufiger im „Grünen Baum", ein braver Fresser und Säufer, der gediegene Zechen machte, außerdem, für Gebhard deutlich erkennbar, ein Mann von Bildung und Intelligenz. Er äußerte nie Zweifel an den beredt vorgetragenen Erzählungen von des Wirtes Heldentaten im Krieg. Nie widersprach er dessen weitschweifigen Ausführungen über Dorfgeschehen, wirtschaftliche Situation und große Politik. Er grinste auch nicht schäbig wie gewisse einheimische Stammgäste, wenn Gebhard das Wort ergriff. Es erwies sich, dass dieser Thierer ein ehemaliger Landmaschinenmechaniker war und jetzt ein Vertreter für solche Maschinen. Aufs Frühjahr bestellte Gebhard bei seinem Freund Thierer einen neuen Schlepper, einen Fahr mit 25 PS. Da bot sich an, auch gleich noch einen besseren Garbenbinder zu kaufen. Mit so vielen PS konnte man auch einen größeren Pflug mit mehr Scharen anhängen und eine breitere Egge. Bei den Heuwendern und Schwadenrechen wusste Thierer von interessanten, neuen Modellen zu berichten. Wollte Gebhard wirklich rationell und intensiv arbeiten, waren solche Anschaffungen nötig. Ein größerer Pritschenwagen und ein Einachser zum Futterholen ebenfalls.

Stolz präsentierte der Baumwirt den Schlatthofenern seine Neuerwerbungen. Auf dem Hof geschah das oder während der betont langsamen Fahrt durchs Dorf, ebenso wie auf seinen Äckern und Wiesen. Rückständig, wie sie nun einmal waren, kauften sich manche Bauern erst jetzt einen Schlepper, oft kleinere, schwächere Modelle, die mit dem 25-PS-Fahr nicht konkurrieren konnten. Höfe, auf denen man immer noch mit Pferden arbeitete, gab es kaum noch.

„Ich will ja nichts gesagt haben, aber manche Leute sind eben unbelehrbar", erklärte Gebhard einmal am Stammtisch. „Man muss die Zeichen der Zeit erkennen! Auch als Bauer! Grad als Bauer, tät ich sogar sagen."

Als einer, der die Zeichen der Zeit erkannt hatte, erdachte er kleine technische Verbesserungen und Umbauten an Geräten und Wagen, die bisher von den Pferden gezogen wurden. Zusammen mit dem Schmied, der tatsächlich Schmied hieß, ging er ans Werk. Was der Schmied Schmied für seine Arbeit verlangte, fiel bei den Kosten für all die Anschaffungen kaum ins Gewicht.

„Landmaschinenmechaniker, das wär auch kein schlechter Beruf gewesen", stellte Gebhard fest. „Wenn ich kein Wirt und kein Bauer wär, dann könnt ich mir das schon auch vorstellen, dass ich einer geworden wär." Die Runde am Stammtisch verkniff es sich, skeptisch dreinzuschauen. Pflichtete man ihm bei, dann zeigte sich der Baumwirt freigebig.

Viel mehr Bauer und weit weniger Gastwirt war Gebhard Brenner im Jahr der großen Käufe, beflügelt war er, begeistert geradezu. Das sei halt ein ganz anderes Schaffen als bisher, verkündete er. Das gebe halt einfach ein Stück bei der Arbeit, wenn man richtig ausgerüstet sei. Da sei man mit Lust Landwirt. Auf Dauer hätte es so wie bisher einfach nicht weitergehen können. Bei ihm nicht und – er wolle ja nichts gesagt haben – bei gewissen anderen Leuten könne es auch nicht so weitergehen. Aber die dächten nicht daran, sich der neuen Zeit anzupassen.

Seit man die kleine Käthe für einige Stunden der Großmutter überlassen konnte, arbeitete Rosa wieder mit wie früher. Ein kleines Problem gab es allerdings. Wie Gebhard es auch drehte und wendete, die 25 PS des neuen, teuren Fahr und all die Geräte, die dazu gehörten, konnte man einer wie ihr auf keinen Fall anvertrauen. Wo sie ja schon mit dem alten Lanz kaum zurechtkam, der für sie vorgesehen war, wenn man mit zwei Schleppern gleichzeitig arbeitete. Ihretwegen weiter Pferde zu halten, wenn man zwei Schlepper besaß, also, das war ja mehr als unsinnig. Die Pferdezeit war endgültig vorüber. Weg mit den Gäulen! Rosa musste endlich das Schlepperfahren lernen. Und zwar richtig! Da führte kein Weg dran vorbei. Wo man doch ab Herbst keinen Knecht mehr hatte.

Rosa scheiterte. Einmal streifte sie mit dem Anhänger die Hausecke, ein andermal brachte sie den Bulldog beim Futterholen auf der abschüssigen Wiese am Wald nicht mehr rechtzeitig zum Stehen und landete mit den Vorderrädern im Graben am unteren Wiesenrand. Gebhard musste mit dem Fahr kommen und den Lanz rausziehen. Ganz arg war es Rosa. Rotz und Wasser heulte sie, und sie hätte es verstanden, wenn ihr Mann sie dafür verhauen hätte. Daheim hatte die Mutter auch manchmal Prügel bezogen. So wütend er war, Gebhard verzichtete darauf. Er hatte eine bessere Methode. Schlagen war lange nicht so wirkungsvoll wie Zynismus, wenn er in epischer Breite die fahrerischen Erfolge seiner Frau darstellte.

Auch der Zynismus verhalf Rosa nicht zu besseren Leistungen auf dem Schlepper. Im Laufe der Zeit erkannte der beflügelte und begeisterte Landwirt Brenner, dass sich Lustgefühle nach und nach verflüchtigen, wenn man in erster Linie Bauer sein muss und nur noch nebenher Wirt sein darf. In dem Maße, wie die Lust abnahm, wuchs Groll in ihm. Nur langsam wuchs er, doch irgendwann konnte Gebhard an gar nichts anderes mehr denken, wenn er draußen auf dem Feld arbeitete. Das hatte sie sich ja sauber ausgedacht, seine Rosa. Hereingelegt hatte sie ihn. Hatte sie ihn jemals vor den Neuanschaffungen gewarnt? Ihr Maul hatte sie nicht aufgemacht, als er ihr gesagt hatte, er werde einen neuen Schlepper kaufen und eine Menge Geräte dazu. Obwohl sie wusste, dass sie nicht Schlepperfahren konnte, hatte sie ihn den Fahr kaufen lassen. Zugestimmt hatte sie, wie sie immer zustimmte. Jetzt begriff er allmählich, warum. Zum Schlepperfahren war sie zu blöd, aber so blöd war sie dann auch wieder nicht, dass sie nicht gemerkt hätte, wie viel besser ein Wirtinnendasein allemal schmeckt als die Bauernarbeit. Er durfte sich totschaffen, wenn das so weiterging, während sie auf ihrem Arsch breit und bequem im Wirtshaus hockte.

Als Friedrich, der Fritz gerufen wurde, auf die Welt kam, stand es für Gebhard fest, dass dieser Bub nur ein weiteres Requisit im heimtückischen Plan seiner Frau war, ihn möglichst ganz von der Theke zu verdrängen und dort seinen Platz einzunehmen. – Fritz hieß das Kind, weil Gebhard von Fritz Walter, dem Kapitän der Weltmeistermannschaft von Bern schwärmte. – Jetzt zeigte Rosa also ihr wahres Gesicht. Berechnend hatte sie sich beim Georgsfest drüben in Flurstetten ein Kind machen lassen, damit sie sich in die reichste und angesehenste Familie im Dorf einschleichen konnte. Eine Zeitlang hatte sie die fleißige Bäuerin gespielt, um sich hinterher ins gemachte Nest zu setzen. Warum weigerte sie sich hartnäckig, die Kinder ganz seiner Mutter zu überlassen und ihm noch viel mehr Arbeit abzunehmen? Das gehörte auch zu ihrem hinterhältigen Plan. Übertölpelt hatte sie ihn. Ihn, der doch in der Schule stets mit Abstand der Beste war. Ausgerechnet ihr war das gelungen, ihr, die abgrundtief unter ihm stand, was Bildung und Intelligenz anging. Lange fraß Gebhard seinen Groll in sich hinein.

Zufrieden und ergeben hatte Rosa neben ihrem Mann hergelebt. Sie verstand gar nicht, warum er ihr gegenüber immer mürrischer wurde, kurz angebunden und vorwurfsvoll wegen Kleinigkeiten. Es war grad, als hätte sie ihm etwas getan. Allmählich hatte er an allem etwas auszusetzen. Ihn ärgerte, wie sie arbeitete, ob auf dem Hof, in der Wohnung oder in der Gasthausküche. Wie sie die Kinder versorgte, passte ihm nicht. Ihm missfiel, wie sie sich anzog, wie sie sprach, wie sie aß und sogar wie sie schlief. Es gab anscheinend nichts an ihr, das ihn nicht ärgerte.

„Es wird ihm irgendwann schon vergehen", dachte Rosa. „Beim Vater und der Mutter war es auch oft monatelang so. Aber irgendwann ist es doch wieder besser geworden. Männer sind halt so, die haben halt ihre Mucken. Und sie haben das Sagen. Am besten lässt man sie in Ruh und fragt nicht nach."

Dem Gebhard verging es nicht. Da fasste Rosa sich endlich ein Herz, als sie eines Abends nebeneinander im Bett lagen. Nach langer Zeit hatten sie wieder einmal miteinander geschlafen. Hart und ohne langes Vorspiel hatte er sie genommen. Wie er sie nahm, das hatte ihr sogar gefallen. Wild erregt hatte es sie. Da störte sie nicht einmal, dass sein Atem nach Bier roch. Am Ende war nur noch lustvoller Schmerz in ihrem Schoß, aber jetzt schien der Gebhard doch endlich einmal mit ihr zufrieden zu sein. Mutig geworden, wagte Rosa ganz direkt zu fragen, was er denn gegen sie habe. „Das geht doch schon lang so. Furchtbar lang. Ich tät ja gern alles besser machen. Wenn ich bloß wüsst, was ich anders machen muss. Wie soll ich's denn machen?"

„Du weißt es selbst am besten, was los ist. Du hast es jetzt ja, wie du's immer wollen hast!" fuhr er sie an, als sei das, was sie gerade eben erlebt hatten, überhaupt nicht gewesen, und drehte sich brüsk von ihr weg. Kurz darauf begann er zu schnarchen. Jetzt fand sie seinen Alkoholatem abstoßend. Dass er in letzter Zeit mehr trank als früher, machte ihr Sorge.

Auf Dauer konnte ein so gewaltiger Redner wie Gebhard Brenner doch nicht bei sich behalten, was ihn aufbrachte. Rosa erfuhr von ihren heimtückischen Plänen und deren üblen Folgen für ihren bedauernswerten Mann. Vergebens versuchte sie sich zu verteidigen. Gegen den Gebhard kam sie nicht auf. Schließlich begann sie sich zu wehren, widersprach, wurde selbst heftig, auf ihre einfache, fast hilflose Art. Da sie sich dabei ständig wiederholte, hatte Gebhard keine Mühe, ihr zu beweisen, dass sie ein faules, einfältiges Bauernmensch sei, das besser den Armenhäusler Fessler geheiratet hätte als einen Brenner. Allmählich wehrte Rosa sich heftiger. Erregt wehrte sie sich. Zusammenhanglos.

„Dädädäddädää" äffte Gebhard sie nach. Er fand es nicht nötig, sich mit dem, was sie da hervorstieß, auch noch auseinanderzusetzen.

Als Rosa eines Abends vom Ausmisten aus dem Stall kam und noch keine Zeit gefunden hatte, sich zu waschen und umzuziehen, nannte Gebhard sie eine Drecksau. Er hatte getrunken. Doch auf einmal war das für Rosa keine Entschuldigung mehr. Wahllos warf sie ihm alle Schimpfwörter an den Kopf, die ihr einfielen. Sie merkte gar nicht, dass sie dabei anfing zu schreien. Dann erschrak sie vor ihrer eigenen Stimme. Sie war sicher, dass Gebhard sie auf der Stelle fürchterlich verprügeln würde. Doch er stürzte aus dem Zimmer und schlug die Türe hinter sich zu. Durchs Fenster sah sie ihn zur neuen Garage rennen. Gleich darauf heulte seine NSU Max auf. Wie ein Wahnsinniger schoss er aus dem Hof.

Spät in der Nacht hörte Rosa ihn zurückkommen. Daran, wie er die Haustüre aufschloss und die Stiege heraufpolterte, merkte sie, dass er völlig betrunken sein musste. In der Schlafkammer fiel er zunächst über einen Stuhl, fand torkelnd sein Bett und warf sich hinein, wie er war. Es gelang ihr nicht mehr, ihn wachzurütteln, damit er wenigstens seine Schuhe auszog. Schließlich machte sie das selbst.

In dieser Nacht weinte Rosa bitterlich, den stinkenden, grunzend schnarchenden, immer wieder stöhnenden Mann neben sich. Das hier, das begriff sie einfach nicht. Dass er so heimkam! Er hatte ja schon immer ordentlich getrunken. Dagegen hatte sie nichts. Schließlich konnte er ja auch eine ganze Menge vertragen. Wirklich besoffen hatte sie ihn aber noch nie erlebt. In der letzten Zeit war er ihr allerdings schon ein paar Mal so seltsam vorgekommen. Nicht betrunken, aber irgendwie anders als früher. So, als wenn er den ganzen Tag lang nicht richtig nüchtern sei. Doch so etwas wie heute, das war noch gar nie passiert.

So eine Schande! Dass er dazu auch noch auswärts gehen musste und Motorrad fuhr! Ein Glück, dass wenigstens die Kinder in ihren Kammern drüben nicht aufgewacht waren!

„Scheint's war ihm das eine Lehre", dachte Rosa hoffnungsvoll in den Wochen danach. Gebhard trank lange nicht mehr so viel wie vor dieser Nacht und war ihr gegenüber nicht mehr verletzend. Etwas Vorwurfsvolles hatte er immer noch an sich. Neu war, dass er von bedenklichen Beschwerden berichtete, die er an sich feststellen musste. Immer wieder tat ihm der Magen weh. Und dann war da auch ein unbestimmter Schmerz auf der rechten Seite des Bauches. Ob das nicht vielleicht sogar die Leber war? Die linke Schulter spürte er auch. So etwas könne durchaus mit dem Herz zusammenhängen, erklärte er. Das habe er gelesen. Ja, er habe in der letzten Zeit vielleicht ein bisschen viel getrunken, aber wenn einer trinke, dann komme das nicht von ungefähr. Rosa wollte ihn zum Doktor schicken, aber das wollte er nun wieder nicht. Ein vorwurfsvoll jammernder Gebhard, das war etwas Neues für Rosa. Sie wusste nicht, ob der ihr tatsächlich lieber war als der verletzend streitende.

Es vergingen Monate, bis Gebhard sich wieder sinnlos betrank. Dann wurden die Abstände zwischen den Räuschen immer kürzer. Streit war jetzt an der Tagesordnung. Harter, bösartiger Streit. Rosa litt nicht mehr schweigend. Sie hatte gelernt herauszugeben, schreiend, ordinär, verletzend. Dann passierte es, als sie ihm besonders heftig ihre Beleidigungen ins Gesicht schleuderte. Gebhard, der an diesem Tag fast nüchtern wirkte, packte sie mit beiden Armen unterhalb der Hüften, hob sie, drehte sie um und versohlte ihr den Hintern. Wenn sie ganz ehrlich war, dann hatte sie das eigentlich schon lange erwartet. Ohne Gegenwehr, ohne einen Laut, ließ sie es über sich ergehen. Dass sie strampelte, geschah eher der Form halber. Ein bisschen Protest musste schließlich sein. Doch im Grunde war sie fast ein wenig stolz auf ihren Gebhard. Der war anscheinend doch noch ein richtiger Mann, ein starker Mann und nicht bloß ein Jammerlappen, der klagte oder davonrannte und sich volllaufen ließ. Wenn sie daheim Schläge bekommen hatte, war damit die Sache erledigt. Wie ein Neuanfang war das hinterher. Warum sollte es bei Gebhard und ihr anders sein? Womöglich würde er heute Nacht sogar auf ihre Seite des Bettes herüberrutschen ... Es kam ihr vor, als seien Jahre seit dem letzten Mal vergangen.

Gebhard war schnell eingeschlafen, aber Rosa lag hinterher noch lange wach. Vielleicht hatte es doch geholfen, dass sie nicht nur der Muttergottes eine große Kerze geopfert hatte, sondern auch der Katharina von Alexandria als Schutzpatronin der Ehefrauen und dem heiligen Joseph, zuständig für Ehepaare und Familien, und dem Antonius von Padua, der einen zwar Verlorenes wiederfinden ließ, aber zugleich auch der Heilige der Liebenden war. Hoffnung spürte sie, doch zugleich war im Hintergrund immer noch die Angst, dass sich doch nichts bessern würde.

Als Gebhard sie das nächste Mal prügeln wollte, wehrte sie sich so heftig, dass er sie loslassen musste. So ein Vergnügen war es schließlich auch nicht, verhauen zu werden, vor allem, wenn es nichts brachte. Als er es zum ersten Mal gemacht hatte, schien sich für ein paar Tage wirklich alles zum Guten zu kehren. Aber dann hatte sich doch nichts geändert. Rein gar nichts. Und dieses Mal hatte er wieder gehörig geladen. Sie stieß ihn zurück. Er geriet ins Wanken. Sie konnte davonrennen.

Nur noch ein einziges Mal, bei einem besonders hässlichen Streit, versuchte Gebhard Rosa zu schlagen. Mit den Fäusten ging er in seiner Betrunkenheit auf sie los. Da machte sie ihre eigenen Fäuste so hart sie nur konnte und schlug mit aller Kraft zurück. Obwohl sie fast einen Kopf kleiner war, zog er den Kürzeren. Sie traf ihn rechts in die kurzen Rippen, dass er, sich krümmend, vergeblich nach Luft schnappte. Dann landete ihre linke Faust mit voller Wucht auf seinem Mund. Er begann zu bluten und wandte sich jammernd ab. Von da an wagte er nie mehr, sie anzurühren.

Für uns Außenstehende schienen sich die Eheleute Brenner nach ein paar schwierigen Jahren wieder zusammengerauft zu haben. Es gab keinen heftigen Streit mehr, kein Toben, Brüllen und Schlagen. Trotzdem empfand ich die

Atmosphäre sehr bedrückend, wenn ich in den Ferien mal hinüber nach Schlatthofen kam. Mein Onkel zweiten Grades hatte sich einen gewissen Sarkasmus zugelegt, wenn er mit seiner Frau zu tun hatte oder von ihr berichtete. Sie reagierte mit muffigem Brutteln oder verstocktem Schweigen. Mit ihrer Schwiegermutter verstand sie sich überhaupt nicht. Die stand immer auf Gebhards Seite, wenn es zu Auseinandersetzungen kam. Wie man hörte, ließ sich der Baumwirt jetzt auch nicht mehr volllaufen, aber selbst ich merkte mit meinen sechzehn Jahren, dass er nie wirklich nüchtern war.

Es war keineswegs so, dass Rosa in der Landwirtschaft gar nichts tat und Gebhard den Wirt aus Berufung überhaupt nicht mehr spielen konnte. Im Gegenteil. Der Stall, in dem inzwischen viel weniger Kühe standen als bei der Hofübergabe, blieb Rosa jeden Tag, und aufs Feld musste sie vom Frühjahr bis zum Herbst auch fast täglich mit hinaus. Dort gab's allerdings Arbeitsteilung. Der Bauer thronte auf dem Schlepper. Rosa, die Leute, die gegen Stunden- oder Tagelohn aushalfen, und später auch die Kinder, verrichteten die Arbeiten, bei denen man sich bücken musste und sich schmutzig machte. Landwirtschaft hin oder her, Gebhard fand immer wieder ausreichend Zeit, sich den Gästen zu widmen. Doch die für ihn so angenehme Arbeitsteilung der ersten Ehejahre, als man noch Pferde besaß, gab es nie wieder. Ein anderer hätte sich wohl dreingefunden und das Beste daraus gemacht. Doch ein Gebhard Brenner war kein anderer. Da legte er Wert drauf.

Ich war mit dem Rad an einem Ostermontag hinübergefahren, weil es daheim mit meiner Mutter und Lehmann wieder einmal Streit gegeben hatte. Gebhard nahm mich mit zu einem Fußballfreundschaftsspiel. Auf Betreiben des neuen Lehrers für die Unterklasse hatte man 1950 in

Schlatthofen einen Fußballverein gegründet. Gebhard war zwar nicht Vorsitzender geworden, aber dessen Stellvertreter. An einem spendablen Gönner wie ihm kam man nur schlecht vorbei.

Es war ein ziemlich schwacher Kick, den ich da sah, und was die Zuschauer so von sich gaben, passte dazu. Aber hinterher saß man mit der Gastmannschaft im „Grünen Baum" zusammen. Das war wichtiger als das Spiel selbst. Weil es am Ostermontag erstaunlich warm war, zum ersten Mal eigentlich in diesem Frühjahr, hatten sich die Jungen draußen Biertische und Bänke aufgestellt. Die Honoratioren beider Vereine saßen in der Gaststube. Der Durst war groß, draußen wie drinnen. Den Durst zu löschen machte hungrig. Deftiges Vesper war gefragt, was wiederum Durst erzeugte. So gab es viel zu tun. Rosa bediente draußen wie drinnen. Ihre Schwiegermutter residierte in der Küche und hinter der Theke und hatte die Oberleitung inne. Gebhard war meistens unabkömmlich. Als stellvertretender Vorstand – der Lehrer war ausgerechnet über Ostern erkrankt – hatte er sich selbstredend den Honoratioren beider Vereine zu widmen. Deshalb fragte Rosa, ob ich ihr vielleicht ein wenig helfen könne. So kam es, dass ich viel länger blieb, als ich eigentlich vorhatte, und noch da war, als am großen runden Stammtisch das Gespräch, obwohl von schwerer werdenden Zungen geführt, sich zu ungewöhnlichem Niveau aufschwang. Wie es dazu kommen konnte, weiß ich nicht, da ich den Anfang nicht miterlebt hatte. Jedenfalls wandten sich die Zechenden der zutiefst philosophischen Frage zu, was der Mensch denn nun in Wirklichkeit sei.

„Ich bin ein Individium", beteuerte Gebhard, nachdem er das Wort ergriffen hatte. „Eine Persönlichkeit bin ich, die dazu geboren ist, sich zu entfalten. – Was sagst du, Jakob? – Jawoll, auch du bist ein Individium und eine Persönlichkeit und entfaltest dich. Aber ich bin das ganz besonders. Ich brauche zum Beispiel meine Freiheit. Ich dürste nach der Ungebundenheit. Kann man den Wind einsperren? He? Das frag ich euch. Und ich sag euch, auch den Gebhard Brenner bindet keiner an. Kein Staat, kein Pfarrer, kein Weib, keine Gastronomie. Und die Arbeit schon gleich gar nicht. Das sage ich!"

Reden halten konnte er, der Gebhard. Wie auf Öl glitten ihm die Sätze aus dem Maul, wenn er die entsprechende Betriebstemperatur hatte. Und die hatte er inzwischen ohne Zweifel. Ich konnte nicht ahnen, dass die Worte, die er an jenem Abend mit Pathos und großen Gesten verkündet hatte, Programm werden sollten und er zum Propheten seiner selbst. Kaum einer auf dem Walcherhof in Riedweiler ahnte damals, wie es ein paar Jahre später kommen würde. Nur Tabea wollte es immer schon gewusst haben, dass der Baumwirt ein echter Eiberle sei und kein Brenner und dass die Eiberles alle miteinander nichts taugten und es deswegen noch bös mit ihm enden werde. Seit Längerem hieß der Neffe ihres Mannes bei ihr nicht mehr „Gebhard", sondern „der Baumwirt".

2

Wenige Jahre nach jenem Ostermontag machte sich das „Individium" Gebhard Brenner endgültig daran, in die Tat umzusetzen, was es einst verkündet hatte. Es ließ sich von der Arbeit nicht mehr unterjochen. Die Arbeit war für den Menschen da und nicht umgekehrt. Ein Bauer war sein eigener Herr und nicht der Sklave seines Hofes, vor allem dann nicht, wenn der Hof zu groß war, zu groß für jemanden, der auch noch ein Wirtshaus betrieb. Dass er wirklich sein eigener Herr war, hatte der Bauer dem Wirt voraus. Der Wirt musste sich nach den Wünschen seiner Gäste richten. Der Bauer brauchte sich nach niemandem zu richten. Nicht einmal nach seinem Weib, solange das Weib den Stall machte und auf dem Feld tat, was man es hieß.

Schon anfangs der Sechzigerjahre konnte es vorkommen, dass Gebhard zwei Drittel eines Ackers bis zum Zwölfuhrläuten umgepflügt hatte, kaum weniger schnell und akkurat als andere Bauern. Dann fuhr er mit dem Schlepper heim, um Mittag zu machen und dabei sein gewohntes Bier zu trinken, meistens auch ein zweites, während die Frauen sich um die Gäste kümmerten, die zum Mittagessen einkehrten. Denen musste Gebhard sich als guter Wirt natürlich widmen, sobald er selbst zu Mittag gegessen hatte. Manche von ihnen blieben nämlich gerne noch sitzen, um sich bei angenehmen Gesprächen ein weiteres Bierchen zu genehmigen. Hinterher gab es immer wieder triftige Gründe, die Gebhard zwangen, die Feldarbeit noch ein wenig hinauszuschieben. Der Ferkelhändler, zum Beispiel, konnte einer dieser Gründe sein. Bei ihm dauerte es immer besonders lange, bis es zum Handschlag kam und man den Handel mit ein paar Gläschen begießen konnte. Manchmal standen am Nachmittag erst einmal Verhandlungen an, mit der Brauerei, dem Metzger, dem Bäcker, dem Geschäftsführer des Lagerhauses oder mit der Gemeinde. Wichtige Sachen waren das, die Vorrang hatten vor dem Acker. Hinterher lohnte es sich eigentlich gar nicht mehr richtig, noch einmal hinauszufahren. Wie der Teufel es wollte, kam bisweilen auch am nächsten Tag etwas dazwischen und das restliche Drittel Acker war immer noch nicht umgepflügt. Vielleicht hatte es auch begonnen zu regnen. Brenners Schlepper war inzwischen einer der wenigen im Dorf, auf dem der Fahrer noch ungeschützt im Freien saß. Die meisten Traktoren hatten inzwischen wenigstens eine nach hinten offene Fahrerkabine. Und was die Technik anging, besaßen sie eine Zapfwelle und Hydraulik.

Mit der Zeit waren Baumwirts Felder leicht zu identifizieren. Dass etwas wirklich brach lag, war allerdings die Ausnahme. Dem Boden tat's ja eigentlich gut, der konnte sich erholen. Doch auf den bestellten Äckern vereinigten sich in gesunder und naturgemäßer Symbiose Distel, Flughafer, Mohn und Kornblume mehr und mehr mit Hafer und Gerste, Weizen und Roggen, begrüßenswert im Sinne des Artenschutzes. Es konnte auch vorkommen, dass der Bauer Gebhard, wenn seine Pflichten als Wirt ihn daran hinderten, einen Arbeitsgang zu beenden, den Heuwender, den Schwadenrechen, die Kartoffelhexe gar nicht mit nach Hause nahm, sondern draußen ließ. Morgen würde er ja wiederkommen. Wozu also die Geräte heimschleppen, womöglich gar abhängen und sie unters Dach des Maschinenschuppens stellen? Nur weil es begonnen hatte zu regnen? Rationell war das nicht. Eine Nacht unter freiem Himmel überstand eine Maschine, die etwas taugte. Notfalls auch viele Nächte.

Das Wirtsein machte aber auch nicht mehr den Spaß wie ehedem. Der „Grüne Baum" war für Gebhard nicht mehr das, was er einst war, sein ganz persönliches Reich, eine Stätte der Geborgenheit, das reiche Betätigungsfeld eines zum Gastronomen Berufenen. Zu sehr hatten sich die Weiber dort breit gemacht, während er sich bei Wind und Wetter draußen abzurackern hatte. Mehr und mehr wollte seine Mutter wieder das Sagen haben. Sie stand zwar zu ihm, wenn's gegen Rosa ging, doch den eigenen Herrschaftsbereich dehnte sie ständig aus. Richtig herrschsüchtig war sie geworden. Und selbst sein einfältiges Weib kam inzwischen mit dem Satz daher: „Ich mach doch dir und der Alten nicht bloß den Deppen. Wenn ich jetzt auch noch in der Wirtschaft den Dreck schaffen muss, dann will ich auch was zum Sagen haben."

Seine Rosa, darüber war sich Gebhard schon lange klar, hatte sich zu einem richtig bösen Weib entwickelt. Immer öfter siegte sie beim Streiten. Tagelang konnte sie griesgrämig, vorwurfsvoll schweigen, um dann urplötzlich, ordinär und lautstark keifend, einen ganzen Sack voll Vorwürfen und Beschimpfungen über ihn auszuschütten. Sie scheute sich auch keineswegs mehr, ihn vor anderen Leuten einen versoffenen Faulenzer zu heißen. Ausgerechnet sie, die doch aus angeborener Käsbauer-Dummheit früher einmal fromm war. In die Kirche ging sie inzwischen ebenso selten wie er. Warum eigentlich? Wenn er fernblieb, hatte er seine Gründe. Schon immer hatte er gewusst, was von dem ganzen scheinheiligen Schwindel zu halten war. Einem intelligenten Menschen wie ihm konnte man nicht zumuten, all die Märchen zu glauben. Das hatte er dem Herrn Hochwürden oft genug erklärt. Wenn er sich pro forma an hohen Festtagen dazu herabließ, in der Kirche zu erscheinen, dann genügte das. Dass Rosa ihre Frömmigkeit abgelegt hatte wie einen schäbig gewordenen Mantel entsprang sicher nur ihrem bösartigen Charakter. Mit Intelligenz und Wissen, wie bei ihm, hatte das nichts zu tun. Jeden Morgen gleich nach dem Aufstehen fünfundzwanzig hintendrauf, das wäre die einzig richtige Therapie für solche Beißzangen! Aber an so einer machte ein Gebhard Brenner sich die Hände nicht mehr schmutzig. Ein Gebhard Brenner begab sich nicht auf ihr Niveau hinunter. Was blieb einem geistig überlegenen Menschen bei diesen widerlichen Auseinandersetzungen übrig, als hinauszurennen, die Türe hinter sich zuzuschmettern und sich dorthin zu flüchten, wo er vor Rosa sicher war, allein oder mit anderen, umgänglicheren Menschen. Schließlich gab es nicht nur in Schlatthofen ein Wirtshaus. Zum Glück hatte er auch die Jagdhütte nicht verkauft! Dort konnte er mit seinen besten Freunden zünftige Hüttenabende veranstalten, und wenn jemand nicht nach Hause wollte oder konnte, schlief er in einem der Stockbetten.

In der Öffentlichkeit pflegte Gebhard Brenner von seinem früh ergrauten Weib in der feinsinnigen Diktion des geistig Überlegenen als von der „mir angetrauten Silberdistel" zu sprechen.

Nicht nur für den feinsinnigen Gebhard Brenner hatte das Wirtshaus seine Bedeutung verändert.

„Der ‚Grüne Baum' ist auch nimmer das, was er mal war", hörte man nicht nur in Schlatthofen. Dass man dort besonders billig aß und trank, war auch in den Nachbardörfern bekannt. Und auch, dass die Altwirtin immer wieder Anfälle großzügiger Spendierlaune hatte. Aber es kam immer häufiger vor, dass sie keine Lust hatte zu kochen und sich rauchend, Illustrierte lesend, fernsehend ins Ausdinghaus zurückzog. Oder sie reiste für ein paar Tage ins Unterland, um Verwandte zu besuchen. Sagte sie. Dann war Rosa am Werk. Kochte sie, dann gab es oft genug am Essen etwas auszusetzen. Mal war es den Gästen zu fett, mal zu fad, dann wieder verwürzt. Es füllte die Teller und Platten als amorphe Haufen. Liebevoll angerichtet war anders. Auch wenn alles preisgünstig war, nicht jeder schätzte das. Ausgesprochene Fresser, die keine Ansprüche an die Qualität stellten, kamen nach wie vor auf ihre Kosten. Aber die Zeit des In-sich-Hineinstopfens ging allmählich ihrem Ende entgegen. Viele, die wirklich wussten, was Hunger ist, hatten jetzt bestenfalls noch Appetit, und selbst der musste oft genug durch die Rafinesse der Zubereitung erregt werden.

Städter, die viele Jahre lang an den Sonntagen zum Essen nach Schlatthofen herausgekommen waren, hatten sich andere Ziele gesucht. Auch Monteure oder Lkw-Fahrer, die früher gerne im „Grünen Baum" Mittag gemacht und deswegen sogar einen Umweg auf sich genommen hatten, blieben ebenso aus wie viele aus dem Dorf selbst.

Einmal ging Rosa auf der Rampe des Lagerhauses Richtung Schiebetor, weil sie Kleesamen holen wollte. Da hörte sie, wie drinnen einer sagte: „Dass so ein versoffener, miserabler Bauer sein Maul aufreißt und mir erzählen will, wie ich am besten meinen Hof umtreib, das brauch ich mir nicht gefallen lassen." Das musste der Kirchenbauer sein. Dann hörte sie Schlossbauers Mattheis, den inzwischen größten und angesehensten Bauern im Ort, sagen: „Da lass ich mir doch lieber mein Bier vom Bierwagen ins Haus bringen. Da hab ich wenigstens meinen Frieden am Feierabend. Oder? Ich kann die Aufschneiderei und dass er immer Recht haben will einfach nimmer hören. Und billiger ist's auch."

„Da hast du wohl Recht, Mattheis", ließ sich ein Dritter vernehmen, vermutlich der Brunnenbauer. „Mit dem Frieden ist's im „Grünen Baum" eh nimmer weit her. Brauchst ja bloß gucken, was jetzt dort so rumhockt. Versoffene Schreihäls, wo alle nicht von Schaffhausen sind."

Rosa musste weinen. Sie kehrte um. An diesem Tag ging sie nicht mehr ins Lagerhaus. Arg war's für sie, wie alles herunterkam. Immer schlimmer wurde das. Doch was konnte sie allein dagegen ausrichten? Sie tat ja als Bäuerin und Wirtin, was sie konnte. Dass sie keine besonders gute Köchin war, das wusste sie. Aber als sie vorgeschlagen hatte, Brauns Marie, die Frau des Zimmermanns, fürs Kochen stundenweise zu bezahlen, da waren Gebhard und die Alte ganz giftig über sie hergefallen und hatten sie fertiggemacht. Die

Marie kochte hervorragend. Sie hatte in der Küche eines Schweizer Hotels gearbeitet, bevor sie den Zimmermann Braun heiratete. Dass sie sich ausgerechnet den ausgesucht hatte, verstand Rosa nicht. Der trank nämlich auch oft eins über den Durst, sein Geschäft lief schlecht und sein Weib hatte er schon immer knapp gehalten. Die Marie verdiente sich gern ein paar Mark dazu. Nur bei besonders großen Anlässen ließen Gebhard und die Alte zu, dass man sie holte. Das Schlimmste aber war, dass die drei im Lagerhaus Recht hatten. Der Hof verkam, so sehr sie sich auch mühte. Und in der Wirtschaft vergraulte Gebhard tatsächlich die Gäste mit seinen großkotzigen, rechthaberischen Reden. Bei den Kindern stand sie auch auf verlorenem Posten. Sie wollte sie doch zu anständigen Menschen erziehen. Aber Gebhard war als Vater unberechenbar. Mal ließ er alles durchgehen, mal schlug er unbarmherzig zu. Als Konrad mit zwölf seinen ersten Rausch hatte, da hatte Gebhard nur gelacht und gesagt, dass ihm jetzt so kotzübel sei, das werde ihm eine Lehre sein. Aber als er entdeckte, dass Konrad Geld aus der Kasse geklaut hatte, nahm er ihn mit in den Kuhstall und schlug ihn mit dem Farrenschwanz unbarmherzig windelweich. Dann gab's wieder Zeiten, da ging er mit seinem Ältesten um, als seien sie die besten Kumpel. Käthe und Fritz machten ihr weniger Sorgen. Aber wie lange noch? Käthe war manchmal schon richtig patzig. Rosa fand, dass ihr Mann sich überhaupt viel zu wenig um die Kinder kümmerte. Wenn sie sich deswegen beschwerte, gab's nur Streit.

Gebhard ließ sich ohnehin von niemandem mehr etwas sagen. Rosa fand das schlimm. Auch auf die wenigen, die es noch gut mit ihm meinten, hörte er nicht. Seine Schwester Anni hatte immer wieder versucht, ihm ins Gewissen zu reden, dass er sein Sach doch nicht so herunterkommen lassen solle. Auch ein paar alte Freunde hatten sich um ihn bemüht. Allen war er nur mit großmäuligen Sprüchen und dummen Ausreden gekommen. So war es auch bei seinem Onkel Georg, der extra einmal von Riedweiler herübergekommen war, weil er es nicht mehr mit ansehen konnte, wie alles allmählich kaputt ging und immer mehr Land verkauft wurde. „Rosa", hatte er zu ihr gesagt, als sie ihn draußen verabschiedete, „das Herz könnt einem bluten. Und den Boden hat der Hergott uns gegeben, dass die Menschen was zu essen haben, und nicht damit man ihn zu Geld zu macht." Dann war er ganz traurig zurückgefahren.

Es war kein jäher Absturz, den man da miterlebte. Mit dem „Grünen Baum" ging es nur allmählich bergab. Allmählich, aber stetig. Ein heftiger Schlag wurde dagegen die Sache mit dem „Rad".

Weil der Hof des Hanserbauern mit nur 33 Morgen wenig abwarf, verkaufte er schon seit Jahren nebenher Flaschenbier und Limonade. Eine echte Konkurrenz für den „Grünen Baum" war das nie. Im Juli 1961 brannte dem Hanser durch einen Blitzschlag fast das ganze Anwesen ab. Weil Wohnteil, Stall und Heustadel eine Einheit bildeten, hatte das Feuer leichtes Spiel. Durch den Wind hatte es auch sehr schnell auf die im rechten Winkel dazu stehende Scheuer übergegriffen. Die Hansers kamen vorübergehend nebenan beim Bruder des Bauern unter.

„Karl", sagte der Bruder, der in Tannzell in der neuen Kreissparkassenfiliale arbeitete, „gib den Hof auf. Bau ein Wirtshaus hin!"

Hanserbauers Joachim war schon immer ein Pläneschmied, ein Projektemacher, ein wacher Geist eben, wie er von sich selbst sagte, dessen wahre Fähigkeiten seine Arbeitgeber stets verkannten. Der Hanser selbst war eher ein Bedächtiger.

„Der ‚Grüne Baum' ist am Ende, Karl", sagte der Bruder beschwörend. „Es ist nur noch eine Frage der Zeit, bis der Gebhard aufgibt. Ein, zwei Jahr noch, allerhöchstens drei. Das sag ich dir jetzt und hier. Meinen Kopf könnt ich da drauf wetten. Dann ist da eine Marktlücke. Hineinstoßen muss man da! Verstehst du? Hineinstoßen! So eine Gelegenheit kommt nie wieder. Nie mehr! Ein Dorf ohne Wirtshaus, wo gibt's denn das? Auf Gottes weiter Welt nirgends. Wenn wir's nicht anpacken, Karl, dann tut's ein andrer. Irgendeine Brauerei kauft den heruntergekommenen Laden, richtet ihn notdürftig her und setzt einen Pächter hinein. Bis der die Pacht bezahlt hat, bleibt ihm selber so gut wie nichts übrig, dann gibt er auf, und dann kommt der nächste und der übernächste und so weiter. Aber wir, wir hätten was Eigenes und müssten niemand was zahlen. Bauen musst du sowieso mit dem Geld von der Versicherung. Und dein Land, das könntest du dann vollends verkaufen. Als Wirt brauchst du es nimmer. Und was noch fehlt, also, da könnt ich dir einen Kredit besorgen, zu Konditionen, wo ein anderer bloß davon träumen kann. Und beim Finanzamt sind Schulden noch allemal das Billigste. Mensch, Karl, das Geld liegt auf der Straße. Du musst es bloß aufheben, Karl!"

Der Hanser kratzte sich am Kopf und sagte Nein.

Nach ein paar Tagen kam das Nein nicht mehr so entschlossen. Zwei Wochen später war es ein skeptisches Vielleicht. Der Bruder ließ nicht locker. Unter großen Bedenken gab der Hanser am Ende nach. Sofort stürzte der von seinen Arbeitgebern verkannte, wache Geist sich in das Vorhaben, kämpfte mit der Versicherung, mit Ämtern, Brauereien und der eigenen Bank und beruhigte immer wieder den ängstlichen Hanser und dessen Weib. „Man muss eben auch mal was wagen, Leute, sonst bringt man's zu nichts im Leben. Und was soll denn schon groß passieren? Oder wollt ihr euch euer Leben lang mit eurem Bauernwerk abschinden, das nichts abwirft? – Da schaut mal her, Leute! So könnt euer Wirtshaus aussehen." Er zog eine Mappe mit Entwürfen aus seiner Aktentasche. Die Entwürfe sagten auch dem Hanser und seinem Weib zu. Bei allen Bedenken gefiel der Hanserin der Gedanke durchaus, Wirtin zu sein statt Bäuerin.

„Drei Gruppen musst du kriegen, Karl", erläuterte der Pläneschmied seine Strategie. „Punkt eins: Die Bauern, von denen schon viele gar nimmer gern in den „Grünen Baum" gehen. Punkt zwei: Die Jungen. Die vor allem. Die haben's Geld heut locker in der Tasche. Und drittens noch die Stadtleute. Dann bist du ein gemachter Mann. Eine behagliche Nische für den Stammtisch, ein kleines bissle abgetrennt vom Rest. Genug Tische für die Gäste von auswärts. Und vor allem ein großes Nebenzimmer für die Jungen. Ich kann's bloß noch mal sagen, weil denen sitzt's Geld heutzutag locker. Spielautomaten, Billard, Tischfußball, Musikbox, Fernseher. Da stehn die drauf. Du wirst sehn, Karl, unser neues Lokal wird der Renner!"

Nach einer mächtigen Werbekampagne nahm der Gasthof „Rad" im Sommer 1962 seinen Betrieb auf. Erfolgreich, wie der Bruder vorhergesagt hatte. Erstaunlich erfolgreich. Schmerzhaft bekam der „Grüne Baum" das zu spüren. Dabei war es dem frischgebackenen Radwirt nicht einmal gelungen, alle Vereine von dort abzuziehen. Lediglich der Schwäbische Albverein verlegte seine Veranstaltungen ins „Rad". Der Baumwirt war mit dem Vorsitzenden im Jahr zuvor in Streit geraten. Doch Wanderer bringen bei Weitem nicht das Geld wie ein Gesang- oder Sportverein. Mehr als einmal im Monat trafen sich die Albvereinler selten, und bei den Wanderungen kehrte man oft auswärts ein.

Der Radwirt hätte wissen müssen, dass er beim Gesangverein „Harmonia" die schlechteren Karten hatte. Sein Konkurrent war zwar nur passives Mitglied, doch Rosa sang seit ihrer Jugend im Sopran. Die Käsbauers waren durchweg geschätzte Sänger. Sie hatten besonders laute Stimmen. Außerdem sang auch der Bürgermeister mit, und der war mit den Brenners verwandt. Und drittens gab es im „Grünen Baum" den Saal. Einen Saal hatte der Bruder dem Hanser ebenso wenig abringen können wie Gästezimmer. Den ersten Stock hatten die Hansers als Wohnung für sich selbst reserviert. Darauf hatten sie eisern bestanden.

In Baumwirts Saal fanden die Chorproben statt und die Weihnachtsfeier am Stephanstag. Die war nicht nur bei den Schlatthofenern gefragt, denn neben Essen und Trinken, Gesang und unvermeidlicher Ansprache gab es jedes Jahr zwei Theaterstücke. Das erste war erfüllt von zu Herzen gehender ländlicher Tragik. Sie fand Ausdruck in Sätzen wie: „Gredel, du weischt, der Andon ischt nur ein armer Holzfäller und der Vader ein gar harder Mann. Niemals lässt er dich den Andon heiraden." Weit größerer Beliebtheit erfreute sich alljährlich jedoch das zweite Stück. Ganz arg lustig sei es immer, hieß es. Vor allem, weil es auf Schwäbisch geschrieben war. Seit vielen Jahren spielte die einander stets ähnelnden Hauptrollen Kindermanns Erwin, ein rundlicher, mopsgesichtiger Metzger. Erschien er zum ersten Mal auf der Bühne, dann sagten die Leute zueinander: „Ah, das ist ja Kindermanns Erwin. Jetzt pass auf! Jetzt wird's gut. Das ist ganz ein Lustiger."

Diese Bühne mit Vorhang gehörte den Brenners. Das Jahr über wurde sie in Einzelteilen auf dem Dachboden aufbewahrt.

Im Sportverein war Gebhard Brenner bei der letzten Wahl nicht mehr in den Vorstand gekommen, als Gönner und Wirt konnte man ihn trotzdem nicht übergehen. Er hatte seine leicht ansteigende Wiese drunten am Bach nach rhetorisch großartiger Ankündigung als Ausweichplatz zur Verfügung gestellt, als der ramponierte Sportplatz neu eingesät werden musste. Selbstlos, wie man ihm von Vereinsseite bei der darauf folgenden Hauptversammlung bestätigte. Nur dem Baumwirt übel Gesonnene behaupteten hinter seinem Rücken, bei den paar Kühen, die er noch im Stall stehen habe, brauche er die Wiese sowieso nicht mehr.

Die Feuerwehr wechselte nach den Übungen regelmäßig zwischen beiden Wirtshäusern. Gebhard Brenner war dritter Maschinist. Das Amt brauchte er allerdings nicht wahrzunehmen. Der erste und der zweite Maschinist fielen nie aus. Der Hanser gehörte aber seit vielen Jahren ebenfalls der Feuerwehr an. So löschten die Wehrmänner den inneren Brand nach den Übungen abwechselnd in beiden Wirtshäusern.

Trotzdem setzten die Hansers dem „Grünen Baum" äußerst schmerzhaft zu. Zwei Jahre lang. Dann sank die Gewinnspanne doch um einiges, nach dem dritten Jahr ging sie noch weiter zurück. Als erste der drei vom Sparkassenbruder beschworenen Zielgruppen verloren die Städter das Interesse. Der Reiz des Neuen war vorüber, und der Wirt konnte sich Lockpreise für bestimmte Gerichte und Getränke nicht länger leisten. Das Essen, sagten die Stadtleute, sei ja auch nicht besser als im „Grünen Baum". Warum sollte man also überhaupt noch nach Schlatthofen fahren?

Ein Teil der Bauern, die den „Grünen Baum" gemieden hatten, kehrten der behaglichen Stammtischnische mit der Zeit wieder den Rücken. Das lag an der dritten Zielgruppe. Sie war inzwischen mit Abstand die größte. Die Jungen, die das Geld tatsächlich locker in der Tasche hatten, begnügten sich schließlich nicht mehr mit dem Nebenzimmer. Das „Rad" bekam nicht nur von der Dorfjugend, sondern auch von auswärts mehr und mehr Zulauf. Spielautomaten, Tischfußball, Billard, Fernseher und dass dort immer was los war, das zog. Am Ende war das „Rad" fast nur noch das Lokal der männlichen Jugend, zu der man auch etliche weit und breit bekannte, trinkfeste Raufbolde zählen konnte, welche die Dreißig bereits überschritten hatten. Die paar Bräute, die hin und wieder auftauchten, passten zu den Cliquen aus der Gegend. Nur besonders handfeste Schlatthofener der reiferen Jahrgänge, mit denen man sich besser nicht anlegte, ließen sich nicht abschrecken und trafen sich samstags abends im „Rad" zum Kartenspiel. Die Jugend brach an den Samstagabenden ohnehin zu irgendwelchen Festen oder Tanzveranstaltungen im Umland auf.

„Eine Halbstarkenkneipe, die das Gesindel aus der ganzen Umgegend anzieht, wie ein Kuhfladen die Schmeißfliegen", nannte Gebhard Brenner das „Rad".

Auf Dauer konnte der Hanser dem „Grünen Baum" das Wasser nicht wirklich abgraben. Doch die Einbußen waren schlimm genug. Auch wenn es noch Anlässe gab, bei denen die Baumwirts gut verdienten. Nicht nur bei der alljährlichen Weihnachtsfeier. Bei Hochzeiten zum Beispiel oder nach Beerdigungen. Allerdings feierten viele Leute jetzt auch auswärts. Die „Post" in Beringen war inzwischen für ihr hervorragendes Essen zu reellen Preisen berühmt. Größere Gesellschaften mussten dort rechtzeitig vorbestellen. Wenn mal eine große Sache im „Grünen Baum" anstand, dann übernahm die Altwirtin wieder das Kommando über Rosa, Hofbauers Bärbel und Mangolds Kathrin, die beiden Aushilfen beim Bedienen. Dann holte man auch Brauns Marie für die Küche. Auch wenn Rosas Kochkünste nicht rühmenswert waren, zusammen mit ihr und Brauns Marie als stundenweise bezahlter Köchin hätte Gebhard den „Grünen Baum" vielleicht doch wieder hochbringen können, wenn er den Hof aufgegeben, das Land verkauft und sich ganz dem Gasthaus gewidmet hätte. Vor allem hätte er jedoch den Alkohol meiden müssen. Doch ein Gebhard Brenner war eben ein Besonderer. Wahrscheinlich war es auch bereits zu spät dafür, das Ruder noch einmal herumzureißen. Der Schock, der ihn noch treffen sollte, hätte schon zu diesem Zeitpunkt kommen müssen. Vielleicht wäre das eine letzte Chance gewesen.

Ja, für die Brenners gab es schon noch die eine oder andere Möglichkeit, wenigstens vorübergehend an Geld zu kommen. Die Fasnet gehörte allerdings weniger dazu. Seltsamerweise war sie in Schlatthofen noch nie von großer Bedeutung gewesen. In Beringen war da schon mehr los, ganz zu schweigen von den alten Fasnetshochburgen in Oberschwaben. Fasnetsfeiern der Vereine gab es natürlich in Schlatthofen. Sie rissen keinen vom Hocker. Manchmal veranstalteten die beiden Wirtshäuser auch Kappenabende. Da genügte es, sich ein Papierkäppchen auf den Kopf zu stülpen, ein Ringelhemd anzuziehen oder sich eine Pappnase umzubinden. Man unterhielt sich lautstark, trank, verzehrte eine Kleinigkeit, hörte der Musik vom Plattenspieler zu oder sang selbst. Manche tanzten, beglotzt von den Nichttänzern. Hinterher versicherte man sich gegenseitig, dass es doch wieder recht lustig hergegangen sei. Gell!

An einem dieser Abende entstand im „Grünen Baum" an der hinteren Saaltür ein ungewöhnlicher Lärm, als man dem Plattenspieler eine Pause gönnte. Drei Männer marschierten herein. Als erster erschien der Bahnarbeiter Mangold. Er hatte eine rote Mütze aufgesetzt, auf der „Dienstmann" stand. Das linke Auge verdeckte eine Piratenklappe. Voll Eifer arbeitete er sich auf einer Ziehharmonika ab. Bei einigem Hinhören konnte man dem Gewirr von Tönen und Akkorden entnehmen, dass er „Im Wald und auf der Heide" zu spielen versuchte. Der zweite war der Kleinbauer Ilg, der nach der dritten Halben Bier unweigerlich seiner Taten als Panzergrenadier gedachte. – Kam der Panzergrenadier von einer Festlichkeit allzu betrunken heim, pflegte sein robustes Weib ihn über den Küchentisch zu legen und mit der Rückseite des Kehrwischs zu bearbeiten. Es gab Leute, die eigens vor dem Haus stehenblieben, um zu lauschen, ob sein Ehegespons schon am Werk war. – Ilg steckte in Gummistiefeln, einer speckigen, braunen Hose und einer grünen Joppe. Auf dem Kopf trug er einen grauen Schlapphut. Den mannslangen Knüppel, den er in der Hand hielt, stieß er bei jedem Schritt auf den Boden. Der Baumwirt beschloss den Aufmarsch. Er war ganz in Grün gekleidet. Seinen Kopf zierte ein Jägerhut. Über der linken Schulter trug er das Luftgewehr, mit dem er sonst auf Spatzen schoss, unterm rechten Arm hatte er einen Spielzeugdackel mit Rädchen. Unter dem prallen Schweigen der Fasnetsgesellschaft zogen die drei, verständnislos beglotzt, eine Zeitlang im Saal umher, bevor sie durch die vordere Tür wieder entschwanden. Ein paar Saufbrüder der drei hatten sich einen Lacher abgerungen.

„Der Förster Hugo und sein Hund", hörte man später von Gebhard. Offenbar hielt er den Auftritt für einen wahren Ausbund an Lustigkeit und den Höhepunkt der Veranstaltung. Die Meinungen der Zuschauer waren geteilt.

„Jetzt hat er sein letztes bisschen Verstand versoffen", sagten die einen. Die anderen hielten es für eine bewusste Provokation. In der letzten Zeit hatte der Jäger, der auf der Außenstelle des Forstamtes in Schlatthofen saß, geklagt, in seinem Gebiet werde zweifelsohne gewildert. Die Mehrheit der Schlatthofener war davon überzeugt, dass diese Fälle auf Gebhard Brenners Konto gingen. Vor Jahren hatte er sich zur Jägerprüfung angemeldet und war durchgefallen. Kaum einer trieb sich in der letzten Zeit so häufig im Wald herum wie er. Zudem besaß er in seiner Jagdhütte die ideale Ausgangsbasis für Pirschgänge.

„Ich brauch meine Natur", hatte er am Stammtisch im Beisein des Oberlehrers getönt. „Der Mensch muss zu seinen Ursprüngen zurückfinden. Ich bin ja weit entfernt davon, jemand einen Vorwurf zu machen, aber bevor man mit den Kindern einen Ausflug nach Stuttgart macht, sollten die sich zuerst in der eigenen Gemarkung auskennen. Ich bin ja kein Schulmeister und kein Pädagoge, aber das weiß ich, dass der Mensch zur Natur zurückkommen muss. Das mein halt ich!"

Obwohl er kein Jäger werden durfte, hatte Gebhard Brenner die Gaststube mit Jagdtrophäen geschmückt. Zum Teil stammten sie noch von seinem Urgroßvater, zum Teil waren sie in den letzten Jahren gekauft worden. Bei einem befreundeten Tierpräparator hatte er sich ausgestopftes Kleinwild beschafft. Ein Wiesel, ein Marder, ein junger Fuchs, ein Fasan und ein Kauz starrten zwischen Geweihen auf die Gäste hinunter. Mit aufwendiger Heimlichkeit hatte der Wirt sich auch verschiedene Waffen besorgt. Es ging über seine Kräfte, vor vertrauenswürdigen Personen nicht mit diesen Waffen zu prahlen.

Zu den Vertrauenswürdigen gehörte auch ich. Später machte ich mir Vorwürfe. Vielleicht hätte ausgerechnet ich verhindern können, was ein paar Jahre danach geschah. Aber wer hätte das schon vorhersehen können?

„Was geht's mich an, ob er seine Waffen rechtmäßig besitzt oder nicht", dachte ich damals. „Soll sich doch der allmächtige Staat mit seinen endlosen Gesetzen und hunderttausend Vorschriften drum kümmern. Ich bin jedenfalls keine Denunziantin."

Ein paar Wochen vorher war ich endgültig aus Berlin zurückgekommen. Zum Zeitvertreib gestattete ich dem jungen Lehrer in Riedweiler, mir den Hof zu machen. Er war ein Naturfan und liebte lange Spaziergänge. Einmal wanderten wir durch den Wald nach Schlatthofen hinüber. Der Weg führte uns an Brenners Jagdhütte vorbei. Auf der Bank vor der Hütte saß Gebhard und rauchte. Wahrscheinlich vertrug er den vielen Sauerstoff in seiner so geliebten Natur schlecht. Mit großen Gesten winkte er uns heran und schleppte uns hinein. Auf die Schlafstellen mit ihren unordentlich zusammengelegten Wolldecken wies er voll Besitzerstolz, auf den Tisch mit Brandnarben von Zigaretten und den Getränkeflecken, die sich eingefressen hatten, auf die leeren Bierflaschen in einer Ecke und den halbvollen Kasten Bier neben der Eckbank.

„Das ist also meine Räuberhöhle, wie man bei dir daheim zu sagen pflegt, Hannah, ob das der Herr Georg Brenner ist oder der Herr Franz Lehmann." Spöttisch klang es und beleidigt zugleich. Doch dann, als er glaubte, uns genügend Zeit für bewunderndes Betrachten gelassen zu haben, näherte er sich urplötzlich, verschlagen um sich spähend, dem Stockbett in der hinteren Ecke, fuhr am Kopfende des unteren Bettes mit der Rechten unters Kissen und zog triumphierend eine Pistole hervor.

Ich hatte immer gedacht, Pistolen seien schwarz. Aber die hier hatte einen silbern glänzenden Lauf. Dass es eine

Walther PPK war, wusste ich damals nicht. Das erfuhr ich erst Jahre später.

Obwohl Gebhard den Lauf nach unten hielt, fuhren wir zusammen. Ob wir etwa Angst hätten, fragte er und musterte uns mit dem süffisanten Lächeln eines Mannes, der sich für überlegen hält. Die Waffe sei doch noch gesichert! So was brauche er einfach hier draußen, erklärte er, man wisse nie, was alles passieren könne. Aber so fühle er sich sicher. Absolut! Da solle ihm mal einer kommen! Und dann tischte er uns die Geschichte auf, wie er die Pistole durch die amerikanische Gefangenschaft gebracht habe. Gegen Kriegsende sei er in ihren Besitz gekommen, behauptete er. Kurz vor der Gefangennahme habe er sie in einem mit Schmalz gefüllten Kochgeschirr versteckt. Selbstverständlich hätten die Amis ihm sein Kochgeschirr wegnehmen wollen. Doch den kontrollierenden Sergeant habe er sauber hereingelegt. „Ich Papa", habe er gesagt. „Ich bambini. Un, deux, trois. Bambini!" Er machte vor, wie er seinerzeit die Größe der bambini angedeutet habe. "Bambini Hunger! Ich Schmalz heim!" Der Sergeant, dumm wie alle Amerikaner und dem Gebhard Brenner geistig weit unterlegen, habe schließlich gelacht und gesagt: „Okay, Papa, du behalten", und ihm Schmalz und Pistole gelassen.

Vernarrt in Pistole und Erzählung schien Gebhard keinerlei Verdacht zu hegen, jemand könne seinen Geniestreich und die Herkunft der Waffe bezweifeln. Dabei schaute er uns Beifall heischend unentwegt an. Ich denke, es gelang uns, die gebotene Bewunderung zu heucheln.

„Bambini, un, deux, trois", lachte mein Verehrer, als wir weit genug weg waren. „Genau die richtige Methode des Barons von Münchhausen, um sich mit amerikanischen Sergeants zu verständigen." Ich lachte mit. Wichtigtuerei und Männlichkeitswahn war das Ganze doch nur. In

Gebhard Brenners Hand war eine Pistole nichts anderes als das Spielzeug eines nie wirklich Erwachsenen.

Fremden gegenüber gab der Baumwirt gerne den Jäger. Fast immer trug er eine grüne Joppe mit aufgesetzten Taschen und eine grüne Schirmmütze mit einer Häherfeder. Am Stammtisch klagte er zu später Stunde einmal, sein Vater habe es nicht zugelassen, dass er Förster werde. Nichts wäre er lieber geworden. Den mit ihm Zechenden war dieser grausam abgewürgte Berufswunsch etwas völlig Neues. Wenig später kam dem verhinderten Förster der Verdacht zu Ohren, er sei der bewusste Wilddieb. Wortreich und außergewöhnlich heftig verwahrte er sich dagegen. Das Gerede wurde dadurch nicht geringer. Es pflanzte sich über die Gemeindegrenze fort, und so erschien eines Nachmittags der dicke Polizeiobermeister Schips aus Flurstetten in der um diese Zeit leeren Gaststube. Er war nicht in Uniform und sah in Zivil ein wenig lächerlich aus. Bei Schips war keine Anzeige eingegangen. Doch er war von jeher ein Freund vorbeugender Maßnahmen. Ächzend ließ er sich am Stammtisch nieder. Es war ein heißer Tag, doch in der Gaststube war es noch angenehm kühl. Schips wischte sich den Schweiß ab und bestellte ein Bier. Er sei nicht dienstlich hier, sagte er, aber Gebhard solle sich doch für einen Moment zu ihm setzen.

„Es gibt da Gerüchte, Gebhard, die gefallen mir gar nicht", begann er die Unterhaltung. „Du seiest ein bisschen arg viel im Wald, heißt es, und zu Zeiten, wo auch ein Waldbesitzer normalerweis nicht dort ist. Und manche Leute behaupten, sie hätten in der Nähe von deiner Hütte öfter mal Schießen gehört."

Indem er seinen wässrigen, blauen Augen einen treuherzigen Ausdruck zu geben versuchte, beteuerte Gebhard gekränkt und mit großem verbalem Aufwand, es sei schon schlimm, wie gewisse Leute darauf bedacht seien, seinen Ruf zu schädigen. Er habe sich jedenfalls nichts vorzuwerfen. Ein blütenweißes Gewissen habe er in dieser Hinsicht.

„Nix für ungut, Gebhard, aber wenn ich so was hör, muss ich der Sache nachgehen. Weißt du, wenn ich dienstlich kommen müsst, dann wär ich nicht mehr allein und dann tät man hier und in deiner Hütte so ziemlich alles auf den Kopf stellen. Also, Gebhard, wenn du wirklich irgendwelche Dummheiten gemacht hast, dann ist damit Schluss! Und zwar auf der Stelle! Und wenn du noch keine Dummheiten gemacht hast, dann fang auch gar nicht erst damit an. Hörst du! Und jetzt trinken wir noch ein Bier zusammen."

Die Gerüchte verstummten nicht, obwohl die Herkunft des Fleisches bei den selten gewordenen Wildessen im „Grünen Baum" nachweislich legal war. Sie sanken erst in sich zusammen, als der Jäger berichtete, es seien seit Monaten keine neuen Fälle von Wilderei mehr vorgekommen.

Wildessen, Einkehr und Versammlungen der Vereine, die Feiern und Veranstaltungen wurden mehr und mehr zu verzischenden Wasserspritzern auf dem heißen Herd und konnten nicht ausgleichen, was in der übrigen Zeit vertan wurde. Auch die Sache mit dem Friseur brachte immer weniger ein.

Der Friseurmeister Vetter in Tannzell arbeitete kaum besser als sein Vater vor ihm. Doch auf den war man noch angewiesen. Dem waren die Kunden nicht davongelaufen. Der Sohn hatte es da viel schwerer. Sein Salon ging schlecht, obwohl Tannzell sich seit den Fünfzigerjahren erstaunlich vergrößert hatte und Leute zugezogen waren, die das Geld für den Friseur nicht reute. Ein gewisser Sukale aus Dresden hatte nämlich dem Arbeiter- und Bauernparadies frühzeitig den Rücken gekehrt und sich, nach einigen Jahren Lohnarbeit in größeren Städten, selbstständig gemacht, indem er in Tannzell das Haarstudio „Figaro" eröffnete. Ein Risiko ohne Zweifel, nicht nur wegen der bereits in der zweiten Generation hier ansässigen Konkurrenz. Viele Leute waren nicht mehr auf Friseure im eigenen Ort angewiesen. Selbst viele Jugendliche besaßen jetzt, kaum waren sie achtzehn, ihr eigenes Auto. Dessen ungeachtet konnte Sukale Erfolg verzeichnen. Die Künste eines Vetter waren dagegen nur noch von einigen älteren Stammkunden gefragt. Deshalb hatte der Meister beschlossen, sich auch auswärts zu betätigen. Es gab ja nicht nur in Tannzell, sondern auch in anderen Dörfern Köpfe, die einer Verschönerung bedurften. Männerköpfe. Bubenköpfe. Für die Damen reichte die Zeit auswärts nicht. So bezog Vetter seit Jahren am späten Nachmittag des ersten Montags im Monat gegen ein unerhebliches Entgelt das kleine Nebenzimmer im „Grünen Baum". Dorthin gelangte man nicht von der Gaststube aus, sondern vom Gang zwischen Haustüre und Küche. Vetter konnte ungestört arbeiten. An diesen Montagnachmittagen jagten die Väter ihre murrenden Söhne zum Meister Vetter. Sie selbst verfügten sich am Abend ins Wirtshaus, um bei etlichen Bieren darauf zu warten, dass sie an die Reihe kamen. An solchen Abenden war die Gaststube voll gewesen wie zu den besten Zeiten. Anderntags hatte man in Schlatthofen Knaben, rüstige Männer und würdige Greise mit dem unverkennbaren Vetterschnitt erblickt, von dem Sukale behauptete, er erinnere an gerupfte Krähen. Doch dieser Montagsservice vor Ort war inzwischen kaum noch begehrt.

Seit Jahren standen Gebhard nur noch der Traktor und ein ziemlich betagtes Moped zur Verfügung, wenn er Ortsveränderung nötig hatte. Die NSU Max war nach einem Sturz auf der für Unfälle berüchtigte Straße nach Riedweiler nicht mehr zu reparieren. Wie durch ein Wunder war er selbst mit Hautabschürfungen und Prellungen davongekommen. Viele sahen es als ein noch größeres Wunder an, dass er, mit Ausnahme eines einmonatigen Fahrverbots, in all den Jahren nie seinen Führerschein abgeben musste.

Traktor oder Moped brachten Gebhard nicht nur zu seiner Jagdhütte oder in die Wirtshäuser der Nachbardörfer, sondern manchmal auch zum Walcherhof in Riedweiler. Dort war man wenig erfreut, wenn er auftauchte. Jedes Mal endete es im Streit, und man fragte sich hinterher, was eigentlich der Zweck dieses unerwünschten Besuches gewesen sei. Falls er einfach nur mal anderes Publikum brauchte, war er an der falschen Stelle. Niemand legte Wert auf sein besoffenes Geschwätz. Warum er zum Beispiel ausgerechnet an jenem Abend, an dem es in Beringen innerhalb einer Woche zum dritten Mal brannte, auf den Walcherhof kam, anstatt nach Hause zu fahren, begriff niemand. Was er ruhmredig von sich gab, hätte er dort genauso loswerden können.

Gebhard hatte in Riedweiler in der „Sonne" ein Bier getrunken und sich gerade auf sein Moped setzen wollen, um durch den Wald heimzufahren, als er die Sirene in Beringen hörte. Darauf sei er sofort wieder hinein in die „Sonne", erzählte er dramatisch, und habe gerufen: „In Beringen brennt's schon wieder. Grad ist die Sirene runtergegangen!"

„Hammer denn schon wieder Fasnet?" habe einer geschrien und alle anderen hätten gelacht.

„Jawoll, bei euch im Hirn ist's Fasnet!" habe er zurückgeschrien. „Und da hab ich die Tür zugehauen, dass es mich wundert, dass das Glas noch im Rahmen ist", beschrieb

Gebhard der Familie des Onkels seine Reaktion. Nach dem Zuschlagen der Türe setzte er sich unverzüglich aufs Moped und fuhr hinüber nach Beringen, wo der Schadenhof noch lichterloh brannte, als er ankam. Die aus der „Sonne", schwer von Begriff, wie sie nun einmal waren, hatten inzwischen anscheinend auch kapiert, was Sache war, und waren mit zwei Autos herübergekommen, um den Brand zu genießen. Wer habe jetzt Recht gehabt? Doch der, den man gefragt hatte, ob schon wieder Fasnet sei.

„Das hat denen schwer gestunken", schilderte Gebhard die Niederlage der „Sonnehocker".

Dann habe es aber den nächsten Ärger gegeben. Als einer, der zur Schlatthofener Feuerwehr gehöre, habe er natürlich sofort helfen wollen. Doch so ein ganz junger Polizist, der noch nicht mal trocken hinter den Ohren war, habe ihn zurückgetrieben.

„Da kann ja jeder junge Marschierer kommen! Du schlappohriger Büttel hinderst mich nicht beim Helfen! Ich bin Maschinist bei der Feuerwehr in Schlatthofen und die ist gleich da", habe er zu dem Rotzbuben gesagt, beschwor Gebhard die Szene, in der Aussprache nicht mehr allzu sicher, wenn S-Laute in den Wörtern vorkamen. Als er merkte, dass ihm keiner der Anwesenden den schlappohrigen Büttel glaubte, verabschiedete er sich mit den Worten: „Auf Wiedersehen, die feinen Herrschaften, die glauben, sie hätten die Gescheitheit mit Löffeln gefressen."

Auch wenn ich nicht oft heimkam, Erlebnisse mit dem Baumwirt wurden mir immer wieder erzählt. Einmal war ich selbst dabei. Es war an Heiligabend. Ich hatte über Weihnachten frei und war nach Hause gefahren. An Weihnachten schaffte sogar ich es, mit der Familie ohne Streit auszukommen. Meistens jedenfalls.

Wir waren aus der Kirche zurück und hatten uns eben ans Essen gesetzt. Hinterher sollte Bescherung sein, nach obligatorischem Verlesen der Weihnachtsgeschichte aus dem Lukasevangelium und ausreichendem Absingen von Weihnachtsliedern. Da hörten wir einen Traktor in den Hof fahren, gleich darauf polterte es an der Haustüre und dann im Flur. Wir sahen uns an. Bevor meine Mutter schauen konnte, wer da kam, erschien Gebhard Brenner in der Stube. Ganz durchnässt war er. Der Schneeregen hatte zwar schon aufgehört, als wir in der Kirche waren, aber Gebhard musste bereits länger unterwegs gewesen sein. So tropfte er vor sich hin auf den weihnachtlich frisch geputzten Boden. Um seine Stiefel bildeten sich Pfützen.

„Ja, Gebhard, wo kommst du denn her?" fragte mein Großvater. Freundlich fragte er. Immerhin war Heiligabend, und da konnte man nur freundlich sein.

„Aus dem Wald. Der Wald ist meine Kirche. Das ist eine Kirche, in der es frommer zugeht, als bei denen, wo in jede Messe und jeden Gottesdienst rennen. Da brauch ich keine Weihnachtsstimmung, wenn ich im Wald bin."

„Aber Gebhard!" sagte meine Mutter. „Bei dem Wetter! Da holst du dir ja den Tod."

Mit einer bühnenreifen Geste öffnete Gebhard wortlos seinen Parka und ließ ihn auf den Boden gleiten. Dann deutete er auf den Janker aus gewalkter Schafwolle, den er unter dem Parka trug, und seine dicke, amerikanische Militärhose.

„So geht man in den Wald, wenn man etwas davon versteht."

„Komm, setz dich her", lud der Großvater seinen Neffen ein. Meine Mutter nickte. Selbst Lehmann und Tabea nickten.

„Ich tu bloß meine Schuldigkeit und wünsche meinen lieben Verwandten ein frohes Fest." Gebhard verbeugte sich übertrieben tief, raffte seinen Parka auf, warf ihn um und ging zur Tür. Begleitung lehnte er ab. Gleich darauf hörten wir ihn davonkurven.

„Der kann einem leidtun", sagte meine Mutter. „Und die Rosa und die Kinder noch mehr."

Der Großvater schüttelte niedergeschlagen den Kopf, ohne etwas zu sagen.

„Eine Unverschämtheit, einem den Heiligen Abend zu verderben." Tabea war empört.

„Der Kerl gehört ins Irrenhaus!" sagte Lehmann in einem Ton, der keinen Widerspruch duldete. Ich war selten einer Meinung mit meinem Stiefvater. Aber ich musste ihm innerlich zustimmen.

Auf Drängen seines Vaters und weil ihn Technisches schon immer interessierte, hatte Konrad eine Lehre als Landmaschinenmechaniker in Tannzell begonnen. Dem Landmaschinenmechaniker gehöre die Zukunft, hatte der Vater am Stammtisch lauthals verkündet. Was die Mechanisierung der Landwirtschaft betreffe, da werde man noch sein blaues Wunder erleben. Das sage er! Auf dem Hof der Brenners selbst war, von der Größe der landwirtschaftlichen Fläche und dem Viehbestand her, weitere Mechanisierung überflüssig geworden. Beim Zustand der vorhandenen Maschinen und Geräte dagegen war ein Fachmann im Haus äußerst willkommen. Als er sechzehn war, hatte Konrad sich ein Mokick gekauft, mit achtzehn einen bejahrten Opel Kadett, dessen Fahrtüchtigkeit er den größten Teil seiner Freizeit opfern musste. Einen Zuschuss für den Kauf hatte er von seiner Großmutter bekommen. Sie war beglückt davon, dass nun endlich wieder ein Auto ins Haus kommen sollte. Wenn sie jedoch gehofft hatte, der Enkel werde sie ans Steuer lassen, sie, die doch seit fast vierzig Jahren einen Führerschein besaß, dann sah sie sich getäuscht. Immerhin ließ er sich dazu herab, sie ein paar Mal zu fahren. An den Bahnhof nach Tannzell zum Beispiel, wenn sie wieder einmal verreiste. Dem bejahrten Kadett war indes nur noch ein weiteres Jahr beschieden. Auf dem Heimweg von einer Tanzveranstaltung in Flurstetten unterschätzte Konrad die Kurve in der Beringer Ortsdurchfahrt und landete an der Treppe des Lagerhauses. Er kam mit einer Schnittwunde auf der linken Wange und einem verstauchten Handgelenk glimpflicher davon als sein Fahrzeug. Unter der mannbar gewordenen Jugend in der Gegend war er nicht der Einzige, der ein Auto schrottete. Ein halbes Dutzend seiner Altersgenossen hatte das ebenfalls geschafft. Als Konrads Klassenkamerad Hermann Mangold bei einer dieser Trunkenheitsfahrten ums Leben kam, gedachten seine Kumpane seiner wie eines Helden.

Sehr oft sollte im Übrigen Konrads Großmutter nicht mehr verreisen. Sie starb völlig überraschend an einem Hirnschlag. Vielleicht wäre sie noch zu retten gewesen, wenn man sie gleich gefunden hätte. Niemand hatte sich etwas dabei gedacht, als sie am Abend nicht drüben im Wirtshaus erschien. Immer wieder hatte sie Abende allein im Ausdinghaus verbracht, fernsehend, dicke Trivialromane konsumierend, rauchend, süßen Likören zusprechend. An solchen Abenden waren ihr Störungen sehr zuwider. Als Rosa am andern Tag vor dem Mittagessen schließlich nach ihr schaute, weil sich drüben so gar nichts rührte, lag ihre Schwiegermutter im eigenen Urin leblos vor der geöffneten Klotür. Wie alle Brenners wurde sie von einem stattlichen Trauergefolge zu Grabe getragen. „Es ist so, wie's gekommen ist, vielleicht doch am besten gewesen", sagten die Leute. "Jedenfalls besser, wie wenn die alte Baumwirtin ein Schwerstpflegefall geworden wär."

Viel zu erben gab es nicht. Katharinas Anteil, den sie nach dem Tod ihres Mannes erhalten hatte, war nahezu aufgebraucht. Und Geld wäre dringend nötig gewesen. Der Alltagsgewinn aus dem Wirtshaus, die kläglichen Erträge aus der Landwirtschaft reichten gerade noch aus, um die Familie Brenner ihr Leben einigermaßen fristen zu lassen. Der aus Ostpreußen stammende Gemeindearbeiter Kurbjuweit, der sich in der Erntezeit als Tagelöhner beim Schlossbauern ein paar Mark dazuverdiente, zitierte angesichts eines brachliegenden baumwirtschen Ackers die Heilige Schrift: "Är säet nich, är ärntet nich, und der Herrjott im Himmel nähret ihm doch."

Für notwendige Renovierungen im "Grünen Baum" reichte, was der Herrjott im Himmel Gebhard Brenner zukommen ließ, allerdings nicht. Küche und Toiletten mussten umgebaut und neu ausgestattet werden. Gewerbeaufsicht, Wirtschaftskontrolldienst und Gesundheitsamt bestanden darauf. Die Typen von der Berufsgenossenschaft tauchten immer wieder auf, um die Sicherheitsvorkehrungen auf dem landwirtschaftlichen Anwesen zu bemängeln und Behebung der Mängel zu fordern, und zwar umgehend.

"Der Teufel soll die ganzen neuen Vorschriften holen, wo die supergescheiten hohen Herren, unsere Auswahl von den Allerbesten, in Bonn und in Stuttgart sich ausgedacht haben", ereiferte Gebhard sich. "Nichts wie Schikane! Grad hin machen sie uns Selbstständige!" Was blieb ihm übrig, als Vieh oder Land zu verkaufen, um dem gerecht zu werden, was die hohen Herren und ihre verdammten Bürokraten sich ausgedacht hatten. Er hatte sich abgewöhnt zu beteuern, es sei nun wirklich das allerletzte Mal.

3

Seine Gesundheit bereitete Gebhard Brenner viel mehr Sorge als der dahinschrumpfende Besitz. Anschaulich und dramatisch schilderte er Schwindel- und Fieberanfälle, Husten, Atemnot und heftige Bauchschmerzen. Rosa hielt sein Gejammer für schlecht gelungene Versuche, sich der anstehenden Heuernte zu entziehen.

„Sauf und rauch weniger, dann geht's dir ganz schnell besser!"

Gebhard fasste es nicht. Wie konnte ein Mensch so herzlos sein? Einem Kranken gegenüber!

Als das Klagen und Stöhnen gar nicht aufhören wollten, rief Rosa den Doktor Dieterich in Tannzell an. Wenn tatsächlich etwas dran war an Gebhards Klagen, würde Dieterich es weit eher herausfinden als der schon leicht vertrottelte Doktor Baumann in Flurstetten. Ihr waren schließlich doch Bedenken gekommen. Gebhard sah wirklich nicht gut aus. Seine blauen Augen hatten sie einmal fasziniert, jetzt waren es die verschwimmenden Augen des Trinkers. Es hatte eine Zeit gegeben, da hatten diese Augen Kühnheit wenigstens vorgetäuscht, inzwischen wirkten sie nur noch verschlagen. Heruntergekommen sah Gebhard schon lange aus. Dass er sich nur noch alle drei, vier Tage rasierte, trug dazu bei. Nein, er war kein erfreulicher Anblick mehr. Doch unerfreulich auszusehen oder krank zu sein waren zwei Paar Stiefel. Wenn das Ganze aber doch nur ein besonders abgefeimtes Manöver war, um sie hinters Licht zu führen und sich vor der Arbeit zu drücken, dann würde Rosa diesen faulen Hund mit ärztlicher Hilfe am ehesten überführen. Die Art zu jammern kannte sie doch! Ihr Mann solle in die Sprechstunde kommen, bekam sie von der Sprechstundenhilfe zu hören, schließlich sei er ja nicht bettlägerig.

Alles sei halb so schlimm, pflegte Dr. Dieterich seine Patienten zunächst einmal zu beruhigen, diese Krankheit, jene Verletzung habe er auch schon gehabt und er habe schließlich alles gut überstanden und im Krieg habe man noch ganz andere Dinge aushalten müssen. Dieterich untersuchte den Patienten Brenner gründlich und verbot ihm, wie allen seinen Patienten, zunächst einmal Zigaretten und Alkohol. Rauchte und trank jemand nicht, dann wurde es schwieriger, etwas zu finden, das man verbieten konnte. Die Lunge sei nämlich durch einen Infekt leicht angegriffen, begründete Dr. Dieterich sein Verbot. Der Infekt sei jedoch nicht weiter tragisch und mit Antibiotika erfolgreich zu behandeln. Im Übrigen sei er selbst während des Russlandfeldzuges mit einer weitaus gefährlicheren Lungengeschichte im Lazarett gelegen und damals habe man bei Weitem nicht die Mittel besessen wie heute, um so etwas zu bekämpfen. Dass Brenners Magen nicht in Ordnung sei, überhaupt der ganze Verdauungstrakt, das sei sekundär und kein Grund zur Besorgnis, das gehe zurzeit um, allein drüben in Beringen habe er schon fünf Fälle und hier in Tannzell noch etliche mehr. Dass der Kreislauf dabei in Mitleidenschaft gezogen sei, das sei unter diesen Umständen ganz normal und nicht weiter verwunderlich und ohne Bedeutung. Ein paar Tage Bettruhe und Diät und die Sache sei behoben. Bevor er die verschiedenen Medikamente und Bettruhe verordnete, gedachte Dr. Dieterich noch rasch eines Kreislaufversagens, das ihn selbst anlässlich einer Magen-Darm-Grippe während der Studienzeit geschreckt habe.

„Und wie gesagt, Brenner, keinen Alkohol, kein Nikotin, besonders jetzt nicht, solang Sie die anderen Medikamente nehmen, sonst kann's tatsächlich noch Probleme geben! Und am besten überhaupt nicht mehr, Brenner!"

Der Patient schlief sich zunächst einmal aus, fand es danach so übel nicht, im Bett zu liegen, ernährte sich von Kamillentee und Zwieback, genoss, dass Rosa das Menü nach zwei Tagen um Haferflockensuppe erweiterte, und schluckte folgsam, was ihm verordnet war. Dr. Dieterich kam vorbei und stellte Besserung fest. Wieder etwas zu Kräften gelangt, der Diät und ärztlicher Vorschriften inzwischen überdrüssig, stahl Gebhard sich in einem günstigen Augenblick hinunter ins Lokal, entwendete eine Packung Reval und eine Flasche Bier und übertrat als wahrer Held Dr. Dieterichs Verbote. Keine halbe Stunde später hing er über der Kloschüssel und erbrach sich. Als er ein paar Blutfäserchen im Erbrochenen entdeckte, schrie er entsetzt nach Rosa.

Jetzt sei es erwiesen, dass er an Krebs erkrankt sei, entsetzte er sich schreckensbleich. Aber keiner habe es ihm glauben wollen. Keiner! Sie am allerwenigsten! Für einen Faulenzer, der sich vor der Arbeit drücken wolle, hätten ihn alle angesehen. Sie ganz besonders!

„Jetzt hast du's!" heulte er. „Jetzt siehst du, was du angerichtet hast! Aber dir ist's grad recht, wenn ich verreck! Grad recht ist's dir!"

Rosa rief auf der Stelle Dr. Dieterich an. Drei Stunden später, noch vor der Nachmittagssprechstunde, stand er an Gebhards Bett, der endlich den Beweis erbracht hatte, dass es bei ihm um Leben und Tod ging.

Blutfäserchen im Erbrochenen seien kein Grund, sich wirklich zu beunruhigen, führte Dr. Dieterich aus. Eine Nasenschleimhaut scheide auch einzelne Blutfasern aus, wenn sie gereizt sei, nicht wahr. Mit der Magenschleimhaut sei dies um keinen Deut anders und in der Gefangenschaft habe Dr. Dieterichs Magenschleimhaut noch ganz anders geblutet als die von Gebhard Brenner heute.

Der in Todesangst winselnde Kranke wollte indes nichts von Dr. Dieterichs Magenschleimhaut wissen. Ins Krankenhaus wollte er. Erzürnt über das mangelnde Vertrauen in seine diagnostischen Fähigkeiten, gab Dr. Dieterich nach längerem Kampf schließlich nach und veranlasste die Überweisung, nicht ohne den Hinweis, im Krieg habe man sich auch nicht gleich ins Lazarett legen können. Wenn er da nur an die prächtigen, tapferen, jungen Burschen von der Waffen-SS denke …

Die Sache erwies sich aber dann doch als ernst. Viele Wochen behielt man Gebhard in der Klinik, wo er zu seinem Glück in die richtigen Hände gefallen war. Ärzten und Schwestern gelang in dieser Zeit, was Rosa, Anni, Freunde und besorgte Verwandte in Jahren nicht geschafft hatten. Mit drastischen Schilderungen dessen, was ihm blühe, wenn er nicht auf der Stelle mit Rauchen und Saufen aufhöre, schafften sie es, ihm das Rauchen auf der Toilette abzugewöhnen und zu verhindern, dass er sich von guten Freunden Alkohol ins Zimmer schmuggeln ließ. Horrorbilder von geschädigten Organen und Körperteilen hatten dabei mehr bewirkt als verbale Schreckensszenarien. Man überzeugte ihn auch davon, dass es kein Zeichen verwegener Männlichkeit sei, die verordneten Tabletten ins Klo zu werfen. Medikamente erleichterten ihm die völlige Enthaltsamkeit. Lungeninfekt und Magen-Darm-Erkrankung heilten nach und nach aus, ohne dass eine Operation notwendig wurde.

„Ganz erstaunlich", sagten die Ärzte. Vor allem aber sei es ein Wunder, dass einer, der sich Jahrzehnte mit Alkohol, Nikotin und Teer vollgepumpt hatte, nicht schon viel früher erkrankt sei, und das unheilbar.

„Eine Konstitution haben Sie", konstatierte der Chefarzt. „Da könnte man Sie direkt drum beneiden. Ein anderer würde die Radieschen wahrscheinlich schon längst von unten besehen", fügte er knallhart hinzu. „Danken Sie Ihrem Herrgott dafür!"

Offensichtlich hatte man in der Klinik erkannt, wie man Gebhard Brenner angehen musste. Schock war gut, aber Schock allein genügte nicht. Viel mehr erreichte man offensichtlich bei so jemandem mit Bewunderung, indem man seine Konstitution pries, ihn als intelligenten Menschen ansprach und ihm populärwissenschaftlich kam, damit er sich vor anderen Patienten und Besuchern in medizinischen Kenntnissen und konstitutioneller Einmaligkeit sonnen konnte.

Mehr und mehr musste Rosa sich wundern, wenn sie ihren Mann besuchte. Gebhard war nicht mehr der, dem Dr. Dieterich vor Wochen nach zähem Kampf gestattet hatte, sich in die Hände anderer Ärzte zu begeben. Natürlich freute sie sich, dass es ihm besser ging, viel besser. Doch das erstaunte sie eigentlich weniger. Nachdem sich herausgestellt hatte, dass es sich bei ihm weder um Lungen- noch um Magen- oder Darmkrebs handelte, hatte sie fest mit Besserung gerechnet. Schließlich hatte man ihn ja hierher gebracht, damit er wieder gesund wurde. Dass er mit ihr und den Kindern bei den Krankenhausbesuchen anders umging als früher, ganz anders, das war das eigentliche Wunder.

Wie lange war das her, dass er mit ihr so geredet hatte wie jetzt? Auf eine Art, wie es zwischen Mann und Frau doch immer sein sollte. – Wenn das nur nicht eine von seinen Launen war, die ganz rasch wieder verfliegen würde! Spätestens, wenn er wieder daheim war. – Vielleicht gab es aber auch eine ganz einfache Erklärung: Seit Wochen war sein Gehirn nicht mehr 24 Stunden am Tag vom Alkohol vernebelt. Oder kam alles daher, dass er auf einmal sehr viel

Zeit zum Nachdenken hatte und tatsächlich auch angefangen hatte nachzudenken? Waren der Schock, die Angst so groß gewesen? Hatte er endlich, endlich begriffen, wohin es mit ihm, mit ihnen allen gekommen war? Es schien so.

Jahre um Jahre hatte sie gelitten. Es war die Hölle. Aber wenn er jetzt so ganz anders zu ihr war, dann wollte sie einfach nicht mehr daran denken. Leicht war's ja nicht. Aber wenn einer sich offensichtlich so veränderte, dann musste man ihm eine Chance geben. Denn je öfter sie ihn besuchte, desto besser deuchten sie ihre Gespräche. Sie wusste ja, dass sie nicht gut ausdrücken konnte, was sie dachte, was sie fühlte. Trotzdem: So hatten sie seit fünfzehn, nein, seit fast zwanzig Jahren nicht mehr miteinander geredet.

Über die Kinder sprachen sie. Was die Erziehung anging, hatte Gebhard Rosa mit ihren Sorgen schon immer allein gelassen. Für Konrad war es inzwischen wohl zu spät. Zwanzig war er jetzt. Die Lehre in Tannzell hatte er nicht gerade glänzend geschafft, aber man hatte ihn als Gesellen behalten. Vorerst jedenfalls. Rosa hatte dabei kein gutes Gefühl. Gerade Konrad hätte ein anderes Vorbild gebraucht als diesen Vater, dem er nachschlug mit seiner Großspurigkeit und seiner Sauferei in der Clique. Dort galt er etwas. Zum Anführer war er schließlich geworden. Es war kein guter Umgang, den Konrad da hatte. Ein paar Mal hatte die Clique schon mit der Polizei zu tun gehabt. Zwei waren bereits vor Gericht gestanden, aber mit einem blauen Auge davongekommen. Um Konrad hatte Rosa vor allem an den Wochenenden Angst. Die Kerle setzten sich auch dann ins Auto, wenn sie besoffen waren. Mit ihren Warnungen hatte sie bei ihm wie an eine Wand geredet.

„Willst du denn auch auf dem Friedhof landen wie Sattlers Hermann?" hatte sie ihn verzweifelt gefragt, als Hermann Mangold auf dem Heimweg vom Gesangsvereinsjubiläum in Flurstetten mit seinem Cabrio ums Leben gekommen war und das junge Paar im entgegenkommenden Fiat auch gleich mitgenommen hatte. Sternhagelvoll war er gewesen. Konrad hatte gegrinst und mit großer Geste behauptet, also, da brauche sie sich keine Sorgen zu machen, er passe schon auf, ihm passiere das nicht, er sei nicht so blöd wie der Herme. An Konrad kam sie einfach nicht heran. Schon lange nicht mehr. Er stellte sich ihr nie direkt entgegen, schien sie einfach nicht ernst zu nehmen. Kein Wunder! Lange genug war's ihm ja vorgemacht worden.

Bei Käthe war das anders. Die hatte sich schon früh aufgelehnt, vor allem gegen den Vater. Den ließ sie, je älter sie wurde, immer mehr spüren, dass sie ihn verachtete. Unglaublich patzig, direkt unverschämt konnte sie sein, und so hatte sie häufiger Ohrfeigen bezogen oder den Hintern voll bekommen als ihr cleverer Bruder. Gegen den Willen des Vaters, aber unterstützt von ihrer Großmutter Katharina, hatte sie in Tannzell bei Sukale eine Lehre als Friseurin begonnen. Sie sei die beste Auszubildende, die er je gehabt habe, behauptete Sukale. In der Berufsschule gehörte sie ebenfalls zur Spitze. Darauf pfeife er, hatte Gebhard gesagt, so lange sich seine Tochter wie eine vom horizontalen Gewerbe aufdonnere. Die Leute im Dorf zerrissen sich ja schon lange das Maul über sie, angefangen beim Minirock, bis hin zur Kriegsbemalung, ganz abgesehen von den Typen, mit denen sie sich sehen lasse. „Und daheim mal eine Hand rühren? Schönen Dank. Hab die Ehre. Gehabt euch wohl! Nicht mit mir, der Dame von Welt!" hatte Gebhard sich aufgeregt.

Die Großmutter dagegen war stolz gewesen, dass ihre Enkelin mit sechzehn bereits ein so hübscher, immer schick gekleideter und geschmackvoll gestylter, erwachsen wirkender Teenager war. Den Vater hatte das nicht gehindert, die erwachsen wirkende junge Dame von Welt vor der ganzen Familie bei einem Abendessen, nach einer besonders giftigen Unverschämtheit vom Stuhl zu reißen und ausgiebig zu verhauen. Obwohl Käthe schrie wie am Spieß, mischte Rosa sich nicht ein. Vielleicht war eine mit sechzehn doch noch nicht zu alt, um den Arsch voll zu kriegen, wenn sie so unverschämt war wie Käthe. Vielleicht war so ein reinigendes Gewitter sogar das Allerbeste, damit man hinterher mit ihr wieder etwas haben konnte. Rosa hoffte es jedenfalls, und so schwieg sie. Ganz anders ihre Schwiegermutter.

„Hör auf!" schrie sie ihren Sohn an. „Bist du verrückt?" Und als er mit seiner Strafaktion fertig war, ließ sie, die sich sonst immer auf seine Seite stellte, ihn herunterlaufen wie einen Schulbuben. Dann folgte sie wütend der Enkelin, die zur Tür hinaus gestürmt war. Am selben Abend noch zog Käthe aus ihrem Zimmer aus und zu ihr hinüber. Nachdem auch Rosa sich entschlossen hatte, das gut zu finden, jedenfalls zunächst einmal, stand Gebhard gegen drei Frauen auf verlorenem Posten. Die Prügel wurden jedoch nicht zum erhofften reinigenden Gewitter. Im Gegenteil. Für Käthe existierte ihr Vater von da an nicht mehr. Sie blieb auch nicht bei ihrer Großmutter wohnen. Als sie ausgelernt hatte, nahm sie sich ein Zimmer in Tannzell. Nachdem die Großmutter gestorben war, kam Käthe möglichst nur noch dann in den „Grünen Baum", wenn sie sicher war, nicht mit ihrem Vater zusammenzutreffen. Rosa litt. Dass es auch so hatte kommen müssen!

Mit Fritz gab es die wenigsten Probleme. Das heißt, eines gab's schon. In der Schule hatte er sich immer ein bisschen schwer getan. Zum Ärger des Vaters und der Großmutter Katharina. Die waren bei der Frage, woher der Bub das habe, einer Meinung gewesen. Gestohlen habe er es schließlich nicht, betonte Gebhard bei jeder Gelegenheit. Wenn von Fritz die Rede war, dann war er Rosas Sohn. Ein typischer Käsbauer eben – „Was kann man da schon anderes erwarten?" – Und ein Mamakind war er dazu auch noch, um das Gebhard sich deswegen ja kaum zu kümmern brauchte. Rosas eigener Vater, der seit vier Jahren Witwer war, tröstete sie auf seine Art. Wenn der Bub jetzt auch noch nicht so gut rechnen könne, zum Geldzählen werde es später schon langen und er selbst sei schließlich auch immer einer von den Langsamen gewesen und trotzdem bei guter Gesundheit 81 Jahre alt geworden. Und sie Rosa, sei ja auch nicht die Beste in der Schule gewesen und trotzdem Baumwirtin. Und er finde das ganz richtig, dass sie den Fritz daheim behielten und Bauer werden ließen.

Rosa fand das gar nicht richtig. Aber sie hatte sich nicht durchsetzen können. Das sei doch schon von jeher der Brauch gewesen, hatte Gebhard sie angefahren, als sie aufbegehrte. „Einen Gescheiten lässt man studieren, wenn man mehrere Kinder hat. Ein Praktischer macht eine Lehre, und der Einfältige, wie *dein* Sohn, kriegt den Hof. Was soll man auch sonst mit ihm anfangen. Wenn das über deinen Horizont geht, dann tut mir das leid, dann kann ich dir auch nicht helfen." Rosa war aus dem Zimmer gegangen, weil sie Gebhard nicht sehen lassen wollte, wie arg sie weinen musste.

Jetzt, nachdem die Ärzte Gebhard so lange im Krankenhaus behalten hatten, war das mit den Kindern auf einmal anders. Zum ersten Mal hörte Rosa von ihm, dass er vielleicht doch auch Fehler gemacht habe. Das sehe er jetzt ein.

In ein paar Tagen sollte Gebhard entlassen werden. Weil es sommerlich warm war, hatten Rosa und Gebhard sich erst auf eine Bank im Krankenhausgarten gesetzt. Dann gingen sie langsam nebeneinander her, weil es sich so besser reden ließ und man einander kaum anzuschauen brauchte.

„Der Konrad hätt manchmal eine harte Hand gebraucht", sagte Gebhard. „Den hätt man nicht so viel an der langen Leine laufen lassen dürfen. Wenn ich heimkomm, muss ich ihm ernsthaft ins Gewissen reden. Der macht sich seine Zukunft kaputt, wenn er so weitermacht." Und dann hielt Gebhard einen fachkundigen Vortrag über die Zusammenhänge zwischen Alkohol und dessen Auswirkungen, sowohl auf die verschiedenen Organe als auch auf die Gefäße und das Nervensystem. Medizinische Ausführungen über die Folgen des Nikotingenusses schlossen sich an. Rosa glaubte, nicht richtig gehört zu haben. Sie ahnte mehr, als dass sie es in Worte fassen konnte, dass da ein kundiger Neubekehrter über die schlimmen Folgen von Süchten predigen wollte.

„Ein Gespräch unter Männern", bekräftigte Gebhard seine Absicht, sich Konrad zu widmen. „Eigentlich haben wir uns doch immer ganz gut verstanden, der Konrad und ich."

Bei Käthe fiel es ihm schwerer einzugestehen, dass auch er nicht alles richtig gemacht habe. Sie war nur ein einziges Mal im Krankenhaus erschienen, damals, als es um ihn sehr schlecht stand. Schick gekleidet war sie, gekonnt gestylt. Die modische Sonnenbrille nahm sie erst ab, als sie ihm die Hand gab. Er hatte das Gefühl, sie nehme seinen Zustand so wenig ernst wie dieser Dr. Dieterich. Sie wussten beide nicht, was sie miteinander reden sollten. Käthe war bald wieder gegangen. Man merkte ihr an, dass die Krankenhausatmosphäre sie nervte.

„Vielleicht hätt ich sie damals doch nicht verhauen sollen", gab Gebhard schließlich zu. „Aber sie hat einen ja bis aufs Blut reizen können", schränkte er sofort wieder ein.

Rosa sagte, sie glaube, die Tracht Prügel sei vielleicht gar nicht so falsch gewesen. „Aber ich denk halt, so was wär schon viel früher nötig gewesen. Weißt du, Gebhard, sei mir nicht bös, ich weiß nicht recht, wie ich's sagen soll, aber ich mein halt, so wie sie dich erlebt hat, schon wie sie noch klein gewesen ist, das stößt so ein Mädle ab."

Gebhards Miene verfinsterte sich.

„Aber verdient gehabt hat sie's, auch wenn sie schon sechzehn gewesen ist", versicherte Rosa hastig. „Manchmal hat so ein patziges Menschle das einfach nötig, dass man's übers Knie legt."

Sie sahen einander an, als sie begriff, was sie da eben gesagt hatte, und dann lachten sie, weil sie wussten, dass sie beide ans Gleiche dachten. Doch wer von ihnen sich zuerst bewegt hatte, das wussten sie hinterher nicht mehr. Sie hätten auch nicht sagen können, wann sie sich zum letzten Mal so umarmt hatten. Fest, immer fester. Und sie konnten es fast nicht glauben, was sie da spürten.

„Herrgott noch mal, Rosa! Wenn ich bloß schon daheim wär!"

„Komm du mir bloß heim!"

Da presste Gebhard seinen Unterkörper noch heftiger gegen ihren Schoß, bevor sie sich losließen und wieder sittsam nebeneinander herschritten, weil andere Leute in den Krankenhausgarten kamen. Ganz sachlich redeten sie jetzt darüber, was auf dem Hof und im „Grünen Baum" zu tun sei, wenn Gebhard zurückkomme.

Als Rosa an diesem Nachmittag mit dem Bus zurückfuhr, war sie glücklich, und doch war in ihr eine Angst, die sie nicht loswerden konnte. Wenn alles so kommen würde, wie sie es sich beide erhofft und besprochen hatten, wunderbar wäre das. Aber im Krankenhaus, wo es Ärzte und Schwestern gab, die sich um einen kümmerten, war es keine Kunst, gute Vorsätze zu haben. Und es war auch kein Problem, nicht mehr zu trinken und zu rauchen. Auch wenn Gebhard jetzt schon so lange dort drinnen in der Klinik war und sicher Todesangst gehabt hatte, es war doch fast nicht zu glauben, dass sich jemand so ändern konnte. Und wie würde es daheim ohne Ärzte und Schwestern weitergehen? Wie schnell konnte da einer wie er sich dazu verleiten lassen, wieder mit dem Saufen und der Qualmerei anzufangen? Darauf warteten doch die meisten nur.

4

In Schlatthofen wollte man zunächst gar nicht glauben, was man sah und erlebte, als der Baumwirt wieder heimkam.
„Wie der wieder hochgekommen ist!" hieß es überall. „Grad gesund sieht er aus. Das siehst du ja schon von Weitem. Ein anderer wär wahrscheinlich längst verreckt. Da hat er noch mal echt Glück gehabt, der Gebhard, dass sie ihn drinnen im Krankenhaus wieder so hingekriegt haben." Und dann pflegten die Leute mit den Mienen medizinischer Koryphäen hinzuzusetzen: „Jetzt muss er sich halten, der Gebhard!"
Er hielt sich. Keinen Tropfen Alkohol trank er. Keine einzige Zigarette steckte er sich an. Und er arbeitete. Regelmäßig. Keine schwere Arbeit. Körperlich schwer zu arbeiten hatten ihm die Ärzte vorerst untersagt. Noch. Aber er spüre, wie seine Kräfte wiederkämen, sagte er zu Rosa.
Um die beiden Söhne kümmerte er sich. Bei Konrad erlebte er eine kleine Enttäuschung. Er war sich keineswegs sicher, ob das Gespräch unter Männern nachhaltig gewirkt hatte. Rosa hatte Recht gehabt: An den Konrad kam man

nie so richtig heran. Der entzog sich einem möglichst, sagte ja, wenn man ihn dann doch einmal festnagelte, schlurfte davon und tat letztlich, was er wollte. Fritz dagegen, willig wie eh und je, schien sich zu freuen, dass der Vater mit ihm umging, wie man mit seinem wichtigsten Mitarbeiter auf dem Hof eben umgehen muss. Es war ihm gar nicht recht, dass beide Eltern erklärten, im nächsten Lehrjahr müsse er eine Fremdlehre machen. Daheim könne einer heutzutage nicht mehr genug lernen, um sein Bauernwerk einmal richtig umzutreiben. Er wollte auf keinen Fall weg, jetzt, wo es so gut lief mit dem Vater. Besonders freute ihn aber, dass der ihn mit in den Wald nahm, wenn sie Zeit hatten. Der Vater wusste, wo man das Wild beobachten konnte und wie man das anstellen musste.

„Neulich bin ich mit dem Fritz aufs Dach von der Hütte geklettert", erzählte Gebhard seinen Gästen, und die Augen wurden ihm feucht dabei. „'s hat grad angefangen dunkel zu werden. Das Rotwild ist zum Äsen herausgekommen. Und der Fritz hat gesagt, dass er noch nie so was Schönes, so was Friedvolles gesehen hat."

So sehr man anerkannte, dass der Baumwirt in sich gegangen war und sich geändert hatte, mit der Zeit gingen seine blumigen Schilderungen der wunderschönen, friedlichen Natur den Gästen, die wieder zahlreicher in den „Grünen Baum" kamen, ein wenig auf die Nerven. Zu gut erinnerte man sich noch jener Gerüchte um die ungeklärten Fälle von Wilderei.

Gebhard überwand sich sogar und entschuldigte sich bei seiner Tochter Käthe für die Tracht Prügel, die sie aus dem Haus getrieben hatte.

„Auch wenn du gemeint hast, ich hätt's verdient, glaubst du, dass man mit Hauen was ändern kann? Das hättest grad du einfach nicht tun dürfen", sagte Käthe. Zögernd nahm sie die Entschuldigung an. Freunde würden sie nie werden, das begriff Gebhard. Immerhin kam Käthe jetzt ab und zu von Tannzell herüber.

Damals sei Gebhard Brenner auch wieder zu uns nach Riedweiler gekommen, erzählte man mir. Ein paar Mal sogar. Mit Misstrauen empfing man ihn anfangs. Doch dann reichte ihm schließlich sogar Lehmann die christliche Bruderhand. Wenn einer nicht mehr trank und rauchte und ernsthaft gewillt schien, drüben auf dem Stammsitz der Brenners die Dinge wieder ins Lot zu bringen, soweit das überhaupt noch möglich war, dann konnte ein Christ fast nicht mehr anders. Hatte der Herr Jesus nicht auch gesagt, im Himmelreich herrsche mehr Freude über einen Sünder, der Buße tue, denn über hundert Gerechte? Dieser bekehrte Sünder, der den Musterhof lächerlich gemacht und die Familie seines Onkels ihres Fleißes und ihrer Frömmigkeit wegen großspurig verhöhnt hatte, fragte nicht nur diesen Onkel, sondern auch dessen Schwiegersohn hin und wieder um Rat, wie er denn dieses oder jenes auf dem Hof am besten anpacken solle. Die einzige, die skeptisch blieb, war Tabea. Von verzeihender Nächstenliebe hatte sie noch nie viel gehalten. „Teufel am Vormittag, bleibt Teufel am Nachmittag", wiederholte sie oft genug. Dabei drohte sie bedeutungsschwer mit erhobenem Zeigefinger.

Rosa wurde ihre Angst lange nicht los, all das Schlimme könne wieder von vorn beginnen. Doch dann, als die Monate vergingen und nichts passierte, als alles so zu werden schien, wie sie es seit damals im Krankenhausgarten erhoffte, begann ihre zweite Ehe. Ihre gute Ehe. Hübscher sah sie auf einmal aus, weil sie anfing, auf ihr Äußeres zu achten. Eine neue Frisur hatte sie sich von ihrer Tochter machen lassen. Um Jahre jünger wirkte sie, jünger und zufrieden. Kaum jemand konnte sich noch entsinnen, dass sie früher einmal bei der Arbeit leise vor sich hin gesungen hatte, wie das jetzt manchmal geschah. Dass sie ihrem Mann bisweilen sogar in der Gaststube vor allen Leuten einen verschwörerischen Blick zuwarf, morgens vor allem oder spät am Abend, das war auch neu, wurde durchaus richtig gedeutet und grinsend registriert.

Sicher musste man bei der Geschichte ganz gewaltige Abstriche machen, die der kleinwüchsige und dazu leicht verwachsene, auf dem Hof ziemlich nutzlose Bruder des Brunnenbauern daherbrachte. Brunnenbauers Hans war ein geiler Bock und spionierte Paaren hinterher, von denen er hoffte, sie würden es im Freien treiben. Doch im Prinzip konnte man es sich schon vorstellen, dass das, was er vorgab, beobachtet zu haben, nicht völlig aus der Luft gegriffen war. An einem besonders heißen Montag, an dem der „Grüne Baum" Ruhetag hatte, behauptete er, sei er mittags ganz zufällig an Baumwirts abgelegener Waldwiese vorbeigekommen. Von ferne habe er erst gemeint, es müsse sich um irgendwelche Tiere handeln. Aber dann habe er erkannt, was da los war: Pudelnackig! Im hohen Gras! Aber wie! Die Rosa habe am Schluss dann auch geschrien wie ein Tier und er selbst habe gedacht, sie tät den Gebhard noch ganz zerquetschen mit ihren starken Armen und ihren deftigen Schenkeln.

Die Dorfmoral nahm an der Geschichte, die Brunnenbauers Hans leicht stotternd präsentiert hatte, erstaunlich wenig Anstoß. Wenn es denn tatsächlich so gewesen sein sollte, war das ja auch nichts so Besonderes. Schließlich war kein geringer Teil der Schlatthofener Bevölkerung außerhalb eines Ehebettes gezeugt worden, zum Teil an weit abenteuerlicheren Orten als auf einer Waldwiese. Man mokierte sich eher über das Alter der angeblich Beobachteten und die Tageszeit als über den Ort des Aktes. Immerhin waren die beiden schon jenseits der Fünfzig. Es konnte nicht ausbleiben, dass eines Abends im „Grünen Baum" am Stammtisch augenzwinkernd auf das Gerücht angespielt wurde. Wenn die Stammtischhocker gehofft hatten, sie könnten Gebhard, der gerade am Tresen Bier einlaufen ließ, damit in Verlegenheit bringen, womöglich gar in Rage, wurden sie enttäuscht. Der Baumwirt war eben nicht mehr der, den sie früher gekannt hatten.

„Nur kein Neid, Karl, wenn's wirklich stimmen tät", sagte Gebhard lachend zum Bückelesbauern, der sich zum Wortführer gemacht hatte. „Wer hat, der hat, sag ich immer. Und vielleicht tät's deiner Klara auch ganz gut, wenn du sie mal auf eine Wiese mitnehmen tätst."

Wütend sprang der Bückelesbauer auf, warf ein Fünfmarkstück auf den Tisch und stapfte, von Gelächter verfolgt, zur Tür hinaus.

„Es ist erstaunlich, wie wenig Humor gewisse Leute haben", stellte Gebhard gelassen fest.

„Ich wett", sagte der Kirchenbauer zum Bahnarbeiter Mangold, als sie vor dem Heimgehen gewohnheitsmäßig draußen an der Hauswand ihr Wasser abschlugen, „das erzählt der Gebhard brühwarm seiner Rosa. Und dann geht's heut noch mal gehörig her bei den Baumwirts."

„Da kannst du wohl Recht haben, Anton. Die zwei sind scheint's wieder richtig gut miteinander verheiratet, seit der Gebhard daheim ist."

„Jetzt muss er sich halten!" hatten die Leute gesagt, als Gebhard Brenner zurückkam. Er hielt sich. Zum Erstaunen aller. Ein Jahr verging, das zweite war schon fast vorüber, als er, weil er sonst sehr unhöflich gewesen wäre und fast nicht anders konnte, ein Glas Sekt mit Orangensaft trank. Droben im Saal, wo der Schlossbauer seinen fünfzigsten Geburtstag ganz groß feierte. Ein Glas war es ja nur! Nur ein einziges! Und dazu noch verdünnt! Dieses eine Glas war doch so gut wie gar nichts, für einen, der sich schon so lange in der Gewalt hatte. Und jetzt war die Gelegenheit zu beweisen, dass der Alkohol keine Macht mehr über ihn hatte, dass er, Gebhard Brenner, in der Lage war, vernünftig mit ihm umzugehen. Dass der Alkohol ihn nicht beherrschte, sondern er den Alkohol! Das war Anfang September. An Weihnachten herrschten bei der Familie Brenner wieder die gewohnten Zustände.

Dass Gebhards Gesundheit sich nur ganz langsam wieder verschlechterte, verstanden viele nicht. „Der Kerl hat eine Rossnatur, da kannst du dich bloß wundern", hieß es. „Der hält noch lang durch. So eine Kuttel, wenn ich hätt!"

Da verbreitete sich eines Morgens wie ein Lauffeuer die Nachricht, der Baumwirt habe sich in der Nacht erschossen. Wenig später erzählte man sich bereits Einzelheiten, als sei man selbst dabei gewesen: Gebhard und Rosa hätten schon am frühen Abend einen Riesenkrach gehabt. Fast hätten sie sich wieder geprügelt. Gebhard sei zornentbrannt aus dem Haus gerannt und auf seinem alten Moped davongefahren. Dann sei er besoffen spät heimgekommen. Es habe im Bett gleich den nächsten Streit gegeben, und dann sei es passiert.

Gebhard war an diesem Abend auch bei uns in Riedweiler aufgetaucht, erfuhr ich, als ich zur Beerdigung heimkam. Er hatte über sein schweres Los geklagt. Die Schuld daran gab er Rosa und dann, wie aus heiterem Himmel und kaum zu fassen, auch noch seinem Vater. Der habe ihn nicht lernen lassen, wozu er sich berufen gefühlt habe. Konditor habe er werden wollen. Das war nach der verhinderten Berufung zum Landmaschinenmechaniker und Förster eine ganz neue Version. Da man ihm kaum Beachtung schenkte, verschwand er erzürnt wieder, nachdem er alle beleidigt hatte, die in der Stube waren. Wo er sich sonst noch herumgetrieben hatte, blieb im Dunkeln.

„Wer hätt denn wissen können, dass er sich keine drei Stunden danach ..." Meine Mutter weinte. „Wir hätten ihn doch ... Vielleicht hätten wir ihn ... "

Mein Großvater hatte sich ins Bett legen müssen, als die Nachricht kam.

Rosas Darstellungen bei der Kriminalpolizei und gegenüber den Bekannten und Verwandten waren absolut identisch. Ihr Mann, sagte sie, sei gegen halb zwölf die Treppe heraufgepoltert und in die Kammer gekommen. Sie habe befürchtet, es gehe schon wieder los, aber der Gebhard habe sich ohne ein Wort ausgezogen und ins Bett fallen lassen. Sie sei fast schon wieder eingeschlafen, als er einen Hustenanfall bekommen habe. Einen ganz fürchterlichen. In der letzten Zeit habe er ja öfter solche Hustenanfälle gehabt. Aber der sei besonders schlimm gewesen. Sie habe das Licht angemacht. Er sei auf der Bettkante gesessen und habe sein Taschentuch betrachtet, ob er da Blut entdecken könne. In das Taschentuch habe er nämlich hineingehustet. Blut sei aber keines herausgekommen, das habe sie genau gesehen. Nach dem Anfall habe der Gebhard angefangen zu jammern, wie schlimm er wieder beieinander sei, und daran sei sie schuld. Jawohl, sie ganz allein! Das habe sie sich nicht gefallen lassen. Wieso sollte grad sie schuld dran sein? Deswegen habe sie sich gewehrt und gesagt: „Dann hör halt endlich mal mit der Hurensauferei und dem Scheißrauchen auf!" Wie ein Wahnsinniger sei er darauf aus dem Bett gesprungen. Er habe die Pistole, die in den letzten Wochen immer unter dem Kopfkissen gelegen sei, obwohl sie oft genug dagegen protestiert habe, die habe er also herausgerissen, die Pistole, und gegen die Schläfe gehalten. Bevor sie noch etwas habe machen können, habe es gekracht und der Gebhard sei in der Ecke gelegen und habe bloß noch geröchelt. Sie sei gleich zu ihm hin und da seien auch schon der Konrad und der Fritz hereingekommen, weil sie den Schuss gehört hätten.

Als Arzt und Krankenwagen eintrafen, lebte Gebhard Brenner noch. Er starb zwei Stunden später auf der Intensivstation, ohne das Bewusstsein noch einmal erlangt zu haben.

Manche nahmen es Rosa übel, dass sie zusammen mit Gebhards Schwester Anni fast kaltschnäuzig alles erledigte, was zu tun war, nachdem man die Leiche freigegeben hatte. Doch dann sprach es sich herum, dass alles aus ihr herausgebrochen sei, als sie half den Saal fürs Totenmahl zu putzen. Ein Geheul wie von einem waidwunden Tier ließ das ganze Haus zusammenlaufen. Sie hatte sich kniend an den Türpfosten gekrallt und ihr verzerrtes Gesicht dagegen gepresst, während sie weiterschrie. Anni brachte sie ins Wohnzimmer. Dort wollte Rosa allein gelassen werden. Zehn Minuten später kam sie zurück und half wieder beim Putzen, als sei nichts gewesen.

Nur ganz Wenige unterstellten Rosa einen raffiniert geplanten Mord. Das hätte auch nicht mit den Ergebnissen der Polizei übereingestimmt. Keine Fingerabdrücke von ihr auf der Waffe. Keine Schmauchspuren an ihren Händen oder der Kleidung. Die meisten waren überzeugt, dass Gebhard in der letzten Zeit nicht mehr ganz richtig im Kopf gewesen sei. Andere behaupteten, er sei einfach so betrunken gewesen, dass er nicht mehr wusste, was er tat. Vielleicht habe er in seinem Suff nicht bemerkt, meinten wieder andere, dass die Waffe nicht gesichert war, als er sich vor seiner Frau aufspielen wollte. Sich aufzuspielen sei doch schon immer seine Art gewesen.

Ich glaube, Gebhard wollte Rosa nur mit Selbstmord drohen. Es könnte aber sein, dass sie nach all dem Durchlittenen nur noch Verachtung für ihn übrig hatte. Und diese ungläubige Verachtung, dass er sowieso nicht den Mut habe abzudrücken, las er in ihren Augen. Da blieb ihm nichts anderes übrig, als zu tun, was er gar nicht tun wollte, um wenigstens in diesem Kampf Sieger zu sein.

Doch wer kann schon behaupten, er wisse wirklich, was in einem anderen Menschen vorgeht?

„Wenn er Buck an diesem Wochenende nicht umbrachte, würde er es vielleicht gar nicht mehr tun." Dietrich Buck, der tyrannische Schulleiter an einem oberschwäbischen Gymnasium, hat das Leben seines Freundes und Stellvertreters Andreas Karcher zerstört. Karchers Hass sitzt tief, sein Plan ist ebenso teuflisch wie genial. Doch die Dinge entwickeln sich ganz anders als geplant. Nach Bucks Tod wird Karcher von der Polizei immer mehr in die Enge getrieben.

Amazon E-Book
ca. 190 Seiten
ASIN B009VKRRAQ
€ 6,99

Sein erster großer Fall bewege ihn immer noch, bekennt der Hauptkommissar Max Hess bei seiner Verabschiedung in den Ruhestand. Dabei liegt alles schon 35 Jahre zurück. Der junge Hess galt als vielversprechend. Doch als ein brutaler Mord den Kurort Bad Schussenried aufschreckt, lernt er die Schattenseiten seines Berufes kennen. Alle Spuren führen ins Leere. Ermittlungspannen werfen die Soko immer wieder zurück. Die Ansichten über erfolgreiche Polizeimethoden prallen im Team hart aufeinander, denn das Verbrechen könnte der Beginn einer Serie sein. Hilft tatsächlich nur noch ein glücklicher Zufall, den Mörder zu finden?

Paperback
244 Seiten
ISBN 978-3-933614-92-6
€ 11,80

Christoph Türck wurde 1942 in Ellwangen (Jagst) geboren. Nach dem Studium war er Dorfschulmeister, Lehrer an der Landes-Polizeischule und unterrichtete am Beruflichen Schulzentrum in Biberach Deutsch, Recht und Ethik. Zunächst bekannt durch seine packenden Sportberichte, veröffentlichte er den Roman „Unterquerung", die Erzählungen „Dorfgeschichten" und die Kriminalromane „Todfreunde" und „Kotspuren". Christoph Türck lebt in Ummendorf bei Biberach.